证券业从业资格考试辅导丛书(2009)

证 券 交 易

2009 年证券业从业资格考试辅导丛书编写组 编

中国财政经济出版社

图书在版编目（CIP）数据

证券交易/《2009年证券业从业资格考试辅导丛书》编写组编. —北京：中国财政经济出版社，2009.5

（证券业从业资格考试辅导丛书：2009）

ISBN 978-7-5095-1376-7

Ⅰ.证… Ⅱ.2… Ⅲ.证券交易—资格考核—自学参考资料 Ⅳ.F830.91

中国版本图书馆CIP数据核字（2009）第075098号

责任编辑：郁东敏　　责任校对：李　丽

封面设计：陈　瑶　　版式设计：董生萍

中国财政经济出版社 出版

URL：http://www.cfeph.cn

E-mail：cfeph@cfeph.cn

社址：北京市海淀区阜成路甲28号　邮政编码：100142

发行处电话：88190406　财经书店电话：64033436

北京财经印刷厂印刷　　各地新华书店经销

787×960毫米　16开　19.5印张　303 000字

2009年5月第1版　2009年5月北京第1次印刷

定价：32.00元

ISBN 978-7-5095-1376-7/F·1171

（图书出现印装问题，本社负责调换）

本社质量投诉电话：010-88190744

第一章　证券交易概述 ……………………………… (1)
第一部分　基本内容及学习目的与要求 …………………… (1)
第二部分　知识体系与考点分析 ………………………… (2)
第三部分　自测题及参考答案 ………………………… (15)

第二章　证券经纪业务 ……………………………… (36)
第一部分　基本内容及学习目的与要求 …………………… (36)
第二部分　知识体系与考点分析 ………………………… (37)
第三部分　自测题及参考答案 ………………………… (68)

第三章　经纪业务相关实务 ………………………… (94)
第一部分　基本内容及学习目的与要求 …………………… (94)
第二部分　知识体系与考点分析 ………………………… (95)
第三部分　自测题及参考答案 ………………………… (114)

第四章　特别交易事项及其监管 …………………… (138)
第一部分　基本内容及学习目的与要求 …………………… (138)
第二部分　知识体系与考点分析 ………………………… (139)
第三部分　自测题及参考答案 ………………………… (152)

第五章　证券自营业务 ……………………………… (165)
第一部分　基本内容及学习目的与要求 …………………… (165)
第二部分　知识体系与考点分析 ………………………… (166)

第三部分　自测题及参考答案 …………………………………（175）

第六章　资产管理业务 ………………………………………………（188）
第一部分　基本内容及学习目的与要求 ………………………（188）
第二部分　知识体系与考点分析 ………………………………（189）
第三部分　自测题及参考答案 …………………………………（206）

第七章　融资融券业务 ………………………………………………（223）
第一部分　基本内容及学习目的与要求 ………………………（223）
第二部分　知识体系与考点分析 ………………………………（224）
第三部分　自测题及参考答案 …………………………………（233）

第八章　债券回购交易 ………………………………………………（247）
第一部分　基本内容及学习目的与要求 ………………………（247）
第二部分　知识体系与考点分析 ………………………………（248）
第三部分　自测题及参考答案 …………………………………（255）

第九章　证券交易的结算 ……………………………………………（269）
第一部分　基本内容及学习目的与要求 ………………………（269）
第二部分　知识体系与考点分析 ………………………………（270）
第三部分　自测题及参考答案 …………………………………（289）

第一章

证券交易概述

第一部分　基本内容及学习目的与要求

一、基本内容（见图1-1）

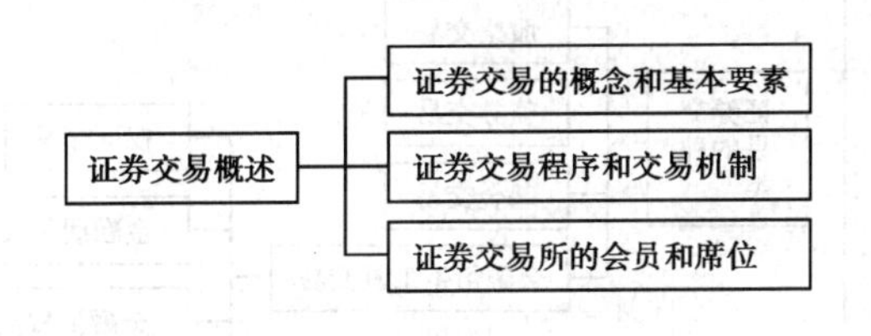

图1-1　第一章结构

二、学习目的与要求

掌握证券交易的概念、特征和原则，熟悉证券交易的种类，熟悉证券交易的方式，熟悉证券投资者的种类，掌握证券公司设立的条件和可以开展的业务，熟悉证券交易场所的含义，掌握证券交易所和证券登记结算公司的职能。

掌握证券交易程序，熟悉证券交易机制的目标，熟悉证券交易机制的种类。

掌握证券交易所会员的资格、权利和义务，熟悉证券交易所会员的日常管理，熟悉对证券交易所会员的监督和纪律处分；熟悉证券交易所交易席位、交易单元的含义、种类和管理办法。

第二部分　知识体系与考点分析

第一节　证券交易的概念和基本要素

一、知识体系（见图1－2）

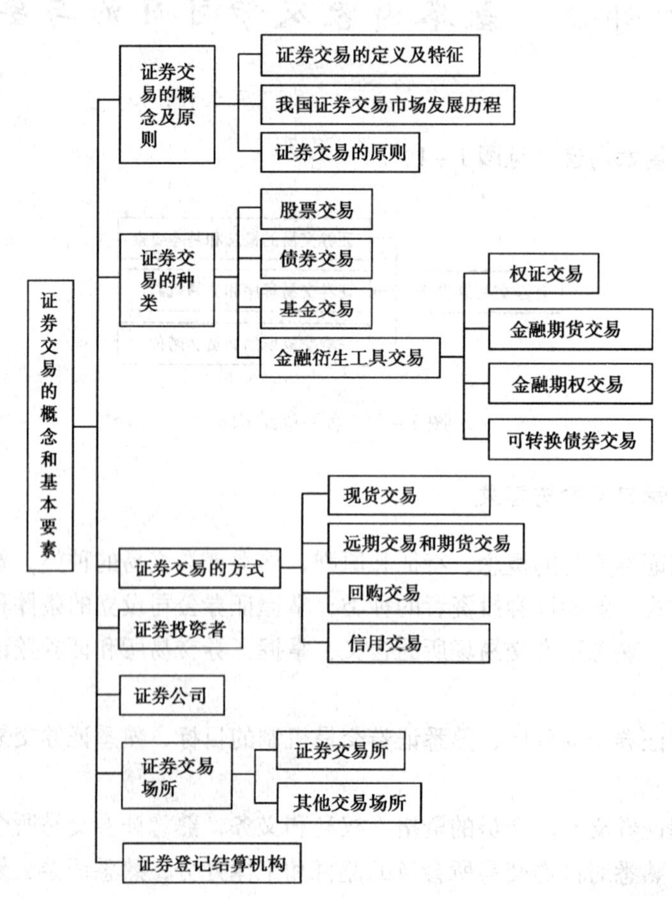

图1－2　第一章第一节结构

二、考点分析

(一) 证券交易的概念及原则

1. 证券交易的定义及其特征。证券交易是指已发行的证券在证券市场上买卖的活动。证券交易的特征主要表现在 3 个方面，即证券的流动性、收益性和风险性。

2. 我国证券交易市场发展历程。1990 年 12 月 19 日和 1991 年 7 月 3 日，上海证券交易所和深圳证券交易所先后正式开业。1999 年 7 月 1 日，《中华人民共和国证券法》（简称《证券法》）正式开始实施，标志着维系证券交易市场运作的法规体系趋向完善。2005 年 4 月底，我国开始启动股权分置改革试点工作，这是一项完善证券市场基础制度和运行机制的改革。2005 年 10 月，重新修订的《证券法》经第十届全国人民代表大会常务委员会第十八次会议通过后颁布，于 2006 年 1 月 1 日起开始实施。

3. 证券交易必须遵循以下 3 个原则：公开原则，指证券交易是一种面向社会的、公开的交易活动，其核心要求是实现市场信息的公开化；公平原则，指参与交易的各方应当获得平等的机会；公正原则，指应当公正地对待证券交易的参与各方，以及公正地处理证券交易事务。

(二) 证券交易的种类

按照交易对象的品种划分，证券交易种类有股票交易、债券交易、基金交易以及其他金融衍生工具的交易等。

1. 股票交易。股票是一种有价证券，是股份有限公司签发的证明股东所持股份的凭证。

2. 债券交易。债券是一种有价证券，是社会各类经济主体为筹集资金而向债券投资者出具的、承诺按一定利率定期支付利息的、到期偿还本金的债权债务凭证。

根据发行主体的不同，债券主要有三大类：政府债券、金融债券和公司债券。

政府债券是国家为了筹措资金而向投资者出具的，承诺在一定时期支付利息和到期还本的债务凭证。政府债券的发行主体是中央政府和地方政府。

金融债券是指银行及非银行金融机构依照法定程序发行并约定在一定期限内还本付息的有价证券。

公司债券是公司依照法定程序发行，约定在一定期限还本付息的有价证券。

3. 基金交易。证券投资基金是指通过公开发售基金份额募集资金，由基金托管人托管、由基金管理人管理和运用资金、为基金份额持有人的利益以资产组合方式进行证券投资活动的基金。因此，它是一种利益共享、风险共担的集合证券投资方式。

从基金的基本类型看，一般可以分为封闭式与开放式两种。

对于封闭式基金来说，在成立后，基金管理公司可以申请其基金在证券交易所上市。如果获得批准，投资者就可以在二级市场上买卖基金份额。

对于开放式基金来说，如果是非上市的，投资者可以通过基金管理公司和委托商业银行、证券公司等的柜台，进行基金份额的申购和赎回；如果是上市的（上市开放式基金），除了申购和赎回外，也可以在二级市场上进行买卖。

此外，我国证券市场上还有交易型开放式指数基金（ETF）。这种基金代表的是一揽子股票的投资组合，追踪的是实际的股价指数。对投资者而言，交易型开放式指数基金可以在证券交易所挂牌上市交易，同时进行基金份额的申购和赎回。

4. 金融衍生工具交易。

（1）权证交易。权证是基础证券发行人或其以外的第三人发行的，约定持有人在规定期间或特定到期日，有权按约定价格向发行人购买或出售标的证券，或以现金结算方式收取结算差价的有价证券。权证根据不同的划分标准有不同的分类，如认股权证和备兑权证，认购权证和认沽权证，美式权证、欧式权证和百慕大式权证等。

（2）金融期货交易。金融期货交易是指以金融期货合约为对象进行的流通转让活动。金融期货合约是指由交易双方订立的、约定在未来某日期按成交时约定的价格交割一定数量的某种特定金融工具的标准化协议。在实践中，金融期货主要有外汇期货、利率期货、股权类期货（如股票价格指数期货和股票期货等）3 种类型。

（3）金融期权交易。金融期权交易是指以金融期权合约为对象进行的流通转让活动。金融期权的基本类型是买入期权和卖出期权。如果按照金融期权基础资产性质的不同，金融期权还可以分为股权类期权、利率期权、货币期权、金融期货合约期权、互换期权等。

（4）可转换债券交易。可转换债券是指其持有者可以在一定时期内按一定比例或价格将之转换成一定数量的另一种证券的债券。在通常情况下，可转换债券是转换成普通股票，因此它具有债权和期权的双重特性。在我国，近年来还出现了分离交易的可转换公司债券。这种债券实际上是可分离交易的附认股权证公司债券，即该债券发行上市后，债券与其原来附带的认股权可以分开，分别独立交易。

（三）证券交易的方式

根据交易合约的签订与实际交割之间的关系，证券交易的方式有现货交易、远期交易和期货交易。

1. 现货交易。现货交易的特征是"一手交钱，一手交货"，即以现款买现货方式进行交易。

2. 远期交易和期货交易。远期交易是双方约定在未来某时刻（或时间段内）按照现在确定的价格进行交易。期货交易是在交易所进行的标准化的远期交易，即交易双方在集中性的市场以公开竞价方式所进行的期货合约的交易。

期货交易与远期交易有类似的地方，都是现在定约成交，将来交割。但远期交易是非标准化的，在场外市场进行。期货交易则是标准化的，有规定格式的合约，一般在场内市场进行。另外，期货交易在多数情况下不进行实物交收，而是在合约到期前进行反向交易，平仓了结。

3. 回购交易。债券回购交易就是指债券买卖双方在成交的同时，约定于未来某一时间以某一价格双方再进行反向交易的行为。

4. 信用交易。信用交易是投资者通过交付保证金取得经纪商信用而进行的交易。因此，信用交易的主要特征在于经纪商向投资者提供了信用，即投资者买卖证券的资金或证券有一部分是向经纪商借的。

2005年10月重新修订后的《证券法》取消了证券公司不得为客户交易融资融券的规定。信用交易在我国已可以合法开展。根据《证券公司融资融券业务试点管理办法》的规定，融资融券业务是指证券公司向客户出借资金供其买入上市证券或者出借上市证券供其卖出，并收取担保物的经营活动。

（四）证券投资者

证券投资者是买卖证券的主体，他们可以是自然人，也可以是法人。相应的，证券投资者可以分为个人投资者和机构投资者两大类。其中，机构投资者主要有政府机构、金融机构、企业和事业法人及各类基金等。

投资者买卖证券的基本途径主要有两条：一是直接进入交易场所自行买卖证券；二是委托经纪商代理买卖证券。另外，证券交易所、证券公司和证券登记结算机构的从业人员、证券监督管理机构的工作人员以及法律、行政法规禁止参与股票交易的其他人员，在任期或者法定限期内，不得直接或者以化名、借他人名义持有、买卖股票，也不得收受他人赠送的股票。

一般的境外投资者可以投资在证券交易所上市的外资股（即B股）。

合格境外机构投资者可以在经批准的投资额度内投资在交易所上市的除B股以外的股票、国债、可转换债券、企业债券、权证、封闭式基金、经中国证监会批准设立的开放式基金，还可以参与股票增发、配股、新股发行和可转换债券发行的申购。

（五）证券公司

1.《证券法》规定，设立证券公司，应当具备下列条件：

（1）有符合法律、行政法规规定的公司章程。

（2）主要股东具有持续盈利能力，信誉良好，最近3年无重大违法违规记录，净资产不低于人民币2亿元。

（3）有符合本法规定的注册资本。

（4）董事、监事、高级管理人员具备任职资格，从业人员具有证券业从业资格。

（5）有完善的风险管理与内部控制制度。

（6）有合格的经营场所和业务设施。

（7）法律、行政法规规定的和经国务院批准的国务院证券监督管理机构规定的其他条件。

2. 经国务院证券监督管理机构批准，证券公司可以经营下列部分或者全部业务：

（1）证券经纪。

（2）证券投资咨询。

（3）与证券交易、证券投资活动有关的财务顾问。

（4）证券承销与保荐。

（5）证券自营。

（6）证券资产管理。

（7）其他证券业务。

其中，证券公司经营上述第（1）项至第（3）项业务的，注册资本最低限额为人民币 5 000 万元；经营上述第（4）项至第（7）项业务之一的，注册资本最低限额为人民币 1 亿元；经营上述第（4）项至第（7）项业务中两项以上的，注册资本最低限额为人民币 5 亿元。

（六）证券交易场所

1. 证券交易所。证券交易所是指在一定的场所、一定的时间，按一定的规则集中买卖已发行证券而形成的市场。证券交易所的设立和解散由国务院决定。

证券交易所的职能包括：

（1）提供证券交易的场所和设施。

（2）制定证券交易所的业务规则。

（3）接受上市申请、安排证券上市。

（4）组织、监督证券交易。

（5）对会员进行监管。

（6）对上市公司进行监管。

（7）设立证券登记结算机构。

（8）管理和公布市场信息。

（9）中国证监会许可的其他职能。

证券交易所不得直接或者间接从事的事项包括：

（1）以营利为目的的业务。

（2）新闻出版业。

（3）发布对证券价格进行预测的文字和资料。

（4）为他人提供担保。

（5）未经中国证监会批准的其他业务。

证券交易所的组织形式有会员制和公司制两种。我国上海证券交易所和深圳证券交易所都采用会员制，设会员大会、理事会和专门委员会。理事会是证券交易所的决策机构。证券交易所设总经理，负责日常事务。总经理由国务院证券监督管理机构任免。

2. 其他交易场所。其他交易场所是指证券交易所以外的证券交易市场，包括分散的柜台市场和一些集中性市场。

现阶段，银行间债券市场的参与者有境内商业银行、非银行金融机构、非金融机构、可经营人民币业务的外国银行分行等。主要的交易方式包括债券现货交易和债券回购。

全国银行间同业拆借中心为参与者的债券报价、交易提供中介及信息服务。债券交易采用询价交易方式，包括自主报价、格式化询价、确认成交3个交易步骤。

2002年6月，商业银行的债券柜台市场开始运作，这在一定程度上使得以机构投资者为主的银行间债券市场通过柜台交易面向全社会各类投资者扩展。

（七）证券登记结算机构

我国《证券法》规定，证券登记结算机构是为证券交易提供集中登记、存管与结算服务，不以营利为目的的法人。设立证券登记结算机构必须经国务院证券监督管理机构批准。

1. 证券登记结算机构应履行下列职能：

（1）证券账户、结算账户的设立。

（2）证券的存管和过户。

（3）证券持有人名册登记。

（4）证券交易所上市证券交易的清算和交收。

（5）受发行人的委托派发证券权益。

（6）办理与上述业务有关的查询。

（7）国务院证券监督管理机构批准的其他业务。

2. 证券登记结算机构要为证券市场提供安全、高效的证券登记结算服务，需采取以下措施保证业务的正常进行：

（1）要制定完善的风险防范制度和内部控制制度。

（2）要建立完善的技术系统，制定由结算参与人共同遵守的技术标准和规范。

（3）要建立完善的结算参与人准入标准和风险评估体系。

（4）要对结算数据和技术系统进行备份，制定业务紧急应变程序和操作流程。

中国证券登记结算有限责任公司（简称“中国结算公司”）是我国的证券登记结算机构。中国结算公司在上海和深圳两地各设一个分公司。其中，上海分公司（简称“中国结算上海分公司”）主要针对上海证券交易所的上市证券，为投资者提供证券登记结算服务；深圳分公司（简称“中国结算深圳分公司”）主要针对深圳证券交易所的上市证券，为投资者提供证券登记结算服务。

第二节　证券交易程序和交易机制

一、知识体系（见图1－3）

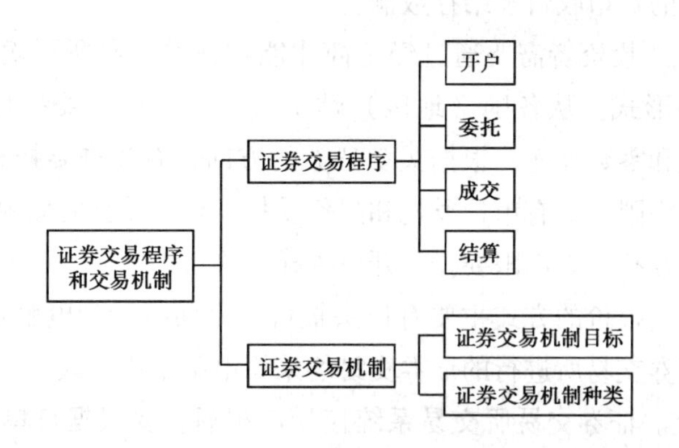

图1－3　第一章第二节结构

二、考点分析

（一）证券交易程序（见图1－4）

1. 开户。开户有两个方面，即开立证券账户和开立资金账户。开立

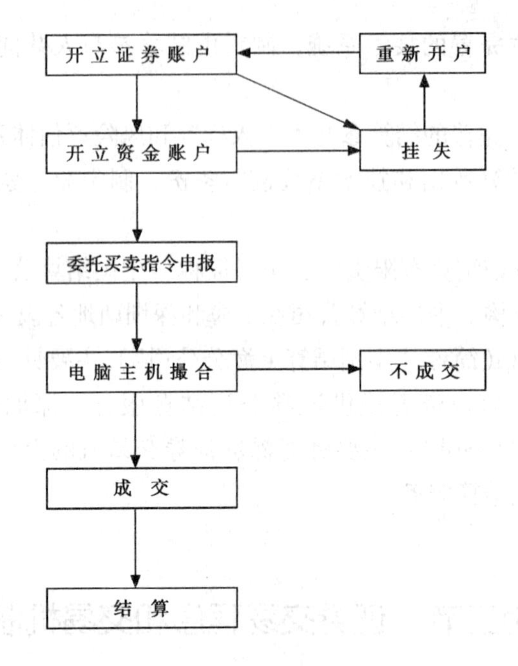

图1－4 证券交易程序

证券账户后，投资者还必须开立资金账户。资金账户用来记载和反映投资者买卖证券的货币收付和结存数额。

2. 委托。投资者需要通过经纪商才能在证券交易所买卖证券。委托指令有多种形式。从各国（地区）情况看，一般根据委托订单的数量，有整数委托和零数委托；根据买卖证券的方向，有买进委托和卖出委托；根据委托价格限制，有市价委托和限价委托；根据委托时效限制，有当日委托、当周委托、无期限委托、开市委托和收市委托等。证券交易所在证券交易中接受报价的方式主要有口头报价、书面报价和电脑报价。目前，我国通过证券交易所进行的证券交易均采用电脑报价方式。

3. 成交。证券交易所交易系统接受申报后，要根据订单的成交规则进行撮合配对。在成交价格确定方面，一种情况是通过买卖双方直接竞价形成交易价格；另一种情况是交易价格由交易商报出，投资者接受交易商的报价后即可与交易商进行证券买卖。

在订单匹配原则方面，优先原则主要有价格优先原则、时间优先原则、按比例分配原则、数量优先原则、客户优先原则、做市商优先原则和经纪商优先原则等。我国采用价格优先和时间优先原则。

4. 结算。清算和交收是证券结算的两个方面。对于记名证券而言，完成了清算和交收，还有一个登记过户的环节。完成了登记过户，证券交易过程才告结束。

（二）证券交易机制

1. 证券交易机制目标。主要目标有流动性、稳定性和有效性。

证券的流动性是证券市场生存的条件。证券市场流动性包含两个方面的要求，即成交速度和成交价格。如果投资者能以合理的价格迅速成交，则市场流动性好。

证券市场的稳定性是指证券价格的波动程度。证券市场的稳定性可以用市场指数的风险度来衡量。

证券市场的有效性包含两个方面的要求：一是证券市场的高效率；二是证券市场的低成本。其中，高效率又包含两个方面内容：首先是证券市场的信息效率；其次是证券市场的运行效率。

2. 证券交易机制种类。从交易时间的连续特点划分，有定期交易系统和连续交易系统；从交易价格的决定特点划分，有指令驱动系统和报价驱动系统。

（1）定期交易系统和连续交易系统。在定期交易系统中，成交的时点是不连续的。在连续交易系统中，并非意味着交易一定是连续的，而是指在营业时间里订单匹配可以连续不断地进行。这两种交易机制有着不同的特点。

定期交易系统的特点是：①批量指令可以提供价格的稳定性；②指令执行和结算的成本相对比较低。

连续交易系统的特点是：①市场为投资者提供了交易的即时性；②交易过程中可以提供更多的市场价格信息。

（2）指令驱动系统和报价驱动系统。指令驱动系统是一种竞价市场，也称为“订单驱动市场”。指令驱动系统的特点是：①证券交易价格由买方和卖方的力量直接决定；②投资者买卖证券的对手是其他投资者。报价驱动系统是一种连续交易商市场，或称“做市商市场”。报价驱动系统的特点是：①证券成交价格的形成由做市商决定；②投资者买卖证券都以做市商为对手，与其他投资者不发生直接关系。

第三节　证券交易所的会员和席位

一、知识体系（见图1－5）

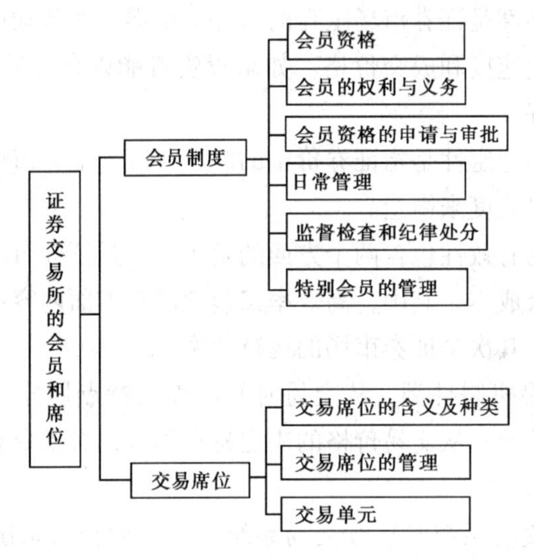

图1－5　第一章第三节结构

二、考点分析

（一）会员制度

上海证券交易所和深圳证券交易所都采取会员制。它们通过接纳证券公司入会，组成一个自律性的会员制组织。

在我国，证券交易所接纳的会员分为普通会员和特别会员。

1. 会员资格。证券公司要成为会员应具备一定的条件。上海证券交易所和深圳证券交易所对此的规定基本相同，主要有：

（1）经中国证监会依法批准设立并具有法人地位的证券公司。

（2）具有良好的信誉、经营业绩和一定规模的资本金或营运资金。

（3）组织机构和业务人员符合中国证监会和证券交易所规定的条件。

（4）承认证券交易所章程和业务规则，按规定缴纳各项会员经费。

（5）证券交易所要求的其他条件。

2. 会员的权利与义务。

（1）会员的权利：①参加会员大会；②有选举权和被选举权；③对证券交易所事务的提议权和表决权；④参加证券交易所组织的证券交易，享受证券交易所提供的服务；⑤对证券交易所事务和其他会员的活动进行监督；⑥按规定转让交易席位等。

（2）会员的义务：①遵守国家的有关法律法规、规章和政策，依法开展证券经营活动；②遵守证券交易所章程、各项规章制度，执行证券交易所决议；③派遣合格代表入场从事证券交易活动（深圳证券交易所无此项规定）；④维护投资者和证券交易所的合法权益，促进交易市场的稳定发展；⑤按规定缴纳各项经费和提供有关信息资料以及相关的业务报表和账册；⑥接受证券交易所的监督等。

3. 会员资格的申请与审批。证券公司申请成为证券交易所的会员，首先要将一系列相关材料报送证券交易所。证券公司申请文件齐备的，证券交易所予以受理，并自受理之日起20个工作日内做出是否同意接纳为会员的决定。证券交易所同意接纳的，向该证券公司颁发会员资格证书，并予以公告。

4. 日常管理。证券交易所会员应当设会员代表1名，组织、协调会员与证券交易所的各项业务往来。会员应当设会员业务联络人1～4名，根据授权代位履行会员代表职责。

证券交易所会员应当向证券交易所履行下列定期报告义务：每月前7个工作日内报送上月统计报表及风险控制指标监管报表；每年4月30日前报送上年度经审计财务报表和证券交易所要求的年度报告材料；每年4月30日前报送上年度会员交易系统运行情况报告；证券交易所规定的其他定期报告义务。

5. 监督检查和纪律处分。

（1）监督检查。证券交易所可根据监管需要，采用现场和非现场的方式对会员证券业务活动中的风险管理、交易及相关系统安全运行等情况进行监督检查。

证券交易所在会员监管过程中，对存在或者可能存在问题的会员，可以根据需要采取下列措施：口头警示、书面警示、要求整改、约见谈话、专项调查、暂停受理或者办理相关业务、提请中国证监会处理。

（2）纪律处分。证券交易所会员应承担相应的义务，如果违反证券交易所业务规则，证券交易所责令其改正，并视情节轻重单处或者并处下列纪律处分措施：①在会员范围内通报批评；②在中国证监会指定媒体上公开谴责；③暂停或者限制交易；④取消交易权限；⑤取消会员资格。

证券交易所会员董事、监事、高级管理人员对会员违规行为负有责任的，证券交易所责令改正，并视情节轻重处以下列纪律处分措施：在会员范围内通报批评、在中国证监会指定媒体上公开谴责。

6. 特别会员的管理。境外证券经营机构设立的驻华代表处，若符合条件，经申请可以成为我国上海证券交易所和深圳证券交易所的特别会员。

境外证券经营机构驻华代表处申请成为证券交易所特别会员的条件是：①依法设立且满 1 年；②承认证券交易所章程和业务规则，接受证券交易所监管；③其所属境外证券经营机构具有从事国际证券业务经验，有良好的信誉和业绩；④代表处及其所属境外证券经营机构最近 1 年无因重大违法违规行为而受主管当局处罚的情形。

特别会员可以申请终止会籍。

（二）交易席位

1. 交易席位的种类。

（1）根据席位的报盘方式不同，可分为有形席位和无形席位。

（2）根据席位经营的证券品种不同，可分为普通席位和专用席位。

（3）根据席位使用的业务种类不同，可分为代理席位和自营席位。

2. 交易席位的管理。

（1）取得席位的条件。取得普通席位的条件有两个：①具有会员资格；②缴纳席位费。

境内证券经营机构要取得 B 股席位，必须取得国家外汇管理局颁发的外汇经营许可证；境外证券经营机构要取得 B 股席位，必须取得中国证监会颁发的经营外资股业务资格证书。

（2）取得席位的申请和批准。

（3）交易席位的使用。除交易所批准外，会员的席位只能由会员单位自己使用，严禁会员将席位全部或者部分以出租或者承包等形式交由其他机构或个人使用。席位不得退回，但可以转让。

（4）交易席位的变更。会员公司因公司更名、营业部迁址、更换席位使用单位等原因，需要变更席位名称的，必须向证券交易所会员部提出申请并批准后，方能办理席位变更的有关手续。

3. 交易单元。交易单元是指证券交易所会员取得席位后向证券交易所申请设立的、参与证券交易所证券交易与接受证券交易所监管及服务的基本业务单位。

深圳证券交易所会员取得席位后，可根据业务需要向交易所申请设立1个或1个以上的交易单元。会员从事证券经纪、自营、融资融券等业务，应当分别通过专用的交易单元进行（交易所另有规定的除外）。

深圳证券交易所根据会员的申请和业务许可范围，为其设立的交易单元设定下列交易或其他业务权限：一类或多类证券品种或特定证券品种的交易；大宗交易；协议转让；交易型开放式指数基金（ETF）、上市开放式基金（LOF）及非上市开放式基金等的申购与赎回；融资融券交易；特定证券的主交易商报价；其他交易或业务权限。

深圳证券交易所根据会员的申请，为交易单元提供下列使用交易所交易系统资源和获取交易系统服务的功能：申报买卖指令及其他业务指令；获取实时及盘后交易回报；获取证券交易即时行情、证券指数、证券交易公开信息等交易信息及相关新闻公告；配置相应的通信通道等通信资源，接入和访问交易所交易系统；获取交易所交易系统提供的其他服务权限。

会员可通过多个网关进行一个交易单元的交易申报，也可通过一个网关进行多个交易单元的交易申报，但不得通过其他会员的网关进行交易申报。

第三部分　自测题及参考答案

一、单项选择题（以下各小题所给出的4个选项中，只有一项最符合题目要求，请将正确选项的代码填入括号内）

1. 新中国证券市场的建立始于(　　)年。

A. 1990　　B. 1986

C. 1992　　D. 1984

2. 1992年年初，人民币特种股票即B股最先在(　　)证券交易所上市。

A. 上海　　B. 深圳

C. 香港　　D. 纽约

3. 我国股权分置改革试点工作启动的时间是(　　)。

A. 2004年5月底　　B. 2005年4月底

C. 2005年5月底　　D. 2006年1月底

4. 公开原则的核心要求是(　　)。

A. 参与交易的各方应当获得平等的机会

B. 交易各方要及时公布有关信息

C. 实现市场信息的公开化

D. 上市公司对重大事项及时向社会公布

5. 可转换债券具有(　　)的双重特性。

A. 债权和期权　　B. 债权和股权

C. 债权和权证　　D. 股权和期权

6. 回购交易通常在(　　)交易中运用。

A. 远期　　B. 现货

C. 债券　　D. 股票

7. 从内容上看，权证具有(　　)的性质。

A. 期权　　B. 所有权

C. 约定交易　　D. 远期交易

8. 金融期货交易是指以(　　)为对象进行的流通转让活动。

A. 权证　　B. 股票

C. 金融衍生产品　　D. 金融期货合约

9. 投资者向证券经纪商下达买进或卖出证券的指令，称为(　　)。

A. 开户　　B. 申报

C. 成交　　D. 委托

10. 现阶段，投资者交易结算资金已经实行第三方存管制度。投资者在(　　)有签约存款账户。

A. 经纪商　　B. 商业银行

C. 第三方　　D. 上市公司

11. 证券交易所交易系统接受申报后，在成交价格确定方面，一种情况是交易价格由(　　)报出，投资者接受其报价后即可进行证券买卖。

A. 证券公司　　B. 交易系统

C. 交易商　　D. 做市商

12. 清算结束后，需要完成证券由卖方向买方转移和对应的资金由买方向卖方转移的过程属于(　　)。

A. 交收　　B. 清算

C. 成交　　D. 结算

13. 下列不属于证券交易机制目标的是(　　)。

A. 流动性　　B. 有效性

C. 稳定性　　D. 收益性

14. 提高市场透明度是加强证券市场(　　)的重要措施。

A. 有效性　　B. 稳定性

C. 安全性　　D. 流动性

15. 在报价驱动系统中，做市商的收入来源是(　　)。

A. 买卖证券的差价　　B. 手续费、佣金收入

C. 投机收入　　D. 投资收入

16. 符合条件的证券公司提出申请后，需经证券交易所(　　)批准方可成为会员。

A. 监事会　　B. 理事会

C. 董事会　　D. 专门委员会

17. 证券交易所决定接纳或者开除会员应当在决定后的(　　)个工作日内向中国证监会备案。

A. 5　　B. 7

C. 10　　D. 15

18. 境外证券经营机构设立的驻华代表处，若符合条件，经申请可成为我国证券交易所的(　　)。

A. 正式会员　　B. 临时会员

C. 普通会员　　D. 特别会员

19. 境内证券经营机构要取得B股席位，必须取得国家外汇管理局颁

发的(　　)。

A. 经营外资股业务资格证书　B. 外汇经营许可证

C. 席位申请表　D. 经营证书

20. (　　)可申请转让向证券公司租用的A股席位。

A. 基金管理公司　B. 保险公司

C. 财务公司　D. 资产管理公司

21. 会员参与交易及会员权限的管理通过(　　)来实现。

A. 会员席位　B. 参与者交易单元

C. 交易单元　D. 证券账户

22. 深圳证券交易所会员取得席位后，可根据业务需要向交易所申请设立(　　)的交易单元。

A. 1个或1个以上　B. 2个或2个以上

C. 若干　D. 5个

23. 深圳证券交易所根据会员的申请和业务许可范围，为其设立的交易单元设定的交易或其他业务权限不包括(　　)。

A. 一类或多类证券品种或特定证券品种的交易

B. 小额交易

C. 协议转让

D. 上市开放式基金等的申购与赎回

24. 证券公司经营证券承销与保荐、证券自营、证券资产管理的，其注册资本不得低于人民币(　　)亿元。

A. 1　B. 2

C. 3　D. 5

25. 境外证券经营机构要取得B股席位，必须取得中国证监会颁发的(　　)。

A. 外汇经营许可证　B. 证券业从业资格证书

C. 经营外资股业务资格证书　D. 席位证明

26. 根据(　　)的不同，债券主要有政府债券、金融债券和公司债券三大类。

A. 债券持有人　B. 债券承销商

C. 发行对象　D. 发行主体

27. 开放式基金份额的申购价格和赎回价格是在(　　)的基础上再加一定的手续费而确定的。

A. 基金资产总价值　　B. 基金资产净值

C. 基金份额市值　　D. 双方协商

28. 我国证券市场上出现的交易型开放式指数基金代表的是一揽子股票的投资组合，追踪的是(　　)。

A. 实际股票价格　　B. 实际的股价指数

C. 投资组合总市值　　D. 上证50指数

29. 将证券交易委托分为市价委托和限价委托，是按(　　)划分。

A. 委托订单的数量　　B. 买卖证券的方向

C. 委托价格限制　　D. 委托时效限制

30. 金融期权的买入期权是指期权的买方具有在约定期限内按(　　)买入一定数量金融工具的权利。

A. 金融工具市价　　B. 双方即时协商的价格

C. 协定价格　　D. 合同约定价格

31. 上海证券交易所和深圳证券交易所没有设立的机构是(　　)。

A. 会员大会　　B. 理事会

C. 董事会　　D. 专门委员会

32. 证券是用来证明证券(　　)有权取得相应权益的凭证。

A. 发行人　　B. 交易组织者

C. 持有人　　D. 运行监督人

33. 下列说法错误的是(　　)。

A. 在我国，证券交易所接纳的会员应当是经有关部门批准设立并具有法人地位的境内证券经营机构

B. 经营范围符合规定是证券交易所会员入会的重要条件之一

C. 沪、深两家证券交易所对会员资格的规定有较大的差异性

D. 只有交易所的会员才能在交易所中进行交易

34. 从(　　)年开始，我国先后在61个大中城市开放了国库券转让市场。

A. 1986　　B. 1987

C. 1988　　D. 1989

35. 1999 年 7 月 1 日，(　　)的实施标志着维系证券交易市场运作的法规体系趋向完善。

A. 《证券法》　　B. 《公司法》

C. 《证券公司管理办法》　　D. 《证券交易所管理办法》

36. 证券交易的(　　)原则要求证券交易参与各方应依法及时、真实、准确、完整地向社会发布自己的有关信息。

A. 公平　　B. 公正

C. 安全　　D. 公开

37. 可转换债券是指其持有者可以在一定时期内按一定比例或价格将之转换成一定数量的(　　)的债券。

A. 基金　　B. 优先股

C. 另一种证券　　D. 普通股

38. 根据(　　)，证券交易的方式有现货交易、远期交易和期货交易。

A. 交易的时间不同

B. 交易的期限不同

C. 交易合约的内容不同

D. 交易合约的签订与实际交割之间的关系

39. 回购交易从运作方式上看，它结合了现货交易和(　　)的特点。

A. 期货交易　　B. 远期交易

C. 期权交易　　D. 债券交易

40. 期货交易是在交易所进行的(　　)的远期交易。

A. 标准化　　B. 非标准化

C. 集中性　　D. 非集中性

41. 金融期权交易是指以(　　)为对象进行的流通转让活动。

A. 金融期货合约　　B. 金融期货

C. 金融远期合约　　D. 金融期权合约

42. 一般的境外投资者可以投资在证券交易所上市的(　　)。

A. 国债　　B. A 股

C. B 股　　D. 权证

43. 证券经纪商接到投资者的委托指令后，首先要对投资者身份的

(　　)进行审查。

A. 真实性和一致性　　B. 一致性和合法性

C. 真实性和合法性　　D. 真实性和规范性

44. 在订单匹配原则方面，各证券交易所普遍以(　　)原则作为第一优先原则。

A. 时间优先　　B. 数量优先

C. 客户优先　　D. 价格优先

45. 证券市场的稳定性可以用(　　)来衡量。

A. 市场指数的风险度　　B. 市场指数的波动性

C. 市场价格的波动性　　D. 市场价格的风险度

46. 交易参与人应当通过在证券交易所申请开设的(　　)进行证券交易。

A. 交易席位　　B. 交易单元

C. 交易业务单位　　D. 普通席位

47. 信用交易是投资者通过交付(　　)取得经纪商信用而进行的交易。

A. 押金　　B. 保证金

C. 资金　　D. 金融工具

48. 2005 年 10 月重新修订的(　　)取消了证券公司不得为客户交易融资融券的规定。

A. 《公司法》　　B. 《企业破产法》

C. 《证券法》　　D. 《企业所得税法》

二、不定项选择题（以下各小题所给出的 4 个选项中，至少有一项符合题目要求，请将符合题目要求选项的代码填入括号内）

1. 以下关于证券交易主要特征的表述中，正确的有(　　)。

A. 证券的流动性、收益性和安全性三者之间互相联系

B. 证券只有通过流动才具有较强的变现能力

C. 因为证券可能为其持有者带来一定收益，所以具有流动性

D. 证券在流动中也存在因其价格变化给持有者带来损失的风险

2. 证券交易与证券发行的联系表现为(　　)。

A. 证券交易与发行相互促进、相互制约

B. 证券交易决定了证券发行的规模，是证券发行的前提

C. 证券发行为证券交易提供了对象

D. 证券交易使证券的流动性特征显示出来，有利于证券发行的顺利进行

3. 下列有关公平原则的说法正确的是(　　)。

A. 应当公正地对待证券交易的各方

B. 参与各方应当获得平等的机会

C. 资金数量不同的交易主体应享受公平的待遇

D. 除证券公司外，各方处于平等的法律地位

4. 下列属于政府债券的有(　　)。

A. 国债　　　　B. 地方债

C. 建设债券　　D. 可转换债券

5. 下列关于 ETF 的说法正确的有(　　)。

A. ETF 代表的是一揽子股票的投资组合

B. 追踪的是实际的股价指数

C. 可以在证券交易所挂牌上市交易

D. 可以进行基金份额的申购和赎回

6. 按照交易对象的品种划分，证券交易种类有(　　)等。

A. 股票交易　　B. 债券交易

C. 基金交易　　D. 其他金融衍生工具的交易

7. 证券交易所不得直接或者间接从事的事项有(　　)。

A. 以营利为目的的业务

B. 新闻出版业

C. 发布对证券价格进行预测的文字和资料

D. 安排证券上市

8. 为保证业务的正常进行，证券登记结算机构需采取的措施有(　　)。

A. 建立完善的技术系统

B. 建立完善的结算参与人准入标准和风险评估体系

C. 制定完善的风险防范制度和内部控制制度

D. 对结算数据和技术系统进行备份，制定业务紧急应变程序和操作流程

9. 以下属于基础性金融产品的是(　　)。

A. 股票　　B. 债券

C. 可转换债券　　D. 权证

10. 目前，金融期货主要类型有(　　)。

A. 外汇期货　　B. 利率期货

C. 股权类期货　　D. 国债期货

11. 证券登记结算机构的职能包括(　　)。

A. 证券的存管和过户

B. 证券交易所上市证券交易的清算和交收

C. 对上市公司进行监管

D. 证券账户、结算账户的设立以及证券持有人名册登记

12. 证券交易的基本过程包括(　　)。

A. 开户　　B. 成交

C. 结算　　D. 挂失

13. 根据委托时效限制，委托指令可分为(　　)。

A. 当日委托　　B. 整数委托

C. 市价委托　　D. 开市委托

14. 证券市场流动性包含的要求有(　　)。

A. 高效率　　B. 成交价格

C. 成交速度　　D. 低成本

15. 以下属于公开原则的有(　　)。

A. 公正地办理证券交易中的各项手续

B. 公正地处理证券交易中的违法违规行为

C. 上市的股份公司财务报表、经营状况等资料必须依法及时向社会公开

D. 上市的股份公司一些重大事项必须及时向社会公布

16. 从交易价格的决定特点来看，证券交易机制可以分为(　　)。

A. 定期交易系统　　B. 连续交易系统

C. 指令驱动系统　　　　　　D. 报价驱动系统

17. 下列说法有误的是(　　)。

A. 连续交易系统为投资者提供了交易的即时性

B. 连续交易系统使得指令执行和结算的成本相对比较低

C. 连续交易系统可在交易过程中提供更多的市场价格信息

D. 在定期交易系统中批量指令可以提供价格的稳定性

18. 一般来说，证券交易所从(　　)方面规定入会的条件。

A. 证券公司的经营范围

B. 证券公司承担风险和责任的资格及能力

C. 证券公司的组织机构、人员素质

D. 证券公司的注册资本

19. 以下属于证券交易所会员权利的有(　　)。

A. 参加会员大会

B. 对证券交易所事务的提议权和表决权

C. 参与收益分配

D. 按规定转让交易席位

20. 我国证券交易所规定的会员必须承担的义务包括(　　)。

A. 遵守国家的有关法律法规、规章和政策

B. 维护投资者和证券交易所的合法权益

C. 按规定缴纳各项经费和提供有关信息资料

D. 遵守证券交易所章程、各项规章制度

21. 以下关于股票的说法，正确的是(　　)。

A. 股票是一种有价证券

B. 股票是股份有限公司签发的证明股东所持股份的凭证

C. 股票可以表明投资者的股东身份和权益

D. 股东可以据以获取股息和红利

22. 根据报盘方式不同，交易席位可以分为(　　)。

A. 有形席位　　　　　　B. 普通席位

C. 无形席位　　　　　　D. 代理席位

23. 普通席位可以从事(　　)的买卖。

A. 债券　　　　　　B. B 股

C. A 股　　D. 基金

24. 可向证券交易所申请取得专用席位的机构包括(　　)。

A. 证券公司　　B. 保险公司

C. 财务公司　　D. 资产管理公司

25. 关于交易席位的使用，正确的有(　　)。

A. 与他人共用席位

B. 将席位承包给他人使用

C. 退回专用席位

D. 经证券交易所会员部审核批准后可以转让

26. 以下需办理席位变更的原因有(　　)。

A. 公司更名　　B. 更换席位使用单位

C. 转让席位　　D. 营业部迁址

27. 以下关于债券及债券交易的说法，正确的有(　　)。

A. 债券是一种有价证券

B. 债券是社会各类经济主体为筹集资金而向债券投资者出具的、承诺按一定利率定期支付利息并到期偿还本金的债权债务凭证

C. 债券交易就是以债券为对象进行的流通转让活动

D. 政府债券、金融债券和公司债券都是债券市场上的交易品种

28. 以下关于封闭式基金的说法，正确的有(　　)。

A. 封闭式基金在成立后，基金管理公司可以申请其基金在证券交易所上市

B. 封闭式基金如果获得批准，则投资者就可以在二级市场上买卖基金份额

C. 封闭式基金份额的买卖价格是在基金资产净值的基础上计算的

D. 封闭式基金如果是非上市的，投资者可以进行基金份额的申购和赎回

29. 以下关于金融衍生工具的说法，正确的有(　　)。

A. 又称金融衍生产品

B. 是与基础金融产品相对应的一个概念

C. 建立在基础产品或基础变量之上

D. 其价格取决于基础金融产品价格（或数值）的变动

30. 金融衍生工具交易包括(　　)。

A. 权证交易　　B. 金融期货交易

C. 金融期权交易　　D. 可转换债券交易

31. 如果按照金融期权基础资产性质的不同，金融期权可以分为(　　)。

A. 股权类期权　　B. 利率期权

C. 货币期权　　D. 金融期货合约期权

32. 根据交易合约的签订与实际交割之间的关系，证券交易的方式有(　　)。

A. 即时交易　　B. 现货交易

C. 远期交易　　D. 期货交易

33. 关于期货交易与远期交易，以下说法正确的有(　　)。

A. 都是现在定约成交，将来交割

B. 期货交易是非标准化的，在场外市场进行

C. 期货交易和远期交易以通过交易获取标的物为目的

D. 远期交易在多数情况下不进行实物交收，而是在合约到期前进行反向交易、平仓了结

34. 我国证券交易所的职能包括(　　)。

A. 制定证券交易所的业务规则

B. 组织监督证券交易

C. 管理和公布市场信息

D. 设立证券登记结算机构

35. 取得证券交易所普通席位的条件是(　　)。

A. 经中国证监会批准　　B. 具有证券交易所的会员资格

C. 缴纳交易押金　　D. 缴纳席位费

36. 对于可转换债券，以下表述正确的是(　　)。

A. 持有者可按规定将债券转换为普通股票

B. 持有者可按规定将股票转换为债券

C. 持有者可持有可转换债券直至期满收回本息

D. 持有者可选择在证券市场上将其抛售

37. 关于有形席位和无形席位，以下说法正确的是(　　)。

A. 无形席位采用场内报盘方式

B. 无形席位不需要证券公司派驻场内交易员

C. 有形席位的一个特点是交易速度有了提高

D. 有形席位需要由“红马甲”向交易所交易系统输入买卖指令

38. 证券交易所在证券交易中接受报价的方式有(　　)。

A. 口头报价　　B. 书面报价

C. 电脑报价　　D. 电话报价

39. 债券种类主要包括(　　)。

A. 私人债券　　B. 政府债券

C. 金融债券　　D. 公司债券

40. 从基金的基本类型看，基金一般可分为(　　)。

A. ETF　　B. 封闭式基金

C. 开放式基金　　D. LOF

41. 下列关于权证的说法，正确的有(　　)。

A. 权证的发行人只能是证券发行人

B. 权证持有人在规定期间内或特定到期日，有权按约定价格向发行人购买或出售标的证券，或以现金结算方式收取结算差价

C. 权证具有期权的性质，也有交易的价值

D. 权证既可在证券交易所内进行交易，也可在场外交易市场上交易

42. 以下属于机构投资者的有(　　)。

A. 政府机构　　B. 金融机构

C. 企业及事业法人　　D. 各类基金

43. 我国《证券法》规定，证券交易所、证券公司和证券登记结算机构的从业人员、证券监督管理机构的工作人员以及法律、行政法规禁止参与股票交易的其他人员，在任期或者法定限期内不得有(　　)行为。

A. 直接或者以化名持有、买卖股票

B. 借他人名义持有、买卖股票

C. 收受他人赠送的股票

D. 就股票趋势提出自己的看法

44. 合格境外机构投资者可在经批准的投资额度内投资的证券有(　　)。

A. 在交易所上市的除B股以外的股票

B. 国债、可转换债券、企业债券

C. 权证

D. 封闭式基金、经中国证监会批准设立的开放式基金

45. 在我国，证券公司是指依照《公司法》规定，并经国务院证券监督管理机构审查批准的、经营证券业务的(　　)。

A. 私营公司　　B. 合资公司

C. 有限责任公司　　D. 股份有限公司

46. 下列不是设立证券公司所应具备的条件有(　　)。

A. 有符合法律、行政法规规定的公司章程

B. 最近3年无重大违法违规记录，净资产不低于人民币5亿元

C. 董事、监事、高级管理人员具备任职资格，从业人员不一定要具备证券业从业资格

D. 有完善的风险管理与内部控制制度

47. 经中国证监会批准，证券公司可以经营的全部或部分业务包括(　　)。

A. 证券经纪　　B. 证券投资咨询

C. 证券承销与保荐　　D. 证券自营

48. 证券交易所的组织形式包括(　　)。

A. 会员制　　B. 公司制

C. 集合制　　D. 股份制

49. 以下关于证券交易市场的作用，正确的有(　　)。

A. 为各种类型的证券提供便利而充分的交易条件

B. 为各种交易证券提供公开、公平、充分的价格竞争，以发现合理的交易价格

C. 实施公开、公正和及时的信息披露

D. 提供安全、便利、迅捷的交易与交易后服务

50. 证券交易所在会员监管过程中，对存在或者可能存在问题的会员，可以根据需要采取的措施有(　　)。

A. 口头警示　　B. 要求整改

C. 约见谈话　　D. 专项调查

51. 会员受到取消交易权限纪律处分的，应当自收到处分通知之日起(　　)个工作日内在其营业场所予以公告。

A. 3　　B. 5

C. 10　　D. 15

52. 我国《证券法》规定，证券登记结算机构是为证券交易提供(　　)服务，不以营利为目的的法人。

A. 集中登记　　B. 存管

C. 结算　　D. 成交

53. 证券交易程序中，开户包括开立(　　)。

A. 证券账户　　B. 资金账户

C. 存款账户　　D. 交易账户

54. 证券市场的有效性包含(　　)的要求。

A. 证券市场的低风险　　B. 证券市场的高收益

C. 证券市场的高效率　　D. 证券市场的低成本

55. 下列关于指令驱动系统和报价驱动系统的说法正确的有(　　)。

A. 报价驱动系统下，证券买价和卖价都由做市商给出

B. 报价驱动系统下，投资者买卖证券的对手是其他投资者

C. 指令驱动系统下，证券交易价格由买方和卖方力量直接决定

D. 指令驱动系统下，投资者买卖证券都以做市商为对手，与其他投资者不发生直接关系

56. 境外证券经营机构驻华代表处申请成为证券交易所特别会员的条件包括(　　)。

A. 依法设立且满 1 年

B. 承认证券交易所章程和业务规则，接受证券交易所监管

C. 其所属境外证券经营机构具有从事国际证券业务经验，且有良好的信誉和业绩

D. 代表处及其所属境外证券经营机构最近 2 年无因重大违法违

规行为而受主管当局处罚的情形

57. 我国证券交易所特别会员享有的权利包括(　　)。

A. 选举权和被选举权

B. 列席证券交易所会员大会

C. 向证券交易所提出相关建议

D. 接受证券交易所提供的相关服务

三、判断题（判断以下各小题的对错，正确的用 A 表示，错误的用 B 表示）

1. 证券交易的特征主要表现为证券的风险性、流动性和安全性。 (　　)

2. 1990 年 12 月和 1991 年 7 月，上海证券交易所和深圳证券交易所分别正式开业。 (　　)

3. 公正原则是指公正地对待证券交易的参与各方，公正地处理证券交易事务。 (　　)

4. 股票、债券、权证、可转换债券等属于基础性的金融产品。 (　　)

5. 目前我国通过证券交易所进行的股票交易采用的报价方式有电脑报价和书面报价。 (　　)

6. 股票上市交易后，如果发现不符合上市条件，直接终止其上市交易。 (　　)

7. 所有的开放式基金除了申购和赎回外，都可以像买卖股票、债券一样进行交易。 (　　)

8. 期货交易是非标准化的，可在场内市场进行，也可在场外市场进行。 (　　)

9. 权证是基础证券发行人或其以外的第三人发行的，约定持有人在规定期间内或特定到期日，有权按市场价格向发行人购买或出售标的证券，或以现金结算方式收取结算差价的有价证券。 (　　)

10. 卖出期权指期权的买方具有在约定期限内按协定价格卖出一定数量金融工具的权利。 (　　)

11. 期货合约是由交易双方订立的、约定在未来某日期按成交时约定的价格交割一定数量的某种商品的标准化协议。（　）

12. 期货交易在多数情况下要进行实物交收，只有少数是在合约到期前进行反向交易、平仓了结。（　）

13. 注册资本不足1亿元人民币的证券公司不可经营证券资产管理业务。（　）

14. 证券交易所的设立和解散，由国务院决定。（　）

15. 我国上海证券交易所和深圳证券交易所分别采用会员制和公司制组织形式。（　）

16. 中国证券登记结算有限责任公司在上海和深圳两地各设立了一个分公司。（　）

17. 证券交易所总经理由理事会任免。（　）

18. 投资者开立证券账户后就可以直接买卖证券。（　）

19. 在订单匹配原则方面，我国采用价格优先和时间优先原则。（　）

20. 对于记名证券而言，完成了清算和交收，证券交易过程即告结束。（　）

21. 证券成交速度快，说明其流动性很好。（　）

22. 在连续交易系统中，并非意味着交易一定是连续的，而是指在营业时间里订单匹配可以连续不断地进行。（　）

23. 在报价驱动系统中，交易双方既可以通过做市商买卖证券，也可以直接进行交易。（　）

24. 在指令驱动系统下，在竞价市场中，证券交易价格是由市场上的买方订单和卖方订单共同驱动的。（　）

25. 证券市场有效性包括证券市场的高效率和低成本两方面的要求。（　）

26. 证券公司一旦成为证券交易所的特别会员，便自动取得了交易席位。（　）

27. 证券交易的对象就是证券买卖的标的物。（　）

28. 对于不履行义务的会员，无论情节轻重证券交易所都有权给予一定的处分。（　）

29. 证券交易所无论何种会员都不能提出终止会籍的申请。（ ）

30. 有形席位的申报方式可以缩短申报时间与成交回报时间，同时也降低申报差错。（ ）

31. 某证券公司如不具有证券交易所的会员资格，则不能提出席位申请。（ ）

32. 普通席位与专用席位均不得转让和退回。（ ）

33. 根据席位使用的业务种类不同，交易席位可分为代理席位和自营席位。（ ）

34. 股票可以表明投资者的股东身份和权益，股东可以据以获取股息和红利。（ ）

35. 债券也是一种有价证券，是社会各类经济主体为向第三方贷出资金而向债券投资者出具的、承诺按一定利率定期支付利息并到期偿还本金的债权债务凭证。（ ）

36. 证券交易所会员应当设会员代表1名，组织、协调会员与证券交易所的各项业务往来。（ ）

37. 深圳证券交易所会员取得席位后，可根据业务需要向交易所申请设立2个或2个以上的交易单元。（ ）

38. 经深圳证券交易所同意，会员可将其设立的交易单元提供给证券投资基金管理公司、保险资产管理公司等机构使用。（ ）

39. 对于开放式基金来说，如果是非上市的，投资者可以通过基金管理公司和委托商业银行、证券公司等的柜台，进行基金份额的申购和赎回。（ ）

40. 上市开放式基金除了申购和赎回外，也可以在二级市场上进行买卖。（ ）

41. 金融衍生工具指建立在基础产品或基础变量之上，其价格取决于后者供需状况变动的派生金融产品。（ ）

42. 金融期权合约是指合约买方向卖方支付一定费用，在约定日期内（或约定日期）享有按事先确定的价格向合约卖方买卖某种金融工具的权利的契约。（ ）

43. 现货交易是指证券买卖双方在成交后就办理交收手续，买入者付出资金并得到证券，卖出者交付证券并得到资金。（ ）

44. 专用席位是指只能从事 B 股股票买卖的 B 股席位。（　　）

45. 店头市场即场外交易市场，二者可以等同。（　　）

46. 银行间债券市场已成为我国一个重要的债券集中性交易市场。（　　）

47. 代理席位是证券公司专门接受投资者委托，为投资者代理证券买卖的席位。（　　）

48. 合格境外机构投资者应当委托境内商业银行作为托管人托管资产，委托境内证券公司办理在境内的证券交易活动。（　　）

49. 只有以国债为对象进行的流通转让活动，才可以称为“债券交易”。（　　）

50. 证券交易是指已发行的证券在证券市场上买卖的活动。（　　）

51. 股票交易是以股票或认股权证为对象进行的流通转让活动。（　　）

52. 股票交易只可以在证券交易所进行。（　　）

53. 金融债券是指银行及非银行金融机构依照法定程序发行并约定在一定期限内还本付息的有价证券。（　　）

54. 证券投资基金是一种利益共享、风险共担的集合证券投资方式。（　　）

55. 债券回购交易是指债券买卖双方在成交后的某个时间约定于某时以某价格再进行反向交易的行为。（　　）

56. 交易单元是指证券交易所会员取得席位后向证券交易所申请设立的、参与证券交易所证券交易与接受证券交易所监管及服务的基本业务单位。（　　）

57. 深圳证券交易所会员从事证券经纪、自营、融资融券等业务，应当分别通过专用的交易单元进行（交易所另有规定的除外）。（　　）

58. 金融期货合约是指由交易双方订立的、约定在未来某日期按成交时约定的价格交割一定数量的某种特定金融工具的标准化协议。（　　）

59. 深圳证券交易所会员通过交易单元从事证券交易业务，应当向深圳证券交易所交纳交易单元使用费、流速费与流量费等费用。（　　）

60. 证券投资者既可以是自然人，也可以是法人。（　　）

61. 合格境外机构投资者可在经批准的投资额度内投资在交易所上市

的除B股以外的股票、国债、可转换债券、企业债券、权证、封闭式基金、经中国证监会批准设立的开放式基金，但不可参与股票增发、配股、新股发行和可转换债券发行的申购。（　　）

62. 在我国，中国结算公司可以委托证券公司或基金管理公司代为开立证券账户。（　　）

63. 证券账户和资金账户遗失，不能补办，只能开立新户。（　　）

64. 证券交易所交易系统接受申报后，要根据订单的成交规则进行撮合配对。符合成交条件的予以成交，不符合成交条件的继续等待成交，超过了委托时效的订单失效。（　　）

65. 对记名证券而言，完成了清算和交收，还要完成登记过户，证券交易过程才算结束。（　　）

66. 证券交易机制据交易时间的连续特点，可划分为定期交易系统和连续交易系统。（　　）

67. 证券交易所决定接纳或者开除正式会员以外的其他会员应当在履行有关手续10个工作日之前报中国证监会备案。（　　）

68. 境外证券经营机构要取得B股席位，必须取得中国证监会颁发的经营外资股业务资格证书。（　　）

69. 经中国人民银行批准可从事证券公司股票质押贷款业务的商业银行，可向证券交易所申请专门用于卖出证券公司质押股票的专用席位。（　　）

70. 证券交易所的会员若要进入证券交易所市场进行证券交易，除了向证券交易所申请取得相应席位外，还要向证券交易所申请取得交易权，成为证券交易所的交易参与人。（　　）

参考答案

一、单项选择题

1. B	2. A	3. B	4. C	5. A	6. C	7. A
8. D	9. D	10. B	11. C	12. A	13. D	14. B
15. A	16. B	17. A	18. D	19. B	20. A	21. C

22. A	23. B	24. D	25. C	26. D	27. B	28. B
29. C	30. C	31. C	32. C	33. C	34. C	35. A
36. D	37. C	38. D	39. B	40. A	41. D	42. C
43. C	44. D	45. A	46. B	47. B	48. C	

二、不定项选择题

1. BD	2. ACD	3. BC	4. AB	5. ABCD
6. ABCD	7. ABC	8. ABCD	9. AB	10. ABC
11. ABD	12. ABC	13. AD	14. BC	15. CD
16. CD	17. B	18. ABC	19. ABD	20. ABCD
21. ABCD	22. AC	23. ACD	24. BCD	25. D
26. ABD	27. ABCD	28. AB	29. ABCD	30. ABCD
31. ABCD	32. BCD	33. A	34. ABCD	35. BD
36. ACD	37. BD	38. ABC	39. BCD	40. BC
41. BCD	42. ABCD	43. ABC	44. ABCD	45. CD
46. BC	47. ABCD	48. AB	49. ABCD	50. ABCD
51. B	52. ABC	53. AB	54. CD	55. AC
56. ABC	57. BCD			

三、判断题

1. B	2. A	3. A	4. B	5. B	6. B	7. B
8. B	9. B	10. A	11. A	12. B	13. A	14. A
15. B	16. A	17. B	18. B	19. A	20. B	21. B
22. A	23. B	24. A	25. A	26. B	27. A	28. A
29. B	30. B	31. A	32. B	33. A	34. A	35. B
36. A	37. B	38. A	39. A	40. A	41. B	42. A
43. A	44. B	45. B	46. A	47. A	48. A	49. B
50. A	51. B	52. B	53. A	54. A	55. B	56. A
57. A	58. A	59. A	60. A	61. B	62. B	63. B
64. A	65. A	66. A	67. B	68. A	69. A	70. A

第二章

证券经纪业务

第一部分　基本内容及学习目的与要求

一、基本内容（见图2－1）

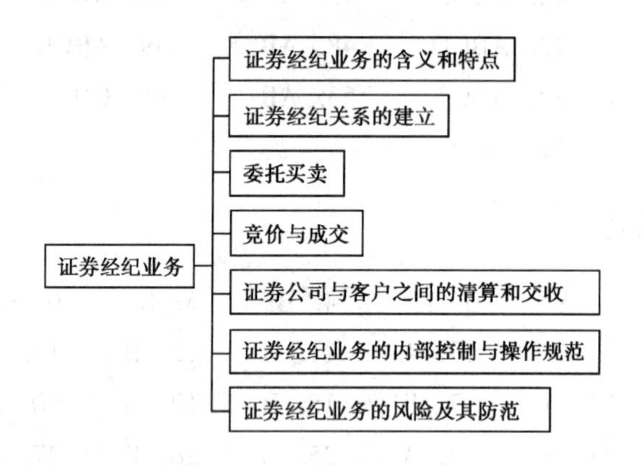

图2－1　第二章结构

二、学习目的与要求

熟悉证券经纪业务的含义和特点，掌握证券经纪关系的确立过程，熟悉《证券交易委托代理协议书》的主要内容，掌握开立交易结算资金账户的要求，掌握客户第三方存管的主要内容，熟悉证券交易委托人和证券经纪商的概念、权利和义务。

掌握委托指令的内容，熟悉证券委托的形式，掌握委托受理的手续和过程，掌握委托执行的申报原则和申报方式，熟悉委托指令撤销的条件和程序。

掌握证券交易的竞价原则和竞价方式。熟悉竞价的结果。熟悉证券买卖中交易费用的种类，掌握各类交易费用的含义和收费标准。

熟悉证券公司与客户之间的清算与交收程序。

熟悉经纪业务内部控制和基本操作规范的主要内容和要求。熟悉投资者教育的重点内容；熟悉经纪业务中的禁止行为。

熟悉证券经纪业务的风险种类，掌握经纪业务的风险防范措施，熟悉经纪业务的监管措施与法律责任。

第二部分　知识体系与考点分析

第一节　证券经纪业务的含义和特点

一、知识体系（见图 2 -2）

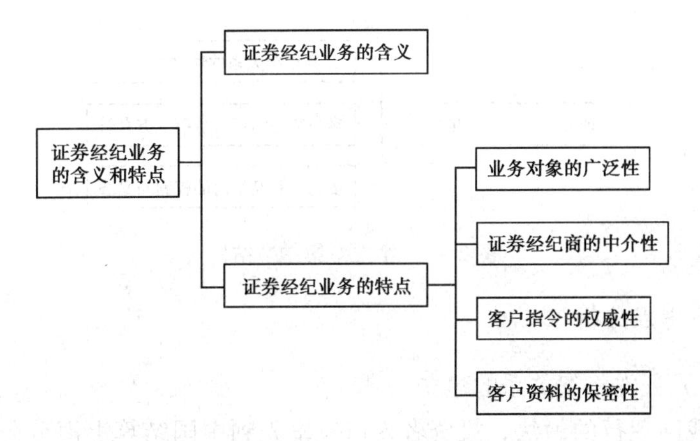

图 2 -2　第二章第一节结构

二、考点分析

（一）证券经纪业务的含义

1. 证券经纪业务是指证券公司通过其设立的证券营业部，接受客户委托，按照客户的要求，代理客户买卖证券的业务。在证券经纪业务中，证券公司不赚买卖差价，只收取一定比例的佣金作为业务收入。

2. 在证券经纪业务中，包含的要素有：委托人、证券经纪商、证券交易所和证券交易的对象。

3. 证券经纪商作用主要表现在：

（1）充当证券买卖的媒介。

（2）提供信息服务。

（二）证券经纪业务的特点

证券经纪业务的特点有：业务对象的广泛性、证券经纪商的中介性、客户指令的权威性、客户资料的保密性。

第二节　证券经纪关系的建立

一、知识体系（见图 2 – 3）

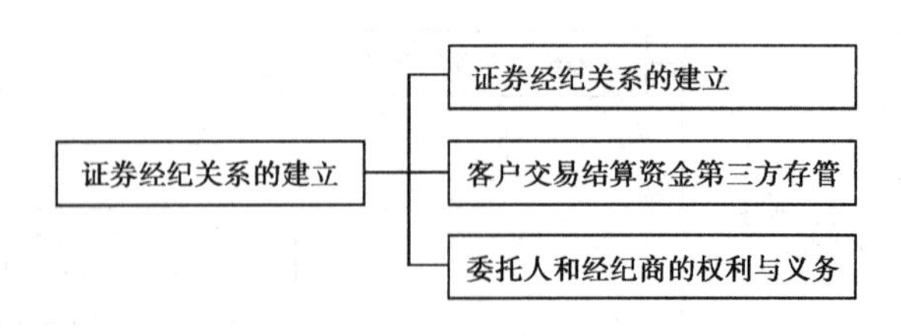

图 2 – 3　第二章第二节结构

二、考点分析

（一）证券经纪关系的建立

按我国现行的做法，投资者入市应事先到中国结算上海分公司或中国结算深圳分公司及其代理点开立证券账户。在具备了证券账户的基础上，投资者就可以与证券经纪商建立特定的经纪关系，成为该经纪商的客户。

1. 讲解业务规则、协议内容和揭示风险、签署《风险揭示书》和《客户须知》。一般来说，《风险揭示书》会告知客户从事证券投资将包括但不限于如下风险：宏观经济风险、政策风险、上市公司经营风险、技术风险、不可抗力因素导致的风险和其他风险。

2. 签订《证券交易委托代理协议》和《客户交易结算资金第三方存管协议》。2007 年 11 月 7 日，中国证券业协会发布了有关证券交易委托代理协议的指引，要求证券公司根据《证券交易委托代理协议（范本）》修订与客户签订的相关证券经纪业务合同文本。我国《证券法》第 139 条规定："证券公司客户的交易结算资金应当存放在商业银行，以每个客户的名义单独立户管理。"根据此规定，证券公司已全面实施"客户交易结算资金第三方存管"。在该管理模式下，客户开立资金账户时，还需在证券公司的合作存管银行中指定一家作为其交易结算资金的存管银行，并与其指定的存管银行、证券公司三方共同签署《客户交易结算资金第三方存管协议书》。

3. 开立资金账户与建立第三方存管关系。这里的资金账户是指客户在证券公司开立的专门用于证券交易结算的账户，即《客户交易结算资金第三方存管协议书》所指的"客户证券资金台账"。

证券营业部为客户开立资金账户应严格遵守"实名制"原则。

客户开立资金账户须本人到证券营业部柜台办理。

客户开立资金账户时，应同时自行设置交易密码和资金密码（以下统称密码）。客户在正常的交易时间内可以修改密码。

（二）客户交易结算资金第三方存管

客户交易结算资金第三方存管是指证券公司将客户的交易结算资金存放在指定的存管银行，以每个客户的名义单独立户管理。客户的交易结算资金的存取通过指定存管银行办理，存管银行为客户提供交易结算资金余额及变动情况的查询服务的客户交易结算资金管理模式。

客户交易结算资金第三方存管制度与以往的客户交易结算资金管理模式相比，发生了根本性的变化，主要体现在以下几个方面：

1. 证券公司客户的交易结算资金只能存放在指定的存管银行，不能存入其他任何机构。

2. 指定的存管银行须为每个客户建立管理账户，用以记录客户资金的明细变动及余额。

3. 客户、证券公司和指定的存管银行通过签订合同的形式明确具体的客户交易结算资金存取、划转、查询等事项。

4. 客户的交易结算资金的存取，全部通过指定的存管银行办理。

5. 指定的存管银行须保证客户能够随时查询客户的交易结算资金的余额及变动情况。

（三）委托人和经纪商的权利与义务

经纪关系的建立只是确立了客户与证券经纪商之间的代理关系，而并没有形成实质上的委托关系。当客户办理了具体的委托手续，包括客户填写委托单（柜台委托）或自助委托（包括电话委托、磁卡委托、网上委托等）及证券经纪商受理委托，则客户和证券经纪商之间就建立了受法律约束和保护的委托关系。这种委托关系表现为：客户是授权人、委托人，证券经纪商是代理人、受托人。

1. 委托人的权利：

（1）选择经纪商的权利。

（2）要求经纪商忠实地为自己办理受托业务的权利。

（3）对自己购买的证券享有持有权和处置权。

（4）对证券交易过程的知情权。

（5）寻求司法保护权。

（6）享受经纪商按规定提供其他服务的权利。

2. 委托人的义务：

（1）认真阅读证券经纪商提供的《风险揭示书》和《证券交易委托代理协议》，了解从事证券投资存在的风险，按要求签署有关协议和文件，并严格遵守协议约定。

（2）按要求如实提供有关证件，填写开户书，并接受证券经纪商的审核。

（3）了解交易风险，明确买卖方式。

（4）按规定缴存交易结算资金。

（5）采用正确的委托手段。

（6）接受交易结果。

（7）履行交割清算义务。

3. 证券经纪商的权利：

（1）有拒绝接受不符合规定的委托要求的权利。

（2）有按规定收取服务费用的权利，如收取交易佣金等。

（3）对违约或损害经纪商自身权益的客户，经纪商有通过留置其资金、证券或司法途径要求其履约或赔偿的权利。

4. 证券经纪商的义务：

（1）在客户办理开户手续时，证券经纪商应指定专人向客户讲解有关业务规则和合同内容，并以书面方式向其揭示投资风险，提醒客户了解并注意从事证券投资存在的风险。

（2）应按规定与客户签订载入中国证券业协会统一制定的必备条款的《证券交易委托代理协议》，并严格遵守协议约定。

（3）坚持了解客户原则。

（4）必须忠实办理受托业务。

（5）坚持为客户保密制度。

（6）如实记录客户资金和证券的变化。

（7）不接受全权委托。

证券经纪商在证券代理买卖中如不履行或不适当履行委托合同，应承担违约责任。因证券公司过失造成委托人损失的，必须负赔偿责任。委托人如遇证券经纪商违约造成损失而又不履行赔偿责任时，可依据证券买卖代理协议的约定申请仲裁，或者直接向法院提起诉讼。

第三节　委托买卖

一、知识体系（见图2－4）

二、考点分析

委托买卖是指证券经纪商接受投资者委托，代理客户买卖证券，从中

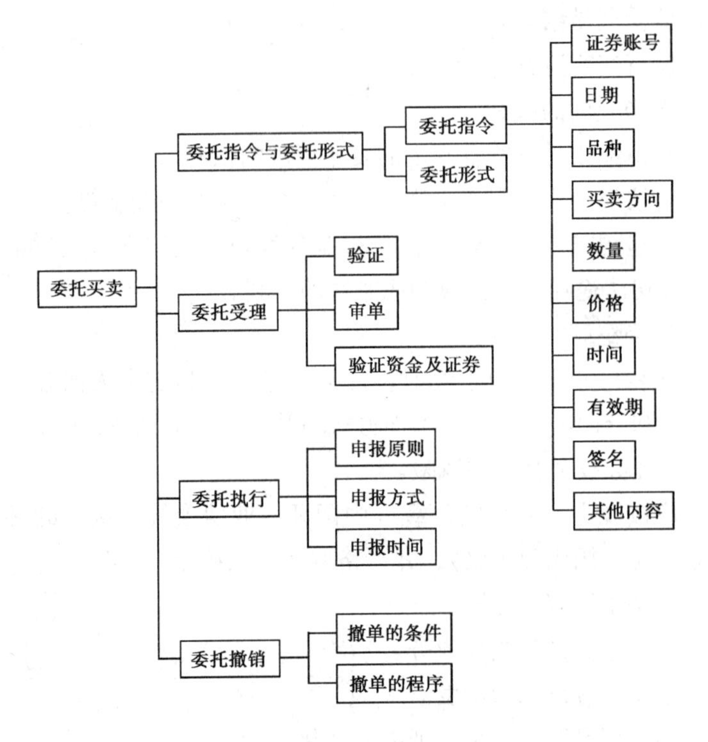

图 2－4　第二章第三节结构

收取佣金的交易行为。委托买卖是证券经纪商的主要业务。

（一）委托指令与委托形式

1. 委托指令。以委托单为例，委托指令的基本要素包括：

（1）证券账号。客户在买卖上海证券交易所上市的证券时，必须填写在中国结算上海分公司开设的证券账户号码；买卖深圳证券交易所上市的证券时，必须填写在中国结算深圳分公司开设的证券账户号码。

（2）日期。日期即客户委托买卖的日期，填写年、月、日。

（3）品种。填写证券名称的方法有全称、简称和代码 3 种（有些证券品种没有全称和简称的区别，仅有 1 个名称）。上海证券代码和深圳证券代码都为一组 6 位数字。委托买卖的证券代码与简称必须一致。

（4）买卖方向。

（5）数量。这是指买卖证券的数量，可分为整数委托和零数委托。

目前，我国只在卖出证券时才有零数委托。

2006年5月15日，上海证券交易所发布了《上海证券交易所交易规则》；同日，深圳证券交易所也发布了《深圳证券交易所交易规则》。两个交易规则在有关证券买卖申报数量方面大多数规定相同，个别地方有差异。表2－1列示了上海证券交易所和深圳证券交易所通过竞价交易进行证券买卖的申报数量，表2－2则列示了两家证券交易所通过竞价交易进行证券买卖的单笔申报最大数量。

表2－1　　证券交易所竞价交易的证券买卖申报数量

交易内容	上海证券交易所	深圳证券交易所
买入股票、基金、权证	100股（份）或其整数倍	100股（份）或其整数倍
卖出股票、基金、权证	余额不足100股（份）的部分应一次性申报卖出	余额不足100股（份）的部分应一次性申报卖出
买入债券	1手或其整数倍	10张或其整数倍
卖出债券	1手或其整数倍	余额不足10张部分，应当一次性申报卖出
债券质押式回购交易	100手或其整数倍	10张或其整数倍
债券买断式回购交易	1 000手或其整数倍	

注：上海证券交易所的债券交易和债券买断式回购交易以人民币1 000元面值债券为1手，债券质押式回购交易以人民币1 000元标准券为1手。深圳证券交易所的债券交易以人民币100元面额为1张，债券质押式回购以100元标准券为1张。

表2－2　　证券交易所竞价交易的单笔申报最大数量

交易内容	上海证券交易所	深圳证券交易所
股票、基金、权证交易	不超过100万股（份）	不超过100万股（份）
债券交易	不超过1万手	不超过10万张
债券质押式回购交易	不超过1万手	不超过10万张
债券买断式回购交易	不超过5万手	

（6）价格。这是指委托买卖证券的价格，是委托能否成交和盈亏的关键。一般分为市价委托和限价委托。

市价委托的优点是：没有价格上的限制，证券经纪商执行委托指令比较容易，成交迅速且成交率高。市价委托的缺点是：只有在委托执行后才知道实际的执行价格。

限价委托方式的优点是：证券可以客户预期的价格或更有利的价格成交，有利于客户实现预期投资计划，谋求最大利益。限价委托成交速度慢，有时甚至无法成交。在证券价格变动较大时，客户采用限价委托容易坐失良机，遭受损失。

《上海证券交易所交易规则》和《深圳证券交易所交易规则》都规定，客户可以采用限价委托或市价委托的方式委托会员买卖证券。

《上海证券交易所交易规则》还规定，上海证券交易所接受会员的限价申报和市价申报。根据市场需要，上海证券交易所可以接受下列方式的市价申报：

①最优 5 档即时成交剩余撤销申报，即该申报在对手方实时最优 5 个价位内以对手方价格为成交价逐次成交，剩余未成交部分自动撤销。

②最优 5 档即时成交剩余转限价申报，即该申报在对手方实时 5 个最优价位内以对手方价格为成交价逐次成交，剩余未成交部分按本方申报最新成交价转为限价申报；如该申报无成交的，按本方最优报价转为限价申报；如无本方申报的，该申报撤销。

③上海证券交易所规定的其他方式。

另外，市价申报只适用于有价格涨跌幅限制证券连续竞价期间的交易，上海证券交易所另有规定的除外。

《深圳证券交易所交易规则》同样规定，接受会员的限价申报和市价申报。深圳证券交易所根据市场需要，接受下列类型的市价申报：

①对手方最优价格申报。

②本方最优价格申报。

③最优 5 档即时成交剩余撤销申报。

④即时成交剩余撤销申报。

⑤全额成交或撤销申报。

⑥深圳证券交易所规定的其他类型。

不同证券的交易采用不同的计价单位。股票为“每股价格”，基金为“每份基金价格”，权证为“每份权证价格”，债券为“每百元面值债券的价格”，债券质押式回购为“每百元资金到期年收益”，债券买断式回购为“每百元面值债券的到期购回价格”。

从2002年3月25日开始，国债交易率先采用净价交易。实行净价交易后，采用净价申报和净价撮合成交，报价系统和行情发布系统同时显示净价价格和应计利息额。根据净价的基本原理，应计利息额的计算公式应为：

应计利息额＝债券面值×票面利率÷365（天）×已计息天数

（7）时间。这是检查证券经纪商是否执行时间优先原则的依据。

（8）有效期。我国现行规定的委托期为当日有效。

（9）签名。客户签名以示对所做的委托负责。若预留印鉴，则应盖章。

（10）其他内容。其他内容涉及委托人的身份证号码、资金账号等。

2. 委托形式。客户发出委托指令的形式有柜台委托和非柜台委托两大类。

（1）柜台委托。根据我国现行相关制度规定，客户进行柜台委托时，必须提供委托人（指客户本人或其授权代理人）身份证和客户证券账户卡，并填写委托单；否则，证券公司有权拒绝受理客户的委托，由此造成的后果由客户承担。

（2）非柜台委托。

①电话委托。在实际操作中，电话委托又可分为电话转委托与电话自动委托两种。

②自助终端委托。

③网上委托。网上委托是指证券公司通过基于互联网或移动通讯网络的网上证券交易系统向客户提供用于下达证券交易指令、获取成交结果的一种服务方式，包括需下载软件的客户端委托和无需下载软件、直接利用乙方所属证券公司网站的页面客户端委托。网上委托的上网终端包括电子计算机、手机等设备。

由于网上委托处于全开放的互联网之中，因此除了具有其他委托方式所共有的风险外，客户还应充分了解和认识到其存在且不限于以下风险：

Ⅰ. 由于互联网和移动通讯网络数据传输等原因，交易指令可能会出现中断、停顿、延迟、数据错误等情况。

Ⅱ. 客户账号及密码信息泄露或客户身份可能被仿冒。

Ⅲ. 由于互联网和移动通讯网络上存在黑客恶意攻击的可能性，网络服务器可能会出现故障及其他不可预测的因素，行情信息及其他证券信息可能会出现错误或延迟。

Ⅳ. 客户的网络终端设备及软件系统可能会受到非法攻击或病毒感染，导致无法下达委托或委托失败。

Ⅴ. 客户的网络终端设备及软件系统与证券公司所提供的网上交易系统不兼容，无法下达委托或委托失败。

Ⅵ. 如果客户缺乏网上委托经验，可能因操作不当造成委托失败或委托失误。

Ⅶ. 由于网络故障，客户通过网上证券交易系统进行证券交易时，客户网络终端设备已显示委托成功，而证券公司服务器未接到其委托指令，从而存在客户不能买入和卖出的风险。客户网络终端设备对其委托未显示成功，于是客户再次发出委托指令，而证券公司服务器已收到客户两次委托指令，并按其指令进行了交易，使客户由此产生重复买卖的风险。

④传真委托和函电委托。

（二）委托受理

1. 验证主要对证券委托买卖的合法性和同一性进行审查。验证的合法性审查主要是指投资主体的合法性审查，包括由证券营业部业务员验对客户的相关证件。非客户本人委托的，还要检查代理人的居民身份证及有效代理委托证件。

同一性审查是指委托人、证件与委托单之间一致性的审查，包括委托人与所提供的证件一致及证件与委托单一致两方面。

2. 审单主要是审查委托单的合法性及一致性。

3. 验证资金及证券。客户在买入证券时，证券营业部应查验客户是否已按规定存入必需的资金；而在卖出证券时，必须查验客户是否有相应的证券。证券营业部审查完毕后，即可在委托单上注明受托时间，由经办人员签字盖章后，作为正式受托。

另外需要说明，如果客户采用自助委托方式，则当其输入相关的账号和正确的密码后，即视同确认了身份。证券经纪商的交易系统还自动检验客户的证券买卖申报数量和价格等是否符合证券交易所的交易规则。

（三）委托执行

1. 申报原则。

（1）证券营业部接受客户委托后应按“时间优先、客户优先”的原则进行申报竞价。

（2）证券营业部在接受客户委托、进行申报时应该做到：在交易市场买卖证券均须公开申报竞价；在申报竞价时，须一次完整地报明买卖证券的数量、价格及其他规定的因素；在同时接受两个以上委托人买进委托与卖出委托且种类、数量、价格相同时，不得自行对冲完成交易，仍应向证券交易所申报竞价。

2. 申报方式：有形席位申报和无形席位申报。

3. 申报时间。上海证券交易所和深圳证券交易所都规定，交易日为每周一至周五。上海证券交易所规定，接受会员竞价交易申报的时间为每个交易日9:15~9:25、9:30~11:30、13:00~15:00。每个交易日9:20~9:25的开盘集合竞价阶段，上海证券交易所交易主机不接受撤单申报。深圳证券交易所则规定，接受会员竞价交易申报的时间为每个交易日9:15~11:30、13:00~15:00。每个交易日9:20~9:25、14:57~15:00，深圳证券交易所交易主机不接受参与竞价交易的撤销申报。每个交易日9:25~9:30，交易主机只接受申报，但不对买卖申报或撤销申报做处理。另外，上海证券交易所和深圳证券交易所认为必要时，都可以调整接受申报时间。

（四）委托撤销

1. 撤单的条件。在委托未成交之前，委托人有权变更和撤销委托。证券营业部申报竞价成交后，买卖即告成立，成交部分不得撤销。

2. 撤单的程序。

第四节 竞价与成交

一、知识体系（见图2－5）

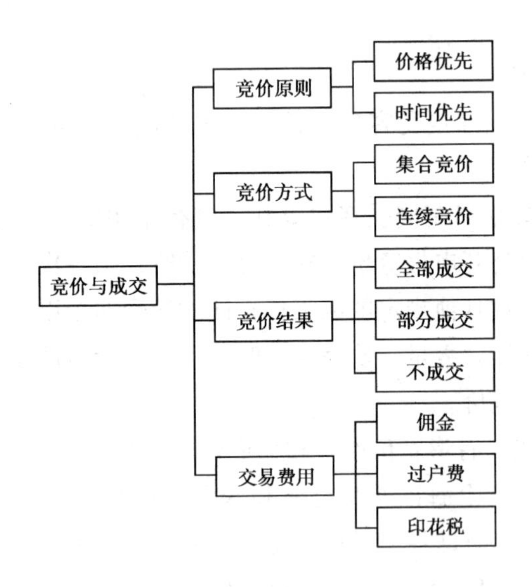

图2－5 第二章第四节结构

二、考点分析

（一）竞价原则

1. 成交时价格优先的原则：较高价格买入申报优先于较低价格买入申报，较低价格卖出申报优先于较高价格卖出申报。

2. 成交时时间优先的原则：买卖方向、价格相同的，先申报者优先于后申报者。先后顺序按交易主机接受申报的时间确定。

（二）竞价方式

目前，我国证券交易所采用两种竞价方式：集合竞价方式和连续竞价方式。

1. 集合竞价。所谓集合竞价，是指对在规定的一段时间内接受的买卖申报一次性集中撮合的竞价方式。根据我国证券交易所的相关规定，集合竞价确定成交价的原则为：

（1）可实现最大成交量的价格。

（2）高于该价格的买入申报与低于该价格的卖出申报全部成交的价格。

（3）与该价格相同的买方或卖方至少有一方全部成交的价格。

如有两个以上申报价格符合上述条件的，深圳证券交易所取距前收盘价最近的价位为成交价。上海证券交易所则规定使未成交量最小的申报价格为成交价格，若仍有两个以上使未成交量最小的申报价格符合上述条件的，其中间价为成交价格。

集合竞价的所有交易以同一价格成交。

2. 连续竞价。

（1）连续竞价时，成交价格的确定原则为：

①最高买入申报与最低卖出申报价位相同，以该价格为成交价；

②买入申报价格高于即时揭示的最低卖出申报价格时，以即时揭示的最低卖出申报价格为成交价；

③卖出申报价格低于即时揭示的最高买入申报价格时，以即时揭示的最高买入申报价格为成交价。

（2）实行涨跌幅限制的证券的有效申报价格范围。根据现行制度规定，无论买入或卖出，股票（含 A、B 股）、基金类证券在 1 个交易日内的交易价格相对上一交易日收市价格的涨跌幅度不得超过 10%，其中 ST 股票和 *ST股票价格涨跌幅比例都为 5%。

涨跌幅价格 = 前收盘价 ×（1 ± 涨跌幅比例）

（3）不实行涨跌幅限制的证券的有效申报价格范围。

我国证券交易所规定，属于下列情形之一的，首个交易日不实行价格涨跌幅限制：①首次公开发行上市的股票（上海证券交易所还包括封闭式基金）；②增发上市的股票；③暂停上市后恢复上市的股票；④证券交易所或中国证监会认定的其他情形。

（三）竞价结果

1. 全部成交。

2. 部分成交。

3. 不成交。

（四）交易费用

1. 佣金。佣金的收费标准因交易品种、交易场所的不同而有所差异。

2. 过户费。在上海证券交易所，A股的过户费为成交面额的1‰，起点为1元；在深圳证券交易所，免收A股的过户费。

对于B股，这项费用称为“结算费”。在上海证券交易所为成交金额的0.5‰；在深圳证券交易所亦为成交金额的0.5‰，但最高不超过500港元。

基金交易目前不收过户费。

3. 印花税。我国证券交易的印花税税率标准曾多次调整。21世纪以来的调整情况为：2001年11月16日，A股、B股交易印花税税率统一下调为2‰；2005年1月24日，证券交易印花税税率从2‰再下调到1‰；2007年5月30日，证券交易印花税税率由1‰上调为3‰；2008年4月24日，证券交易印花税税率再由3‰下调为1‰；2008年9月19日，证券交易印花税只对出让方按1‰税率征收，对受让方不再征收。

表2-3至表2-7是上海证券交易所网站和深圳证券交易所网站所列示的证券交易及相关业务费用表。

表2-3　上海证券交易所A股、基金、权证、债券交易费用一览表

（2008年9月19日）

业务类别			费用项目	费用标准
开户	A股	个人	开户费	40元/户
		机构	开户费	400元/户
	基金		开户费	5元/户
交易	A股		佣金	不超过成交金额的0.3%，起点5元
			过户费	成交面额的0.1%，起点1元
			印花税	成交金额的0.1%（出让方单边缴纳）
	证券投资基金（封闭式基金、ETF）		佣金	不超过成交金额的0.3%，起点5元

续表

业务类别			费用项目	费用标准
交易	权证		佣金	不超过成交金额的0.3%，起点5元
	债券（国债、企业债、可转换公司债券、分离交易的可转换公司债券、公司债、专项资产管理计划等）		佣金	不超过成交金额的0.02%，起点1元
	新质押式回购	1天	佣金	成交金额的0.001%
		2天	佣金	成交金额的0.002%
		3天	佣金	成交金额的0.003%
		4天	佣金	成交金额的0.004%
		7天	佣金	成交金额的0.005%
		14天	佣金	成交金额的0.010%
		28天	佣金	成交金额的0.020%
		28天以上	佣金	成交金额的0.030%
	企业债券质押式回购	1天	佣金	成交金额的0.0025%
		3天	佣金	成交金额的0.0075%
		7天	佣金	成交金额的0.0125%
	国债买断式回购	7天	佣金	成交金额的0.0125%
		28天	佣金	成交金额的0.05%
		91天	佣金	成交金额的0.075%
	大宗交易		佣金、过户费、印花税同同品种竞价交易	
ETF申购、赎回			佣金	≤申购、赎回份额的0.5%
			组合证券过户费	股票过户面额的0.05%，前3年减半
权证行权			标的股票过户费	股票过户面额的0.05%

表 2－4　　上海证券交易所 B 股交易费用一览表

（2008 年 9 月 19 日）

业务类别		费用项目	费用标准
开户	个人	开户费	19 美元
	机构	开户费	85 美元
	更换结算会员	开户费	2 美元
交易		佣金	不超过成交金额的 0.3%，起点 1 美元
		结算费	成交金额的 0.05%
		印花税	成交金额的 0.1%（出让方单边缴纳）
修改错误交易的非交易过户		手续费	30 美元/笔
修改结算会员代码		手续费	10 美元/笔，每个 ORDER 最高不超过 50 美元
大宗交易		佣金、结算费、印花税同竞价交易	

表 2－5　　上海证券交易所非交易类业务费用一览表

（2008 年 9 月 19 日）

业务类别			费用项目	费用标准
质押登记	A 股、基金、国债、企业债券		手续费	面额的 0.1%，超过 500 万元的部分按 0.01%，起点 100 元
	ETF		手续费	面额的 0.005%，起点 100 元
转托管	企业债席位间		手续费	30 元/笔
	国债市场间		手续费	面值 0.005%，单笔（单只）最低费用 10 元，最高费用 10 000 元
账户挂失补办	A 股	补原号	补办费	10 元/户
		补开新户	补办费	同新开户
	基金	补原号	补办费	10 元/户
	B 股	补原号	补办费	10 元/户
		补开新户	补办费	同新开户
销户（A 股、基金）			销户费	5 元/户
合并账户（A 股、基金）			手续费	10 元/户
开户资料查询（A 股、基金）			查询费	5 元/户
查询	证券过户记录		查询费	20 元/年/户/次，磁盘 100 元/张，光盘 500 元/张
	账户余额		查询费	机构 50 元/户/次、个人 20 元/户/次
其他业务			费用项目、标准、收取方式按照相关业务规定执行	

表 2-6　　深圳证券交易所佣金标准

（2008 年 9 月 19 日）

收费标的	收费标准	备　注
A 股	不得高于成交金额的 0.3%，也不得低于代收的证券交易监管费和证券交易经手费，起点 5 元（要约收购费用参照 A 股收费标准）	投资者交给证券公司
B 股	不得高于成交金额的 0.3%，也不得低于代收的证券交易监管费和证券交易经手费，起点 5 港元	
基金、权证	不得高于成交金额的 0.3%，也不得低于代收的证券交易监管费和证券交易经手费，起点 5 元	
国债现货、企业债（公司债）现货	不超过成交金额的 0.02%	
国债回购	1 天，不超过成交金额的 0.001%	
	2 天，不超过成交金额的 0.002%	
	3 天，不超过成交金额的 0.003%	
	4 天，不超过成交金额的 0.004%	
	7 天，不超过成交金额的 0.005%	
	14 天，不超过成交金额的 0.01%	
	28 天，不超过成交金额的 0.02%	
	28 天以上，不超过成交金额的 0.03%	
其他债券回购	1 天，不超过成交金额的 0.001%	
	2 天，不超过成交金额的 0.002%	
	3 天，不超过成交金额的 0.003%	
	7 天，不超过成交金额的 0.005%	
可转债	不超过成交金额的 0.1%	
专项资产管理计划	不超过转让金额的 0.02%	
代办 A 股	按成交金额收取 0.3%	
代办 B 股	按成交金额收取 0.4%	

表2－7　深圳证券交易所证券交易经手费、监管费、印花税

（2008年9月19日）

收费项目	收费标的	收费标准	备　注
证券交易经手费	A股	按成交额双边收取0.1475‰	1. 由深圳证券交易所收取（证券交易所风险基金由交易所自行计提，不另外收取）。 2. 大宗交易收费：A股大宗交易按标准费率下浮30%收取；B股、基金大宗交易按标准费率下浮50%收取；债券、债券回购大宗交易费率标准维持不变。 3. 此项费用包含在佣金之中。
	B股	按成交额双边收取0.301‰	
	基金	按成交额双边收取0.0975‰	
	权证	按成交额双边收取0.045‰	
	国债现货、企业债（公司债）现货	成交金额在100万元以下（含）每笔收0.1元	
		成交金额在100万元以上每笔收10元	
	国债回购、其他债券回购	成交金额在100万元以下（含）每笔收0.1元，反向交易不再收取	
		成交金额在100万元以上每笔收1元，反向交易不再收取	
	可转债	按成交金额双边收取0.04‰	
	专项资产管理计划	成交金额在100万元以下（含）每笔收0.1元	
		成交金额在100万元以上每笔收10元	
	代办A股	按成交金额双边收取0.1‰	
	代办B股	按成交金额双边收取0.13‰	
证券交易监管费	A股、B股、基金、权证	按成交额双边收取0.04‰	1. 代中国证监会收取。 2. 此项费用包含在佣金之中。
	企业债（公司债）现货、可转债	按成交额双边收取0.01‰	
	可转债		
	专项资产管理计划	按转让金额双边收取0.01‰	
	国债现货	按成交额双边收取0.01‰（从交易经手费中扣除，不另收）	
	代办A股	按成交金额双边收取0.5‰	1. 代证券业协会收取。 2. 此项费用包含在佣金之中。
	代办B股	按成交金额双边收取0.67‰	
证券交易印花税	A股、B股、代办A股、代办B股	对出让方按成交金额的1‰征收，对受让方不再征税	代国家税务局扣缴。

第五节　证券公司与客户之间的清算和交收

一、知识体系（见图2－6）

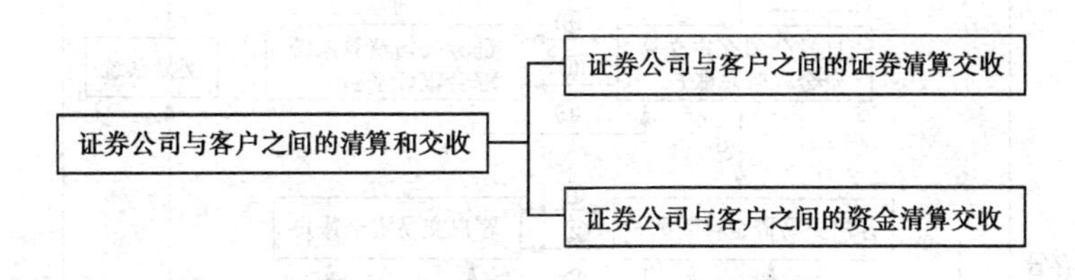

图2－6　第二章第五节结构

二、考点分析

（一）证券公司与客户之间的证券清算交收

实践中，对于证券公司与客户之间的证券清算交收，一般由中国结算公司根据成交记录按照业务规则自动办理。证券交收结果等数据由中国结算公司每日传送至证券公司，供其对账和向客户提供余额查询等服务。证券公司根据中国结算公司数据，记录客户清算交收结果。

（二）证券公司与客户之间的资金清算交收

1. 在“客户交易结算资金第三方存管”制度框架下，证券公司与客户的资金清算交收，需要由证券公司与存管银行配合完成：

（1）证券公司负责根据中国结算公司发送的结算数据和存管银行发送的客户资金存取数据完成客户资金的清算，更新客户资金账户的余额，并向存管银行发送客户证券交易清算数据及资金账户余额。

（2）存管银行负责根据客户资金的存取数据和证券公司向其发送的证券交易清算数据完成客户管理账户余额的更新，并进行客户资金账户余额与客户管理账户余额的核对，将核对结果发送证券公司。

（3）证券公司根据核对无误的清算结果向存管银行发送资金划付指令；存管银行根据证券公司的资金划付指令及时办理资金划付，完成客户证券交易的资金交收。

2. 客户交易结算资金第三方存管模式下，证券公司与客户之间的资金存取、清算与交收过程（见图2－7）。

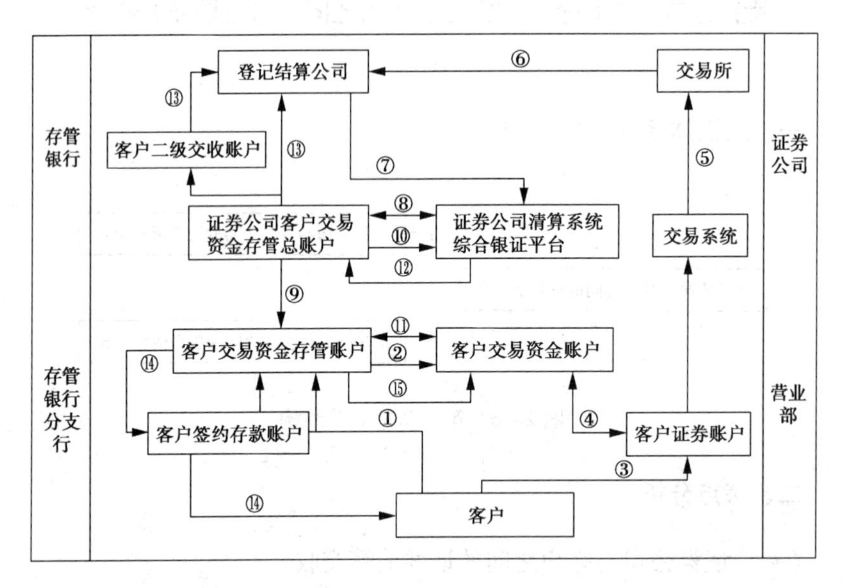

图2－7 客户交易结算资金第三方存管模式下的资金存取及结算流程图

说明：

①客户（含个人和机构）凭签约存款账户存折到存管银行营业网点的柜台办理现金存款。存管银行营业网点柜员在银行终端中启动客户资金存款交易。存管银行增加存管账户余额和存管总账户余额。客户也可通过转账方式到存管银行营业网点的柜台办理，或通过存管银行和证券公司的电话委托系统、网上交易系统等自行办理资金存入。存管银行营业网点的柜员在终端中启动，或存管银行系统自动启动客户资金转入交易。该交易启动后，银行减少客户签约存款账户余额，相应增加存管账户余额和存管总账户余额。

②存款或转入交易业务完成后，通过存管银行与证券公司的联网系统将账户变动信息传送给证券公司，同步实时更新客户在证券公司的对应资金账户余额。

③客户场内证券交易由证券公司单端发起。客户通过证券公司的资金账户及密码，利用证券公司提供的委托手段进行交易。

④证券公司接到客户委托买卖指令后对客户资金和证券账户进行资金和股份校验。

⑤之后向交易所报送交易指令。

⑥登记结算公司根据交易所当日成交数据生成清算交收文件。

⑦登记结算公司将清算交收文件发给证券公司。

⑧证券公司根据登记结算公司提供的清算交收数据及存管银行日间存取款和转账数据，对资金账户进行资金清算和交收，并通过存管银行与证券公司的联网系统将交易数据生成清算文件和

交收文件发送到存管银行。

⑨存管银行核对日间发送至证券公司的客户资金存取数据，对证券公司发送的清算文件和交收文件进行相应调整后，对存管账户进行簿记。

⑩存管银行清算后将发生变化的存管账户的资金余额发送到证券公司。

⑪证券公司将资金账户下的资金余额与存管银行存管账户余额进行对账。

⑫证券公司根据各类证券交易的清算结果，制作资金划付指令发送给存管银行。

⑬存管银行审核无误后，由存管银行通过客户资金交收账户完成与登记结算公司的资金交收。

⑭客户（含个人和机构）办理现金或转账取款时，不能直接从其存管账户中办理，而需先将其存管账户资金转入其签约存款账户后，从其签约存款账户办理现金或转账取款。办理现金或转账取款的方式与存款相同。客户资金从存管账户转入其签约存款账户的交易启动后，通过存管银行与证券公司联网系统自动比较证券公司系统中对应资金账户下的可取金额和在存管银行对应存管账户余额，取两边资金余额最低的数额作为最大转出资金限额。存管银行减少存管账户余额和存管总账户的余额，相应增加客户签约存款账户的余额。

⑮客户该交易完成后，通过存管银行与证券公司的联网系统将账户变动信息传送给证券公司，同步实时更新客户在证券公司对应资金账户余额。

第六节　证券经纪业务的内部控制与操作规范

一、知识体系（见图2－8）

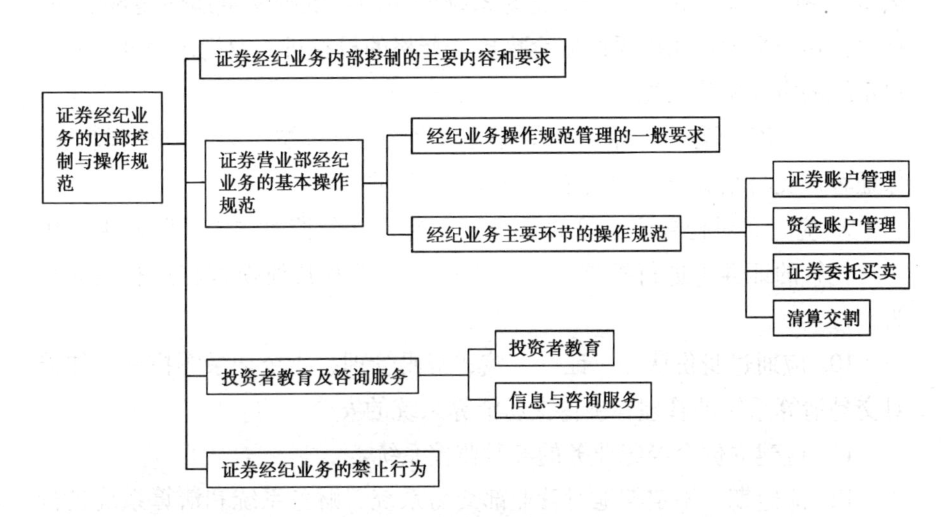

图2－8　第二章第六节结构

二、考点分析

（一）证券经纪业务内部控制的主要内容和要求

1. 应加强对营业部软、硬件技术标准（含升级）等的统一规划和集中管理。

2. 应制定标准化的开户文本格式，制定统一的开户程序，要求所属营业部按照程序认真审核客户资料的真实性和完整性，关注客户资金来源的合法性。

3. 应建立对录入证券交易系统的客户资料等内容的复核和保密机制；应妥善保管客户开户、交易及其他资料，杜绝非法修改客户资料；应完善客户查询、咨询和投诉处理等制度，确保客户能够及时获知其账户、资金、交易、清算等方面的完整信息。

4. 应当要求所属营业部与客户签订公司统一制定的《证券交易委托代理协议书》和《风险揭示书》。

5. 应针对各业务环节存在的风险，制定操作程序和具体控制措施。

6. 对开户、资金存取及划转、接受委托、清算交割等重要岗位应适当分离，客户资金与自有资金严格分开运作、分开管理。

7. 应在营业部采用统一的柜面交易系统，并加强对柜面交易系统的风险评估，严防通过修改柜面交易系统的功能及数据从事违法违规活动；证券公司应采取严密的系统安全措施、严格的授权进入及记录制度，并开启系统的审计留痕功能。

8. 应当实行法人集中清算制度及客户交易结算资金第三方存管制度，保证客户交易结算资金的安全，防范结算风险。

9. 应建立对托管证券等的登记程序与独立监控机制，严防发生挪用客户托管的证券等进行抵押、回购或卖空交易及其他损害客户利益的行为。

10. 应通过身份认证、证件审核、密码管理、指令记录等措施，加强对交易清算系统的管理，确保交易清算系统的安全。

11. 应建立健全经纪业务的实时监控系统。

12. 应定期、不定期地对营业部交易系统、财务系统和清算系统进行检查，加强交易信息与财务信息、清算信息的核对，确保相关信息与证券交易所、登记结算证券公司、商业银行等提供的信息相符。

13. 应建立交易数据安全备份制度。

14. 对网上交易系统应采取有效的身份认证及访问控制措施，网上交易系统应详细记录客户的网上交易和查询过程。

15. 应制定灾难恢复和应急处理预案并定期修订，建立应急演习机制，确保及时有效地处理各种故障和危机。

16. 应建立投资者教育与信息沟通机制，向投资者充分揭示投资风险，加强与投资者信息沟通。应建立以“了解自己的客户”和“适当性服务”为核心的客户管理和服务体系。

17. 应建立交易清算差错的处理程序和审批制度，建立重大交易差错的报告制度，明确交易清算差错的纠纷处理，防止出现隐瞒不报、擅自处理差错等情况。差错处理应留审计痕迹。

18. 应建立由相对独立人员对重点客户进行定期回访的制度。

（二）证券营业部经纪业务的基本操作规范

1. 经纪业务操作规范管理的一般要求。

（1）前、后台分离和岗位分离。

（2）重要岗位专人负责，严格操作权限管理。

（3）营业部工作人员不得私下接受代理客户办理相关业务。

（4）营业部应按要求妥善保管客户资料及业务档案。

（5）证券公司总部应加强对营业部业务运作的集中统一管理。

2. 经纪业务主要环节的操作规范。

（1）证券账户管理。证券账户管理包括证券账户的开立、证券账户挂失补办、证券账户注册资料查询和变更、证券账户合并与注销、非交易过户，以及休眠账户另库存放激活，不合格账户中止交易规范和注销。

（2）资金账户管理。资金账户（证券资金台账）管理包括资金账户的开户和销户、开通客户交易委托品种、交易委托方式及操作权限、指定客户资金存管银行、开通或变更客户交易结算资金第三方存管、指定或撤销指定交易、证券转托管、资金账户挂失与解挂、资金账户的冻结与解冻、客户资料修改、密码管理、证券冻结解冻等。

（3）证券委托买卖。

①柜台委托是指客户委托买卖时应使用营业部统一制作的证券买卖委托单，按照委托单标明的各项内容，完整、详细、正确地填写，且必须当面签署姓名。委托柜台应严格按照时间优先的原则，依次为客户办理委托业务，不得漏报或插报。

②非柜台委托包括人工电话或传真委托、自助和电话自动委托、网上委托等。

（4）清算交割。清算交割包括根据成交单与委托单配对，为客户办理交割，打印交割单，应客户要求查询交易结果、证券及资金余额，打印对账单等。

（三）投资者教育及咨询服务。

1. 投资者教育。要将投资者教育和风险揭示工作融入经纪业务流程，具体体现在客户服务体系的各个环节。具体要重点突出以下几方面内容：

（1）要从开户环节着手风险揭示，向客户讲解有关业务合同、协议的内容，明示证券投资的风险，并由客户在《风险揭示书》上签字确认。

（2）要持续地采取各种有效方式让投资者充分理解“买者自负”的原则。

（3）要了解自己的客户，引导客户从风险承受能力等自身实际情况出发，审慎投资，合理配置金融资产。

（4）证券公司要使每一个客户了解自己要购买的是什么产品、有何特点和风险。

（5）证券公司应当向客户明确告知公司的法定业务范围，帮助投资者增强自我保护意识，提高识别能力，警惕和自觉抵制各种不受法律保护的非法证券活动。

2. 信息与咨询服务。

（1）咨询服务的主要内容有：

①向投资者介绍开户、委托、交割等操作规程及注意事项。

②及时在营业大厅公布中国证监会、交易所、上市公司等有关重大信息。

③记录上市公司的有关配、送股比例及红利情况，除权除息日、股本变化情况，新股发行、上市的名称、时间等。

④简单介绍技术分析软件使用方法。

⑤介绍网上交易、自助交易的使用方法。

⑥调解投资者在交易过程中发生的纠纷。

（2）为客户提供咨询服务的人员必须具备投资咨询业务资格，其在执业过程中应注意以下几方面：

①证券投资咨询活动必须客观公正、诚实信用。

②预测证券市场、证券品种的走势或者就投资证券的可行性进行建议时，需有充分的理由和依据。

③证券投资分析报告、投资分析文章等形式的咨询服务产品，不得有建议投资者在具体证券品种上进行具体价位买卖等方面的内容，不得直接指导投资者买卖证券。

④不得为达到某种目的，诱使客户进行不必要的证券买卖。

⑤在公共场所进行投资咨询，必须先行取得中国证监会证券投资咨询资格证书或执业证书，报地方证券监管部门批准，必要时报当地公安部门批准。

（四）证券经纪业务的禁止行为

1. 不得挪用客户的交易结算资金和证券，亦不得将客户的资金和证券借与他人，或者作为担保物或质押物。

2. 不得侵占、损害客户的合法权益。

3. 不得违背客户的指令买卖证券，或接受代为客户决定证券买卖方向、品种、数量、时间的全权委托。

4. 不得以任何方式向客户保证交易收益或者承诺赔偿客户的投资损失。

5. 不得为多获取佣金而诱导客户进行不必要的证券买卖。

6. 不得在批准的营业场所之外接受客户委托和进行清算、交收。

7. 不得以任何方式提高或降低，或者变相提高或降低证券交易管理部门和证券交易所规定的证券交易收费标准，收取不合理的佣金和其他费用。

8. 不得散布谣言或其他非公开披露的信息。

9. 不得借职业之便利用或泄露内幕信息。

10. 不得为他人操纵市场、内幕交易、欺诈客户提供方便等等。

第七节　证券经纪业务的风险及其防范

一、知识体系（见图2－9）

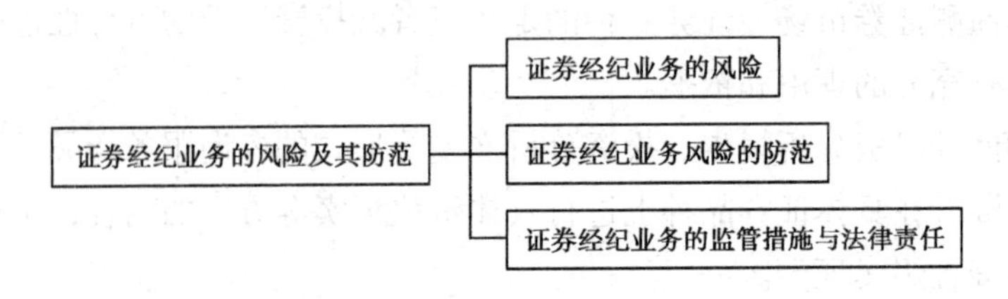

图2－9　第二章第七节结构

二、考点分析

（一）证券经纪业务的风险

1. 合规风险。合规风险主要有下列情形：

（1）为客户开立账户时不按规定与客户签订业务合同，或者未在业务合同中载入规定的必备条款。

（2）在与客户签订业务合同之前未按规定指定专人向客户讲解有关业务规则和合同内容，并以书面方式向其揭示投资风险。

（3）客户开立账户时未按规定程序了解客户的身份、财产与收入状况、证券投资经验和风险偏好。

（4）违反规定为客户开立账户。

（5）将客户的资金账户、证券账户提供给他人使用。

（6）不按规定存放、管理客户的交易结算资金；违反规定动用客户的交易结算资金和证券。

（7）客户资金不足而接受其买入委托，或者客户证券不足而接受其卖出委托。

（8）向客户推荐的产品或者服务与所了解的客户情况不相适应。

（9）向客户提供投资建议，对证券价格的涨跌或者市场走势做出确定性的判断。

（10）在经纪业务营销活动中违反规定委托其他单位或者个人进行客户招揽、客户服务或者产品销售活动。

（11）不按规定建立并有效执行信息查询制度，客户在营业时间不能随时查询其账户及交易信息和公司业务经办人及证券经纪人执业信息；未按规定指定专门部门处理客户投诉。

（12）违反规定在法定营业场所之外办理客户账户管理相关业务。

（13）在法定营业场所之外设立交易场所为客户提供现场委托服务。

（14）超出中国证监会批准的经营范围、经营未经批准的业务。

（15）与他人合资、合作经营管理分支机构，或者将分支机构承包、租赁或者委托给他人经营管理。

（16）法律、行政法规和监管部门规章及规范性文件、行业规范和自律规则明令禁止的其他行为。

2. 管理风险。管理风险主要表现为证券公司员工或其经纪人在执业过程中出现下列情形：

（1）在办理开户业务时未严格有效地查验客户身份的真实性及其所提供资料的完整性和一致性而导致开立虚假账户、不合格账户、无权或越权代理等。

（2）违规为客户证券交易提供融资、融券等信用交易。

（3）侵占、损害客户的合法权益，挪用客户的资金或证券。

（4）误导客户、对客户买卖证券承诺收益或赔偿。

（5）为获取交易佣金或其他利益，诱导客户进行不必要的证券买卖。

（6）私下接受客户委托或接受客户的全权委托代理其买卖证券。

（7）提供、传播虚假信息，利用或泄露内幕信息，从事内幕交易。

（8）从事有损其他证券经营机构或经纪业务从业人员的不正当竞争等。

3. 技术风险。技术风险一般主要来自于硬件设备和软件两个方面。

硬件设备方面主要是由于硬件设备（场地、设施、电脑、通讯设备等）的机型、容量、数量、运营状况及在业务高峰时的处理能力等方面不能适应正常行情传送、证券交易和银证转账需要，不能及时有效地应付突发事件。

软件方面主要是软件的运行效率、行情传送和业务处理速度及精度不能满足业务需要，可能造成行情中断、交易停滞、银证转账不畅等。

（二）证券经纪业务风险的防范

1. 合规风险的防范：

（1）证券公司要加强合规文化建设，从高级管理人员到普通员工都要增强法制观念和合规意识。

（2）要建立健全各项规章制度，严格按经纪业务内部控制的要求完善内控机制和制度。

（3）对客户交易结算资金实行第三方存管，对经纪业务账户管理、交易、清算、核算、操作权限、风险控制等实行集中统一管理；对风险程度和重要性不同的业务，实行实时复核、分级审批。加强对经纪业务主要环节和风险点的控制。

（4）强化岗位制约和监督，对经纪业务主要部门和岗位实行相互分离的管理制度。

2. 管理风险的防范：

（1）加强经纪业务营销管理。

（2）严格执行经纪业务操作规程。

（3）建立经纪业务营销和账户管理操作信息管理系统，防范从业人员执业行为引发的风险，保护客户合法权益。

（4）加强员工培训，提高员工素质。

（5）建立客户投诉处理及责任追究机制。

（6）建立经纪业务检查稽核制度。

3. 技术风险的防范：

（1）根据业务需求建立完善的信息技术系统及相应的容错备份系统和灾难备份系统。

（2）制定并严格执行信息系统运行管理制度和备份方案、系统故障及业务应急处理预案；做好信息系统的日常管理和维护保养，定期按应急处理预案进行演练。

（三）证券经纪业务的监管措施与法律责任

1. 监管措施。

（1）证券公司的内部控制。证券公司应当建立内部稽核制度，加强对所属营业部业务经营的稽核监督、检查。同时，严格从业人员的管理，加大违规行为内部责任追究力度，杜绝违反法规、规则和操作规程及其他损害客户利益的事件发生。

（2）证券业协会的自律管理。证券公司应当加入证券业协会，成为证券业协会的会员。证券业协会应教育和组织会员遵守证券法律、行政法规，并应监督、检查会员行为，对违反法律、行政法规或者协会章程的，也应按照规定给予纪律处分。

（3）证券交易所的监督。证券交易所应当在其业务规则中对会员代理客户买卖证券业务做出详细规定，并实施一定的监管。同时，证券交易所每年应当对会员的财务状况、内部风险控制制度以及遵守国家有关法规和证券交易所业务规则等情况进行抽样或者全面检查，并将检查结果报告中国证监会。

（4）证券监管机构的监管。主要监管措施包括以下几方面：

第一，证券公司向监管机构的报告制度。

第二，信息披露。

第三，检查制度。证券监管机构有权采取下列措施，对证券公司的业务活动、财务状况、经营管理情况进行检查：

①询问证券公司的董事、监事、工作人员，要求其对有关检查事项做出说明。

②进入证券公司的办公场所或者营业场所进行检查。

③查阅、复制与检查事项有关的文件、资料，对可能被转移、隐匿或者毁损的文件、资料、电子设备予以封存。

④检查证券公司的计算机信息管理系统，复制有关数据资料。

2. 法律责任：

（1）证券公司从事证券经纪业务，客户资金不足而接受其买入委托，或者客户证券不足而接受其卖出委托的，没收违法所得，暂停或者撤销相关业务许可，并处以非法融资融券等值以下的罚款。对直接负责的主管人员和其他直接责任人员给予警告，撤销任职资格或者证券从业资格，并处以 3 万元以上 30 万元以下的罚款。

（2）证券公司将客户的资金账户、证券账户提供给他人使用的，责令改正，没收违法所得，并处以违法所得 1 倍以上 5 倍以下的罚款；没有违法所得或者违法所得不足 3 万元的，处以 3 万元以上 30 万元以下的罚款。对直接负责的主管人员和其他直接责任人员给予警告，并处以 3 万元以上 10 万元以下的罚款。

（3）证券公司诱使客户进行不必要的证券交易，或者从事证券资产管理业务时，使用客户资产进行不必要的证券交易的，责令改正，处以 1 万元以上 10 万元以下的罚款。给客户造成损失的，依法承担赔偿责任。

（4）证券公司或者其境内分支机构超出国务院证券监督管理机构批准的范围经营业务的，责令改正，没收违法所得，并处以违法所得 1 倍以上 5 倍以下的罚款；没有违法所得或者违法所得不足 30 万元的，处以 30 万元以上 60 万元以下罚款；情节严重的，责令关闭。对直接负责的主管人员和其他直接责任人员给予警告，撤销任职资格或者证券从业资格，并处以 3 万元以上 10 万元以下的罚款。

（5）证券公司违反《证券公司监督管理条例》的规定，有下列情形之一的，责令改正，给予警告，没收违法所得，并处以违法所得 1 倍以上 5 倍以下的罚款；没有违法所得或者违法所得不足 10 万元的，处以 10 万元以上 30 万元以下的罚款；情节严重的，暂停或者撤销其相关证券业务许可。对直接负责的主管人员和其他直接责任人员，给予警告，并处以 3 万元以上 10 万元以下的罚款；情节严重的，撤销任职资格或者证券从业资格：

第一，违反规定委托其他单位或者个人进行客户招揽、客户服务或者产品销售活动。

第二，向客户提供投资建议，对证券价格的涨跌或者市场走势做出确定性的判断。

（6）证券公司违反《证券公司监督管理条例》的规定，有下列情形之一的，责令改正，给予警告，没收违法所得，并处以违法所得 1 倍以上 5 倍以下的罚款；没有违法所得或者违法所得不足 3 万元的，处以 3 万元以上 30 万元以下的罚款。对直接负责的主管人员和其他直接责任人员单处或者并处警告、3 万元以上 10 万元以下的罚款；情节严重的，撤销任职资格或者证券从业资格：

第一，与他人合资、合作经营管理分支机构，或者将分支机构承包、租赁或者委托给他人经营管理。

第二，未按照规定程序了解客户的身份、财产与收入状况、证券投资经验和风险偏好。

第三，推荐的产品或者服务与所了解的客户情况不相适应。

第四，未按照规定指定专人向客户讲解有关业务规则和合同内容，并以书面方式向其揭示投资风险。

第五，未按照规定与客户签订业务合同，或者未在与客户签订的业务合同中载入规定的必备条款。

第六，未按照规定建立并有效执行信息查询制度。

第七，未按照规定指定专门部门处理客户投诉。

第八，未按照规定存放、管理客户的交易结算资金。

（7）证券公司未按照规定为客户开立账户的，责令改正；情节严重的，处以20万元以上50万元以下的罚款，并对直接负责的董事、高级管理人员和其他直接责任人员，处以1万元以上5万元以下的罚款。

（8）违反《证券公司监督管理条例》的规定，有下列情形之一的，责令改正，给予警告，没收违法所得，并处以违法所得1倍以上5倍以下的罚款；没有违法所得或者违法所得不足10万元的，处以10万元以上60万元以下的罚款；情节严重的，撤销相关业务许可。对直接负责的主管人员和其他直接责任人员给予警告，撤销任职资格或者证券从业资格，并处以3万元以上30万元以下的罚款：

第一，任何单位和个人强令、指使、协助、接受证券公司以证券经纪客户的资产提供融资或者担保。

第二，证券公司、资产托管机构、证券登记结算机构违反规定动用客户的交易结算资金和证券。

第三，资产托管机构、证券登记结算机构对违反规定动用客户的资金和证券的申请、指令予以同意、执行。

第四，资产托管机构、证券登记结算机构发现客户资金和证券被违法动用而未向国务院证券监督管理机构报告。

（9）证券经纪人违反《证券公司监督管理条例》的规定，有下列情形之一的，责令改正，给予警告，没收违法所得，并处以违法所得等值罚款；没有违法所得或者违法所得不足3万元的，处以3万元以下的罚款；情节严重的，撤销任职资格或者证券从业资格：

第一，从事业务未向客户出示证券经纪人证书。

第二，同时接受多家证券公司的委托，进行客户招揽、客户服务等活动。

第三，接受客户的委托，为客户办理证券认购、交易等事项。

第三部分　自测题及参考答案

一、单项选择题（以下各小题所给出的4个选项中，只有一项最符合题目要求，请将正确选项的代码填入括号内）

1. 下列属于证券经纪商应发挥的作用有（　　）。

A. 提供证券资产管理　　B. 提高证券市场效率

C. 提供信息服务　　D. 防止股价波动

2. 证券经纪业务包含的要素不包括（　　）。

A. 委托人　　B. 证券经纪商

C. 证券交易所　　D. 中国证券业协会

3. 同一证券公司同时接受两个以上委托人买进与卖出相同种类、数量、价格的委托时，应该（　　）完成交易。

A. 自行对冲　　B. 分别进场申报竞价成交

C. 与委托人协商对冲　　D. 报交易所批准后对冲

4. 以下不属于证券经纪业务禁止行为的有（　　）。

A. 挪用客户交易结算资金

B. 根据委托单内容（可能并非当时最有利的委托价格）向交易所申报

C. 在批准的营业场所之外接受客户委托

D. 降低证券交易收费标准

5. 下列不属于证券经纪业务特点的是（　　）。

A. 业务对象的广泛性　　B. 客户资料的保密性

C. 客户指令的随意性　　D. 证券经纪商的中介性

6. 下列不属于委托人权利的是（　　）。

A. 自由选择经纪商

B. 自由买卖、赠与或质押自己名下的证券

C. 对证券交易过程的知情权

D. 随时变更或撤销委托

7. 上海证券交易所证券投资基金佣金不超过成交金额的( )，起点5元。

A. 0.1% B. 0.3%

C. 0.5% D. 1%

8. 以下关于证券经纪商的说法，不正确的是( )。

A. 指接受客户委托、代客买卖证券并以此收取佣金的中间人

B. 与客户是委托代理关系

C. 必须遵照客户发出的委托指令进行证券买卖

D. 承担交易中的价格风险

9. 目前按照《证券法》的规定，证券公司客户的交易结算资金应当存放在( )，以每个客户的名义单独立户管理。

A. 证券公司 B. 商业银行

C. 托管银行 D. 政策性银行

10. ( )是填写委托单的第一要点。

A. 证券账户号码 B. 买卖方向

C. 买卖证券的名称 D. 买卖数量

11. 根据净价的基本原理，应计利息额的计算公式应为( )。

A. 应计利息额 = 债券面值 × 票面利率 ÷ 365（天）× 已计息天数

B. 应计利息额 = 债券价值 × 票面利率 ÷ 365（天）× 已计息天数

C. 应计利息额 = 债券面值 × 贴现利率 ÷ 365（天）× 已计息天数

D. 应计利息额 = 债券面值 × 票面利率 ÷ 365（天）× 未计息天数

12. 证券经纪商提供的信息服务不包括( )。

A. 上市公司的详细资料

B. 公司和行业的研究报告

C. 经济前景的预测分析和展望研究

D. 有关股票市场变动态势的内部报告

13. 投资者与证券经纪商之间特定的经纪关系建立的过程不包括

(　　)。

A. 签署《风险揭示书》《客户须知》

B. 签订《证券交易委托代理协议》

C. 开立证券交易资金账户

D. 分享投资收益，承担投资损失

14. (　　)属于中国证券登记结算有限责任公司的收入，由证券公司在同投资者清算交收时代为扣收。

A. 过户费　　　　B. 印花税

C. 会员会费　　　D. 资本利得税

15. (　　)是客户向证券经纪商发出买卖某种证券的委托指令时，要求证券经纪商按证券交易所内当时的市场价格买进或卖出证券。

A. 限价委托　　　B. 市价委托

C. 当面委托　　　D. 电话委托

16. (　　)是客户与证券经纪商之间在委托买卖过程中有关权利、义务、业务规则和责任的基本约定，也是保障客户与证券经纪商双方权益的基本法律文书。

A. 《风险提示书》

B. 《证券交易委托代理协议》

C. 《客户须知》

D. 《客户交易结算资金银行存管协议书》

17. 某债券面值为100元，票面利率为5%，起息日是8月5日，交易日是12月18日，则已计息天数是(　　)天，应计利息额是(　　)元。

A. 135，1.85　　　B. 136，1.86

C. 134，1.84　　　D. 137，1.87

18. 同一性审查是指证券经纪商接受客户委托时必须进行委托人、证件与(　　)的一致性审查。

A. 证券账户　　　B. 资金账户

C. 预留印鉴　　　D. 委托单

19. 在我国，取得自营业务资格的证券公司应当设专人和专用交易终端从事自营业务，不得因自营业务影响经纪业务，这反映了(　　)的申报原则。

A. 时间优先　　B. 客户优先

C. 价格优先　　D. 会员优先

20. 有甲、乙、丙、丁四人，均申报买入 X 股票，申报价格和时间如下：甲的买入价 10.75 元，时间为 13:40；乙的买入价 10.40 元，时间为 13:25；丙的买入价 10.70 元，时间为 13:25；丁的买入价 10.75 元，时间为 13:38。那么他们交易的优先顺序应为(　　)。

A. 丁、甲、丙、乙　　B. 丙、乙、丁、甲

C. 丁、丙、乙、甲　　D. 丙、丁、乙、甲

21. 在上海证券交易所采用竞价交易方式的开盘集合竞价时间为每个交易日的(　　)。

A. 9:00～9:30　　B. 9:15～9:25

C. 9:25～9:30　　D. 9:10～9:25

22. 根据下表所示，该股票上日收盘价为 12.18 元，则股票在上海证券交易所当日开盘价及成交量分别是(　　)。

某股票某日在集合竞价时买卖申报价格和数量

买入数量（手）	价格（元）	卖出数量（手）
—	12.50	100
—	12.40	200
150	12.30	300
200	12.20	500
200	12.10	200
300	12.00	150
500	11.90	—
600	11.80	—
300	11.70	—

A. 12.18 元，350 手　　B. 12.18 元，500 手

C. 12.15 元，350 手　　D. 12.15 元，500 手

23. 涨跌幅价格的计算公式为(　　)。

A. 涨跌幅价格 = 前收盘价 ×（1 ± 涨跌幅比例）

B. 涨跌幅价格 = 今开盘价 ×（1 ± 涨跌幅比例）

C. 涨跌幅价格 = 前平均价 × （1 ± 涨跌幅比例）

D. 涨跌幅价格 = 前最高价 × （1 ± 涨跌幅比例）

24. 某投资者于2008年10月17日在沪市买入2手X国债（该国债的起息日是6月14日，按年付息，票面利率为11.83%），成交价132.75元，则已计息天数为(　　)。

A. 124天　　B. 125天

C. 126天　　D. 127天

25. 从上题，2手国债的应计利息总额为(　　)元。

A. 80.38　　B. 81.03

C. 81.68　　D. 82.32

26. 从上题，对国债交易佣金的收费为成交金额的0.2‰，实际支付的佣金为(　　)元。

A. 0.55　　B. 1

C. 0　　D. 4

27. 从上题，假设经纪人不收委托手续费，采用净价交易，则买入国债实际总的付出是(　　)元。

A. 2 736.68　　B. 2 737.32

C. 2 737.68　　D. 2 741.68

28. 电话自动委托的身份确认由(　　)控制。

A. 委托人　　B. 密码

C. 营业部　　D. 受托人

29. 2008年9月19日，证券交易印花税对(　　)按1‰税率征收，对受让方不再征收。

A. 买入方　　B. 所有投资者

C. 证券公司　　D. 出让方

30. 在(　　)情况下，成交价格与债券的应计利息是分解的。

A. 全价交易　　B. 市价交易

C. 净价交易　　D. 买卖价交易

31. 证券营业部采用无形席位进行交易，委托指令一般不经过(　　)。

A. 营业部电脑系统　　B. 交易所电脑系统

C. 营业部终端处理机　　　　D. 场内交易员

32. 以下关于委托单的说法，不正确的是(　　)。

A. 具有与委托合同相同的法律效力

B. 具备委托合同应具备的主要内容

C. 明确了证券经纪商作为受托人以委托人（客户）的名义、在委托人授权范围内办理证券投资事务权限的义务

D. 明确了证券经纪商是委托人进行证券交易代理人的法律身份

33. 目前，我国具有法人资格的证券经纪商是指在证券交易中代理买卖证券、从事经纪业务的(　　)。

A. 证券公司　　　　B. 资产管理公司

C. 信托公司　　　　D. 基金公司

34. 经纪关系的建立只是确立了客户与证券经纪商之间的(　　)关系。

A. 从属　　　　B. 委托

C. 代理　　　　D. 制约

35. 按我国现行的做法，投资者入市应事先到(　　)及其代理点开立证券账户。

A. 证券交易所

B. 证券公司

C. 商业银行

D. 中国证券登记结算有限责任公司上海和深圳分公司

36. 客户作为委托合同的另一方，在享受权利时也必须承担的义务不包括(　　)。

A. 了解交易风险，明确买卖方式

B. 根据自身承受能力接受交易结果

C. 采用正确的委托手段

D. 按规定缴存交易结算资金

37. 投资者于2009年2月2日在深市买入Y股票（属于A股）500股，成交价10.92元；2月18日卖出，成交价11.52元。假设经纪人不收委托手续费，对股票交易佣金的收费为成交金额的2.8‰，则投资买入股票的过户费和佣金费用总额为(　　)元。

A. 1.4　　B. 15.29

C. 18.09　　D. 50

38. 按第37题的条件，买入Y股票的总支出为(　　)元。

A. 5 460　　B. 5 475.29

C. 5 480.75　　D. 5 500

39. 按第37题的条件，卖出Y股票的成交金额为(　　)元。

A. 5 760　　B. 5 460

C. 5 475.29　　D. 5 776.13

40. 按第37题的条件，卖出Y股票的佣金费用为(　　)元。

A. 11.52　　B. 15.29

C. 16.13　　D. 0

41. 按第37题的条件，卖出Y股票的印花税为(　　)元。

A. 5.76　　B. 0

C. 11.52　　D. 17.28

42. 按第37题的条件，卖出Y股票的总收入为(　　)元。

A. 5 760　　B. 5 776.13

C. 5 781.89　　D. 5 738.11

43. 按第37题的条件，投资者买卖Y股票的净所得为(　　)元。

A. 262.82　　B. -262.82

C. 9.53　　D. -9.53

44. 下列关于连续竞价的说法错误的是(　　)。

A. 能成交者予以成交，不能成交者等待机会成交

B. 在无撤单的情况下，委托当日有效

C. 开盘集合竞价期间未成交的买卖申报，自动进入连续竞价

D. 连续竞价期间未成交的买卖申报，自动撤销

45. 目前我国证券市场采用的是(　　)结算模式。

A. 自然人　　B. 公司

C. 法人　　D. 第三方

46. 证券公司从事证券经纪业务，客户资金不足而接受其买入委托，或者客户证券不足而接受其卖出委托的，对直接负责的主管人员和其他直接责任人员给予警告，撤销任职资格或者证券从业资格，并处以(　　)

的罚款。

A. 1倍以上5倍以下　　B. 3万元以上30万元以下
C. 3万元以上10万元以下　　D. 1万元以上10万元以下

47. 证券公司将客户的资金账户、证券账户提供给他人使用的，没有违法所得或者违法所得不足3万元的，处以(　　)的罚款。对直接负责的主管人员和其他直接责任人员给予警告，并处以3万元以上10万元以下的罚款。

A. 1倍以上5倍以下　　B. 3万元以上30万元以下
C. 3万元以上10万元以下　　D. 1万元以上10万元以下

48. 证券公司诱使客户进行不必要的证券交易，或者从事证券资产管理业务时，使用客户资产进行不必要的证券交易的，责令改正，处以(　　)的罚款。给客户造成损失的，依法承担赔偿责任。

A. 1倍以上5倍以下　　B. 3万元以上30万元以下
C. 3万元以上10万元以下　　D. 1万元以上10万元以下

49. 证券公司或者其境内分支机构超出国务院证券监督管理机构批准的范围经营业务的，责令改正，没有违法所得或者违法所得不足30万元的，处以(　　)罚款。

A. 1倍以上5倍以下　　B. 3万元以上30万元以下
C. 30万元以上60万元以下　　D. 1万元以上10万元以下

50. 证券公司未按照规定为客户开立账户的，责令改正；情节严重的，处以(　　)的罚款，并对直接负责的董事、高级管理人员和其他直接责任人员，处以1万元以上5万元以下的罚款。

A. 1倍以上5倍以下　　B. 1万元以上5万元以下
C. 5万元以上30万元以下　　D. 20万元以上50万元以下

二、不定项选择题（以下各小题所给出的4个选项中，至少有一项符合题目要求，请将符合题目要求选项的代码填入括号内）

1. 在证券经纪业务中，包含的要素包括(　　)。

A. 证券交易所　　B. 证券交易的对象
C. 证券经纪商　　D. 委托人

2. 客户的保密资料包括(　　)。

A. 客户开户的基本情况

B. 客户委托的有关事项

C. 客户股东账户中的库存证券种类和数量

D. 客户资金账户中的资金余额

3. 在证券经纪关系中，证券经纪商是(　　)。

A. 授权人　　B. 受托人

C. 委托人　　D. 代理人

4. 一般来说,《风险揭示书》会告知客户从事证券投资会面临的风险包括但不限于(　　)。

A. 宏观经济风险　　B. 上市公司经营风险

C. 不可抗力因素导致的风险　　D. 政策风险

5. 客户交易结算资金第三方存管制度与以往的客户交易结算资金管理模式相比，发生了根本性的变化，主要体现在(　　)。

A. 证券公司客户的交易结算资金只能存放在指定的存管银行

B. 指定的存管银行须为每个客户建立管理账户

C. 客户交易结算资金的存取，全部通过指定的存管银行办理

D. 指定的存管银行须保证客户能够随时查询其交易结算资金的余额及变动情况

6. 关于证券经纪业务，以下表述正确的有(　　)。

A. 在证券经纪业务中，委托人的指令具有权威性

B. 经纪商可以根据情况变化，自行改变委托人的委托价格

C. 经纪商无故违反委托人指示并使其遭受损失的，应承担赔偿责任

D. 证券经纪商泄露客户资料而造成客户损失，证券经纪商只承担连带赔偿责任

7. 委托买卖证券的过程中，客户作为委托人享有的权利有(　　)。

A. 选择经纪商的权利

B. 要求经纪商忠实地为自己办理受托业务的权利

C. 对自己购买的证券享有持有权和处置权

D. 寻求司法保护权

8. 经纪业务操作规范管理的一般要求有(　　)。

A. 前、后台分离和岗位分离

B. 重要岗位专人负责，严格操作权限管理

C. 营业部工作人员不得私下接受代理客户办理相关业务

D. 营业部应按要求妥善保管客户资料及业务档案

9. 客户作为委托合同的委托人，在享受权利时也必须承担的义务有(　　)。

A. 如实提供有关证件

B. 了解交易风险，明确买卖方式

C. 按规定缴存交易结算资金

D. 采用正确的委托手段

10. 深圳证券交易所根据市场需要，可以接受市价申报类型有(　　)。

A. 对手方最优价格申报

B. 本方最优价格申报

C. 最优 5 档即时成交剩余撤销申报

D. 即时成交剩余撤销申报

11. 根据我国证券交易所的相关规定，集合竞价确定成交价的原则为(　　)。

A. 可实现最大成交量的价格

B. 使未成交量最小的申报价格

C. 高于该价格的买入申报与低于该价格的卖出申报全部成交的价格

D. 与该价格相同的买方或卖方至少有一方全部成交的价格

12. 委托指令的基本要素包括(　　)。

A. 证券账号　　B. 证券品种

C. 委托价格　　D. 买卖方向

13. 采用限价委托方式要求经纪商必须帮助投资者以(　　)。

A. 限价卖出证券　　B. 高于限价卖出证券

C. 低于限价卖出证券　　D. 限价买入证券

14. 以下关于计价单位的说法，正确的有(　　)。

A. 股票为“每股价格”

B. 基金为“每份基金价格”

C. 权证为“每份权证价格”

D. 债券为“每百元面值债券的价格”

15. 关于债券价格报价，以下说法正确的是(　　)。

A. 全价交易是指买卖债券时，以含有应计利息的价格申报并成交的交易

B. 净价交易是指买卖债券时，以不含有应计利息的价格申报并成交的交易

C. 我国从2002年3月25日起，国债交易采取净价交易方式

D. 在净价交易方式下，应计利息根据票面利率按月计算

16. 自助委托可以通过(　　)方式实现。

A. 电话委托　　B. 柜台委托

C. 自助终端委托　　D. 网上委托

17. 证券营业部在审查委托时，主要是审查委托单的(　　)。

A. 合法性　　B. 合理性

C. 一致性　　D. 及时性

18. 从2002年5月1日开始，(　　)的交易佣金实行最高上限向下浮动制度。

A. A股　　B. B股

C. 证券投资基金　　D. 权证

19. 证券营业部收到投资者委托后，应对(　　)进行审查，合格后才能接受委托。

A. 委托内容　　B. 委托人身份

C. 委托卖出的实际证券数量　　D. 委托买入的实际资金余额

20. 对委托人撤销的委托，证券营业部须及时将冻结的(　　)解冻。

A. 资金　　B. 证券

C. 账户　　D. 股东卡

21. 根据现行制度规定，连续竞价时，成交价格确定原则包括(　　)。

A. 买入申报价格高于即时揭示的最低卖出申报价格时，以即时揭示的最低卖出申报价格为成交价

B. 卖出申报价格低于即时揭示的最高买入申报价格时，以中间价成交

C. 卖出申报价格低于即时揭示的最高买入申报价格时，以即时揭示的最高买入申报价格为成交价

D. 最高买入申报与最低卖出申报价位相同，以该价格为成交价

22. 关于买卖深圳证券交易所无价格涨跌幅限制的证券，以下说法不正确的有(　　)。

A. 股票上市首日开盘集合竞价的有效竞价范围为发行价的900%以内，连续竞价、收盘集合竞价的有效竞价范围为最近成交价的上下10%

B. 债券上市首日开盘集合竞价的有效竞价范围为发行价的上下30%，连续竞价、收盘集合竞价的有效竞价范围为最近成交价的上下10%

C. 债券非上市首日开盘集合竞价的有效竞价范围为前收盘价的上下10%，连续竞价、收盘集合竞价的有效竞价范围为最近成交价的上下10%

D. 债券质押式回购非上市首日开盘集合竞价的有效竞价范围为前收盘价的上下30%，连续竞价、收盘集合竞价的有效竞价范围为最近成交价的上下10%

23. 下列符合上海证券交易所关于买卖无价格涨跌幅限制的证券的规定有(　　)。

A. 集合竞价阶段股票交易申报价格不高于前收盘价格的900%，并且不低于前收盘价格的50%

B. 连续竞价阶段即时揭示中无买入申报价格的，即时揭示的最低卖出价格、最新成交价格中较低者视为前项最高买入价格

C. 连续竞价阶段申报价格不高于即时揭示的最低卖出价格的130%且不低于即时揭示的最高买入价格的70%

D. 集合竞价阶段的债券回购交易申报无价格限制

24. 竞价的结果包括(　　)。

A. 全部成交　　B. 部分成交

C. 不成交　　D. 推迟成交

25. 佣金包括(　　)。

A. 变更股权登记费　　B. 证券公司经纪佣金

C. 证券交易所手续费　　D. 证券交易监管费

26. 下列关于过户费的收取不正确的是(　　)。

A. 上海证券交易所 A 股过户费为成交面额的 1‰，起点为 1 元

B. 深圳证券交易所免收 A 股过户费

C. 上海证券交易所 B 股交易结算费为成交金额的 0.5‰，但最高不超过 500 美元

D. 目前免收基金交易过户费

27. 证券经纪业务风险主要包括(　　)。

A. 合规风险　　B. 管理风险

C. 政策风险　　D. 技术风险

28. 深圳证券交易所债券质押或回购非上市首日开盘集合竞价的有效竞价范围为前收盘价的上下(　　)。

A. 50%　　B. 100%

C. 150%　　D. 200%

29. 管理风险的防范措施包括(　　)。

A. 严格操作规程　　B. 提高员工素质

C. 加强营销管理　　D. 建立检查稽核制度

30. 证券公司对所属营业部经纪业务内部控制的主要要求有(　　)。

A. 应加强对营业部软、硬件技术标准（含升级）等的统一规划和集中管理

B. 制定标准化的开户文本格式

C. 建立对录入证券交易系统的客户资料等内容的复核和保密机制

D. 应在营业部采用统一的柜面交易系统

31. 证券经纪业务可分为(　　)。

A. 柜台代理买卖　　B. 证券交易所代理买卖

C. 证券公司代理买卖　　D. 投资者自行买卖

32. 证券交易具有的(　　)特征，决定了广大投资者只能委托证券经纪商代理买卖来完成交易过程。

A. 交易过程的保密性　　B. 交易方式的特殊性

C. 交易规则的严密性　　　　D. 操作程序的复杂性

33. 下列属于证券经纪商为客户提供的信息服务的有(　　)。

A. 上市公司的详细资料、公司和行业的研究报告

B. 经济前景的预测分析和展望研究

C. 有关股票市场变动态势的商情报告

D. 有关资产组合的评价和推荐

34.《证券交易委托代理协议书》对客户与证券经纪商之间在委托买卖过程中有关(　　)进行基本约定。

A. 权利和义务　　　　B. 业务规则

C. 责任　　　　D. 操作流程

35. 以下属于证券经纪商应承担的义务有(　　)。

A. 提醒客户了解并注意从事证券投资存在的风险

B. 坚持了解客户原则

C. 必须忠实办理受托业务

D. 坚持为客户保密的制度

36. 经纪业务主要环节包括(　　)。

A. 证券账户管理　　　　B. 资金账户管理

C. 证券委托买卖　　　　D. 证券清算交割

37. 在证券经纪商与客户的委托代理关系中，客户是(　　)。

A. 授权人　　　　B. 代理人

C. 委托人　　　　D. 受托人

38. 不能办理资金账户（证券账户）销户的情况有(　　)。

A. 申购新股资金冻结期间　　　　B. 开放式基金尚有基金余额

C. 客户资料尚未补全　　　　D. 银证关联尚未撤销

39. 投资者教育的目的就是要提高投资者(　　)，进而提高投资者理性投资、规避风险、自我保护的能力。

A. 风险意识　　　　B. 参与意识

C. 投机意识　　　　D. 风险识别能力

40. 在证券委托交易中，证券经纪商作为受托人应享有的权利有(　　)。

A. 有权拒绝接受不符合规定的委托要求

B. 有权对不符合市场行情的委托指令进行修改

C. 有权按规定收取服务费用

D. 对违约或损害经纪商自身权益的客户，经纪商有权通过留置其资金、证券，或通过司法途径要求其履约或赔偿

41. 证券经纪商必须承担的义务体现了(　　)的具体原则。

A. 坚持信誉为本、客户至上

B. 坚持客户优先、委托优先

C. 坚持为客户负责，但不代替客户进行决策

D. 坚持公平交易，不得以非正当手段牟取私利

42. 咨询服务的主要内容有(　　)。

A. 向投资者介绍开户、委托、交割等操作规程及注意事项

B. 了解自己的客户

C. 让投资者充分理解“买者自负”的原则

D. 简单介绍技术分析软件使用方法

43. 按风险起因不同，经纪业务的风险主要包括(　　)。

A. 法律风险　　B. 合规风险

C. 管理风险　　D. 技术风险

44. 下列情形属于合规风险的是(　　)。

A. 为客户开立账户时不按规定与客户签订业务合同

B. 将客户的资金账户、证券账户提供给他人使用

C. 向客户推荐的产品或者服务与所了解的客户情况不相适应

D. 违反规定在法定营业场所之外办理客户账户管理相关业务

45. 合规风险的防范措施有(　　)。

A. 严格执行经纪业务操作规程

B. 建立健全各项规章制度

C. 对客户交易结算资金实行第三方存管

D. 强化岗位制约和监督

46. 中国证监会及其派出监管依法对证券公司的经纪业务进行监管，主要监管措施包括(　　)。

A. 证券公司向监管机构的报告制度

B. 举报制度

C. 信息披露

D. 检查制度

47. 下列关于委托价格的说法，正确的有(　　)。

A. 限价委托可以客户预期的价格或更有利的价格成交，有利于客户实现预期投资计划

B. 市价委托没有价格上的限制，证券经纪商执行委托指令比较容易，成交迅速且成交率高

C. 市价委托只有在委托执行后才知道实际的执行价格

D. 限价委托成交速度慢，有时甚至无法成交

48. 上海证券交易所接受以下(　　)方式的市价申报。

A. 最优 5 档即时成交剩余撤销申报

B. 对手方最优价格申报

C. 最优 5 档即时成交剩余转限价申报

D. 本方最优价格申报

49. 下列关于申报时间的说法，错误的有(　　)。

A. 上海证券交易所接受会员竞价交易申报的时间为每个交易日 9:15～9:25、9:30～11:30、13:00～15:00

B. 每个交易日 9:20～9:25 为开盘集合竞价阶段，上海证券交易所交易主机不接受撤单申报

C. 深圳证券交易所接受会员竞价交易申报的时间为每个交易日 9:15～11:30、13:00～15:00

D. 每个交易日 9:20～9:25、14:57～15:00，深圳证券交易所交易主机只接受申报，但不对买卖申报或撤销申报做处理

50. 我国证券交易所规定，首个交易日不实行价格涨跌幅限制的情形包括(　　)。

A. 首次公开上市发行的股票

B. 增发上市的股票

C. 暂停上市后恢复上市的股票

D. 连续竞价阶段交易的股票

51. 下列情形会导致证券经纪业务管理风险的有(　　)。

A. 客户开户时审核证件、资料不严

B. 侵占客户合法权益

C. 证券公司工作人员承诺证券买卖收益

D. 提供虚假信息

52. 上海证券代码和深圳证券代码都为一组(　　)位的数字。

A. 3　　B. 4

C. 5　　D. 6

53. 在申报价格最小变动单位方面，以下符合《上海证券交易所交易规则》规定的有(　　)。

A. A股、债券交易和债券买断式回购交易的申报价格最小变动单位为0.01元人民币

B. 基金、权证交易为0.001元人民币

C. B股交易为0.001美元

D. 债券质押式回购交易为0.005元人民币

54. 在申报价格最小变动单位方面，以下符合《深圳证券交易所交易规则》规定的有(　　)。

A. A股、债券的申报价格最小变动单位为0.01元人民币

B. 基金交易为0.001元人民币

C. B股交易为0.01港元

D. 债券质押式回购交易为0.005元人民币

55. 根据我国现行相关制度规定，客户进行柜台委托时，必须提供(　　)，并填写委托单，否则，证券公司有权拒绝受理客户的委托，由此造成的后果由投资者承担。

A. 客户资金账户卡

B. 委托人（指客户本人或其授权代理人）身份证

C. 其他能证明客户身份的材料

D. 客户证券账户卡

56. 由于网上委托处于全开放的互联网之中，客户应充分了解和认识到的风险有(　　)。

A. 由于互联网和移动通讯网络数据传输等原因，交易指令可能会出现中断、停顿、延迟、数据错误等情况

B. 客户账号及密码信息泄露或客户身份可能被仿冒

C. 网络服务器可能会出现故障及其他不可预测的因素，行情信息及其他证券信息可能会出现错误或延迟

D. 客户的网络终端设备及软件系统与证券公司所提供的网上交易系统不兼容，无法下达委托或委托失败

57. (　　)是网上证券委托的有效身份识别证件。

A. 计算机 IP 地址　　B. 投资者证券账户卡号

C. 数字证书　　D. 网上委托通讯密码

58. 证券经纪业务内部控制的要求之一是应建立以(　　)为核心的客户管理和服务体系。

A. 了解自己　　B. 了解自己的客户

C. 适当性服务　　D. 及时性服务

59. 证券营业部在接受投资者委托、进行申报时必须遵循的规定有(　　)。

A. 在交易市场买卖证券均必须公开申报竞价

B. 在申报竞价时，须一次完整地报明买卖证券的数量、价格及其他规定的因素

C. 在同时接受两个以上委托人买进委托与卖出委托且种类、数量、价格相同时，不得自行对冲完成交易，仍应向证券交易所申报竞价

D. 按“时间优先、客户优先”的原则进行申报竞价

60. 证券监管机构对证券公司的业务活动、财务状况、经营管理情况进行检查时，有权采取的措施有(　　)。

A. 询问证券公司的董事、监事、工作人员，要求其就有关检查事项做出说明

B. 进入证券公司营业场所检查

C. 查询、复制相关的文件、资料

D. 检查证券公司计算机信息管理系统复制有关资料

61. 证券公司违反《证券公司监督管理条例》的规定，有下列(　　)情形之一的，责令改正，给予警告，没收违法所得，并处以违法所得 1 倍以上 5 倍以下的罚款；情节严重的，暂停或者撤销其相关证券业务许可。

A. 违反规定委托其他单位或者个人进行客户招揽、客户服务或者产品销售活动

B. 向客户提供投资建议，对证券价格的涨跌或者市场走势做出确定性的判断

C. 未按照规定与客户签订业务合同，或者未在与客户签订的业务合同中载入规定的必备条款

D. 推荐的产品或者服务与所了解的客户情况不相适应

62. 证券公司违反《证券公司监督管理条例》的规定，有下列(　　)情形之一的，对直接负责的主管人员和其他直接责任人员单处或者并处警告、3万元以上10万元以下的罚款；情节严重的，撤销任职资格或者证券从业资格。

A. 与他人合资、合作经营管理分支机构，或者将分支机构承包、租赁或者委托给他人经营管理

B. 未按照规定程序了解客户的身份、财产与收入状况、证券投资经验和风险偏好

C. 未按照规定指定专人向客户讲解有关业务规则和合同内容，并以书面方式向其揭示投资风险

D. 未按照规定指定专门部门处理客户投诉

63. 违反《证券公司监督管理条例》的规定，有下列(　　)情形之一的，责令改正，给予警告，没收违法所得，并处以违法所得1倍以上5倍以下的罚款；没有违法所得或者违法所得不足10万元的，处以10万元以上60万元以下的罚款；情节严重的，撤销相关业务许可。

A. 任何单位和个人强令、指使、协助、接受证券公司以证券经纪客户的资产提供融资或者担保

B. 证券公司、资产托管机构、证券登记结算机构违反规定动用客户的交易结算资金和证券

C. 资产托管机构、证券登记结算机构对违反规定动用客户的资金和证券的申请、指令予以同意、执行

D. 资产托管机构、证券登记结算机构发现客户资金和证券被违法动用而未向国务院证券监督管理机构报告

64. 证券经纪人违反《证券公司监督管理条例》的规定，有下列

(　　)情形之一的，责令改正，给予警告，没收违法所得，并处以违法所得等值罚款；没有违法所得或者违法所得不足3万元的，处以3万元以下的罚款；情节严重的，撤销任职资格或者证券从业资格。

A. 从事业务未向客户出示证券经纪人证书

B. 同时接受多家证券公司的委托，进行客户招揽、客户服务等活动

C. 接受客户的委托，为客户办理证券认购、交易等事项

D. 未按照规定指定专门部门处理客户投诉

三、判断题（判断以下各小题的对错，正确的用A表示，错误的用B表示）

1. 在证券经纪业务中，证券公司不赚取买卖差价，只收取一定比例的佣金作为业务收入。（　　）

2. 证券经纪商必须遵照客户的委托指令进行证券买卖，并承担交易中的价格风险。（　　）

3. 证券经纪业务的对象具有广泛性和价格变动性的特点。（　　）

4. 证券经纪商是证券交易的中介，是独立于买卖双方的第三者，与客户之间不存在从属或依附关系。（　　）

5. 如因证券经纪商泄露客户资料而造成客户损失，证券经纪商应承担赔偿责任。（　　）

6. 客户在证券公司开立的专门用于证券交易结算的账户，即《客户交易结算资金第三方存管协议书》所指的“客户证券资金台账。”（　　）

7. 客户一旦在《风险提示书》上签名，就表明了其已阅读并完全理解，且愿意承担证券市场的各种风险。（　　）

8. 证券营业部为客户开立资金账户可以用客户的姓名，也可以用客户的代理人的姓名。（　　）

9. 经纪关系一旦建立就确立了客户与证券经纪商之间的代理关系，形成实质上的委托关系。（　　）

10. 证券交易中的委托单，如经客户和证券经纪商双方签字和盖章，性质上就相当于委托合同。（　　）

11. 客户的证券买卖委托，没有成交的委托记录可以不保存。（　　）

12. 同一证券公司在同时接受两个以上委托人就相同种类、相同数量的证券按相同价格分别作委托买入和委托卖出时，不得自行对冲成交。（　　）

13. 限价申报只适用于有价格涨跌幅限制证券连续竞价期间的交易，上海证券交易所另有规定的除外。（　　）

14. 2007年11月7日，中国证券业协会发布了有关证券交易委托代理协议的指引，要求证券公司应根据《证券交易委托代理协议（范本）》修订与客户签订的相关证券经纪业务合同文本。（　　）

15. 在深圳证券交易所，最优5档即时成交剩余撤销申报，指以对手方价格为成交价格，与申报进入交易主机时集中申报簿中对手方最优5个价位的申报队列依次成交，未成交部分自动撤销。（　　）

16. 债券应计利息额是自起息日至到期日（不包括到期日当日）的应计利息额。（　　）

17. 在委托单上填写具体委托时点，是检查证券经纪商是否执行时间优先原则的依据。（　　）

18. 委托指令有效期一般分当日有效和约定日有效两种。（　　）

19. 目前，我国只在卖出证券时才有零数委托。（　　）

20. 我国现行规定的委托期为当月有效。（　　）

21. 按我国现行制度规定，证券公司可接受超过涨跌限价的委托。（　　）

22. 证券营业部申报竞价成交后，买卖成立，委托人不得撤销已成交部分。（　　）

23. 上海证券交易所每个交易日的9:15～9:25为开盘集合竞价时间，9:30～11:30、13:00～15:00为连续竞价时间。（　　）

24. 电话转委托是指证券经纪商把电脑交易系统和普通电话网络连接起来，构成一个电话自动委托交易系统；客户通过普通的双音频电话，按照该系统发出的指示，借助电话机上的数字和符号键输入委托指令，以完成证券买卖的一种委托形式。（　　）

25. 如果客户采用自助委托方式，当其输入相关的账号和正确的密码并进行了相关交易后，即视同确认了身份。（　　）

26. 证券营业部接受客户委托后应按“时间优先、客户优先”的原则进行申报竞价。（　）

27. 在委托未成交之前，委托人有权变更或撤销原来的委托指令。（　）

28. 目前我国证券交易印花税是向成交双方双向收取。（　）

29. 在委托未成交之前，委托人变更或撤销委托，在证券营业部采用无形席位申报的情况下，证券营业部柜台业务员须即刻通知场内交易员，经场内交易员操作确认后，立即将执行结果告知委托人。（　）

30. 委托的内容有多项，正确填写委托单或输入委托指令是投资决策得以实施和投资者权益得以保护的重要环节。（　）

31. 目前A股印花税按成交金额的2‰计收。（　）

32. 所有上市交易的股票和债券都是证券经纪业务的对象。（　）

33. 在沪、深证券交易所，客户可以采用限价委托或市价委托的方式委托会员买卖证券。（　）

34. 证券经纪业务是指证券公司通过其设立的证券营业部，接受客户委托，按照客户的要求，代理客户买卖证券的业务。（　）

35. 上海证券交易所规定，连续竞价期间未成交的买卖申报，自动进入收盘集合竞价。（　）

36. 证券经纪商与客户之间存在着从属或依附的关系。（　）

37. 在深圳证券交易所，买卖有价格涨跌幅限制的中小企业板股票，连续竞价期间超过有效竞价范围的有效申报不能即时参加竞价，暂存于交易主机；当成交价格波动使其进入有效竞价范围时，交易主机自动取出申报，参加竞价。（　）

38. 对于证券公司与客户之间的证券清算交收，一般由中国结算公司根据成交记录按照业务规则自动办理。（　）

39. 证券营业部日常经营管理的主要内容就是经纪业务的运作管理。（　）

40. 深圳证券交易所A股佣金不得高于成交金额的0.3%，起点1元。（　）

41. 办理证券柜台委托时，委托柜台应严格按照价格优先的原则，依次为客户办理委托业务，不得漏报或插报。（　）

42. 我国现行的法规规定，证券经纪商不得接受代替客户决定买卖证券数量、种类、价格及买入或卖出的全权委托，也不得将营业场所延伸到规定场所以外。（　　）

43. 采用无形席位的营业部若无电脑自动核错配对系统（即与委托成交数据核对），则交割柜必须在清算后，根据成交单与客户委托单手工配对。（　　）

44. 证券经纪商对委托人的一切委托事项负有保密义务，未经委托人许可严禁泄露，因此可不配合监管、司法机关与证券交易所等的查询。（　　）

45. 证券经纪商可根据自身提供的服务标准收取相应的服务费用，包括佣金和过户费等其他费用。（　　）

46. 营业部为客户办理证券交割一般有自助交割和柜台人工交割两种交割方式。（　　）

47. 证券公司在经纪业务营销活动中违反规定委托其他单位或者个人进行客户招揽、客户服务或者产品销售的活动，属于其管理风险。（　　）

48. 证券经纪业务的风险是指证券公司在开展证券经纪业务过程中因种种原因而导致客户利益遭受损失的可能性。（　　）

49. 证券公司私下接受客户委托或接受客户的全权委托代理其买卖证券，属于合规风险。（　　）

50. 深圳证券交易所 A 股证券交易经手费为成交额的0.1475‰，双边收取。（　　）

51. 上海证券交易所 A 股过户费为成交面额的0.1%，起点为1元。（　　）

52. 对公司从业人员在执业过程中的违法违规行为，按照有关法律法规和公司有关制度的规定，追究其责任，属于合规风险的防范措施。（　　）

53. 证券业协会是证券业的自律性组织，是社会团体法人。（　　）

54. 委托指令一般由客户自行下达。（　　）

55. 沪、深证券交易所的市价申报既适用于有价格涨跌幅限制证券连续竞价期间的交易，也适用于集合竞价期间的交易。（　　）

56. 集合竞价的所有交易以同一价格成交。（　）

57. 证券公司客户的交易结算资金应当存放在商业银行，以每个客户的名义单独立户管理。（　）

58. 净价交易是指买卖债券时，以不含有应计利息的价格申报并成交的交易。（　）

59. 上海证券交易所、深圳证券交易所目前公司债券的现货交易采用净价交易方式。（　）

60. 境外客户若要买卖B股，可以通过境内外的证券代理商进行。（　）

61. 深圳证券交易所规定使未成交量最小的申报价格为成交价格，若有两个以上使未成交量最小的申报价格符合相关条件的，其平均价为成交价格。（　）

62. 根据现行制度规定，无论买入或卖出，股票（含A、B股）、基金类证券在1个交易日内的交易价格相对上一交易日收市价格的涨跌幅度不得超过10%，其中ST股票和*ST股票价格涨跌幅度不得超过5%。（　）

63. 中小企业板股票连续竞价期间有效竞价范围为最近成交价的上下5%。（　）

64. 无价格涨跌幅限制的证券在开盘集合竞价期间没有产生成交的，连续竞价开始时，有效竞价范围内的最高买入申报价高于发行价或前收盘价的，以最高买入申报价为基准调整有效竞价范围。（　）

参考答案

一、单项选择题

1. C　2. D　3. B　4. B　5. C　6. D　7. B
8. D　9. B　10. C　11. A　12. D　13. D　14. A
15. B　16. B　17. B

第17题的解答过程如下：

已计息天数＝27天（8月）＋30天（9月）＋31天（10月）＋30天（11

月）+18 天（12 月）

=136（天）

应计利息额 $=100\times5\%\div365\times136=1.86$（元）

18. D　19. B　20. A　21. B　22. C　23. A　24. C
25. C　26. B　27. C　28. B　29. D　30. C　31. D
32. A　33. A　34. C　35. D　36. B　37. B　38. B
39. A　40. C　41. A　42. D　43. A　44. D　45. C
46. B　47. B　48. D　49. C　50. D

二、不定项选择题

1. ABCD　2. ABCD　3. BD　4. ABC　5. ABCD
6. AC　7. ABCD　8. ABCD　9. ABCD　10. ABCD
11. ACD　12. ABCD　13. ABD　14. ABCD　15. ABC
16. ACD　17. AC　18. ABC　19. ABCD　20. AB
21. ACD　22. D　23. ABD　24. ABC　25. BCD
26. C　27. ABD　28. B　29. ABCD　30. ABCD
31. AB　32. BCD　33. ABC　34. ABC　35. ABCD
36. ABCD　37. AC　38. ABCD　39. ABD　40. ACD
41. ABCD　42. AD　43. BCD　44. ABCD　45. BCD
46. ACD　47. ABCD　48. AC　49. D　50. ABC
51. ABCD　52. D　53. ABCD　54. ABC　55. BD
56. ABCD　57. CD　58. BC　59. ABCD　60. ABCD
61. AB　62. ABCD　63. ABCD　64. ABC

三、判断题

1. A　2. B　3. A　4. A　5. A　6. A　7. A
8. B　9. B　10. A　11. B　12. A　13. B　14. A
15. A　16. B　17. A　18. A　19. A　20. B　21. B
22. A　23. B　24. B　25. B　26. A　27. A　28. B
29. B　30. A　31. B　32. A　33. A　34. A　35. B
36. B　37. A　38. A　39. A　40. B　41. B　42. A

43. B 44. B 45. B 46. A 47. B 48. B 49. B
50. A 51. A 52. B 53. A 54. B 55. B 56. A
57. A 58. A 59. A 60. B 61. B 62. A 63. B
64. A

第三章

经纪业务相关实务

第一部分　基本内容及学习目的与要求

一、基本内容（见图3－1）

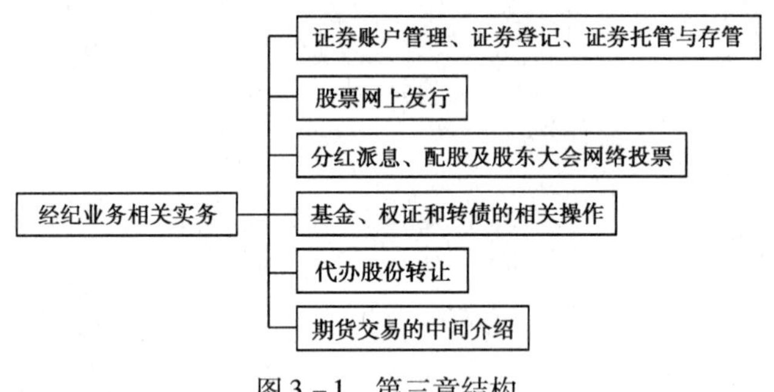

图3－1　第三章结构

二、学习目的与要求

掌握证券账户的种类；掌握开立证券账户的基本原则和要求；熟悉证券账户挂失、补办、查询的手续。掌握证券登记的含义和类型；熟悉证券托管和证券存管的概念；了解我国目前证券托管制度的内容。

掌握股票网上发行的概念、类型，掌握股票上网发行资金申购的基本规定和操作流程。

掌握分红派息的操作流程，掌握配股缴款的操作流程，熟悉股东大会网络投票的操作规定。

熟悉上市开放式基金业务的有关规定，熟悉交易型开放式指数基金业务的有关规定，熟悉权证业务的有关规定，熟悉可转换债券转股的操作流程。

掌握证券公司代办股份转让的概论和业务范围，熟悉证券公司从事代办股份转让服务业务的资格条件，掌握代办股份转让的基本规则，熟悉非上市股份有限公司股份报价转让试点的一般内容。

熟悉证券公司中间介绍业务的含义，熟悉证券公司提供中间介绍业务的资格条件与业务范围，掌握证券公司提供中间介绍业务的业务规则。

第二部分　知识体系与考点分析

第一节　证券账户管理、证券登记、证券托管与存管

一、知识体系（见图3-2）

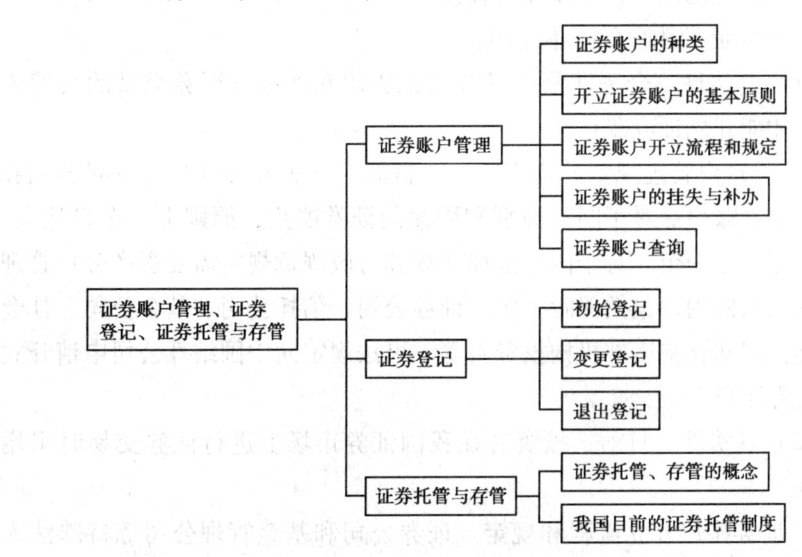

图3-2　第三章第一节结构

二、考点分析

（一）证券账户管理

开立证券账户是投资者进行证券交易的先决条件。

1. 证券账户的种类。目前，我国证券账户的种类有两种划分依据：一是按照交易场所，证券账户可以划分为上海证券账户和深圳证券账户，分别用于记载在上海证券交易所和深圳证券交易所上市交易的证券以及中国结算公司认可的其他证券。二是按照账户用途，证券账户可以划分为人民币普通股票账户、人民币特种股票账户、证券投资基金账户和其他账户等。

（1）人民币普通股票账户（简称 A 股账户）。A 股账户按持有人分为自然人证券账户、一般机构证券账户、证券公司自营证券账户和基金管理公司的证券投资基金专用证券账户等。

（2）人民币特种股票账户（简称 B 股账户）。B 股账户按持有人可以分为境内投资者证券账户和境外投资者证券账户。

（3）证券投资基金账户（简称基金账户）。除用于买卖上市基金外，该账户在深圳市场还可用于买卖上市的国债，在上海市场还可用于买卖上市的国债、公司债、企业债和可转债。

2. 开立证券账户的基本原则：

（1）合法性。合法性是指只有国家法律允许进行证券交易的自然人和法人才能开立证券账户。

《证券账户管理规则》规定，一个自然人、法人可以开立不同类别和用途的证券账户。对于同一类别和用途的证券账户，原则上一个自然人、法人只能开立一个。对于国家法律法规和行政规章规定需要资产分户管理的特殊法人机构，包括保险公司、证券公司、信托公司、基金公司、社会保障类公司和合格境外机构投资者等，可按规定向中国结算公司申请开立多个证券账户。

（2）真实性。目前，投资者在我国证券市场上进行证券交易时采用实名制。

3. 证券账户开立流程和规定。证券公司和基金管理公司等特殊法人机构开立证券账户，由中国结算公司直接受理。这类特殊法人机构投资者需要前往中国结算沪、深分公司现场办理开户手续。

自然人及一般机构开立证券账户，可以通过中国结算公司委托的分布在全国各地的开户代理机构办理。目前多数证券公司营业部都取得了开户代理资格，可以代理中国结算公司为投资者开立证券账户。

目前，上海证券账户当日开立，次一交易日生效。深圳证券账户当日开立，当日即可用于交易。

4. 境外投资者开户规定：

（1）可以买卖 B 股的投资者除了境内居民个人外，还包括外国法人、自然人和其他组织，中国香港、澳门和台湾地区的法人、自然人和其他组织，定居在国外的中国公民及符合有关规定的境内上市外资股其他投资者。一般境外投资者欲进入中国证券市场进行 B 股交易，必须通过开户代理机构申请开立 B 股账户。

（2）合格投资者应当在选定为其进行证券交易的境内证券公司后，委托托管人直接向中国结算公司申请开立证券账户。合格境外机构投资者开立的证券账户中“持有人名称”为境内证券公司、托管人及合格投资者的全称。

5. 特殊法人机构证券账户开立规定：

（1）证券公司、信托公司、保险公司、基金公司、社会保障类公司、合格境外机构投资者和外国战略投资者等国家法律法规和行政规章规定需要资产分户管理的特殊法人机构，申请开立证券账户时需要按规定提交一些特定材料。

（2）特殊法人机构投资者开立证券账户必须直接到中国结算公司办理。

6. 投资者证券账户卡毁损或遗失，可向中国结算公司开户代理机构申请挂失与补办，或更换证券账户卡。开户代理机构可根据投资者选择补办原号或更换新号的证券账户卡。

7. 证券账户查询。证券账户持有人可以查询其账户的注册资料、证券余额、证券变更及其他相关内容。

中国结算公司及其开户代理机构办理投资者申请查询开户资料免收费，查询其他内容则按规定标准收费。

（二）证券登记

证券登记是指证券登记结算机构为证券发行人建立和维护证券持有人名册的行为。目前，中国结算公司办理证券登记业务的主要依据是2006年7月经证监会批准发布的《证券登记规则》。

为办理证券登记业务，中国结算公司设立了电子化证券登记簿记系统。

证券登记按证券种类可以划分为股份登记、基金登记、债券登记、权证登记、交易型开放式指数基金登记等；按性质划分可以分为初始登记、变更登记、退出登记等。

1. 初始登记。初始登记指已发行的证券在证券交易所上市前，由中国结算公司根据证券发行人的申请维护证券持有人名册，并将证券记录到投资者证券账户中。初始登记是投资者后续进行买卖、转让、质押等流转和处置行为的前提。

（1）股份初始登记。

①股份首次公开发行和增发登记。在现阶段采用网上定价公开发行方式的情况下，投资者申购后，主承销商根据股票发行公告的有关规定确定认购股数，然后由中国结算公司在发行结束后根据成交记录或配售结果自动完成新股的股份登记。发行结束后2个交易日内，上市公司应当向中国结算公司申请办理股份发行登记，对网上和网下发行的结果加以确认。

②送股及公积金转增股本登记。对送股（公积金转增股本）的股份登记，由中国结算公司根据上市公司提供的股东大会红利分配方案决议确定的送股比例或公积金转增股本比例，按照股东数据库中股东的持股数，主动为其增加股数，从而自动完成送股（转增股）的股份登记手续。送股股份登记的记录在证券账户的过户记录中逐笔反映。

③配股登记。配股是指股份公司以股东所持有的股份数为认购权，按一定比例向股东配售该公司新发行的股票。在配股登记日闭市后，中国结算公司将根据持股数量记录投资者的配股权，并将明细数据传输给证券公司。中国结算公司主动为认购缴款的股东在相应的股票账户中增加相应的股数。未被认购并且承销商未予包销的股份，根据中国证监会的有关规定即时在可配股份总数中予以扣除，不予登记。

（2）基金募集登记。基金募集登记的办法是参照股份首次公开发行登记的相关内容来办理的。

（3）债券发行登记。记账式国债通过招投标或其他方式发行的，中国结算公司根据财政部和证券交易所相关文件确认的结果，建立证券持有人名册，完成初始登记。记账式国债在证券交易所挂牌分销或在场外合同分销的，中国结算公司根据证券交易所确认的分销结果，办理记账式初始国债登记。公司债和企业债的初始登记与股份首次公开发行登记类似。

（4）权证发行登记。

（5）交易型开放式指数基金发行登记。

2. 变更登记。变更登记指由证券登记结算机构执行并确认记名证券过户的行为。具体做法是以账户划转的方式在投资者或账户之间转移，并相应更改股东名册或债权人名册。

（1）证券过户登记。

①证券交易所集中交易过户登记（以下简称“集中交易过户登记”）。需要说明的是，在证券交易的交收过程中，买方证券账户增加证券与否需要取决于资金交收履约情况：如果中国结算公司未能从证券公司收到买入证券的款项，则按规则可能暂不将证券划付到买方证券账户内。

②非集中交易过户登记（以下简称“非交易过户登记”）。非交易过户登记是指符合法律规定和程序的因股份协议转让、司法扣划、行政划拨、继承、捐赠、财产分割、公司购并、公司回购股份和公司实施股权激励计划等原因，发生的记名证券在出让人、受让人或账户之间的变更登记。

（2）其他变更登记。其他变更登记包括证券司法冻结、质押、权证创设与注销、权证行权、可转换公司债券转股、可转换公司债券赎回或回售、交易型开放式指数基金申购或赎回等引起的变更登记。

3. 退出登记。债券提前赎回或到期兑付的，其证券交易所市场登记服务业务自动终止，视同债券发行人交易所市场退出登记手续办理完毕。

（三）证券托管与存管

1. 证券托管、存管的概念。证券托管一般指投资者将持有的证券委托给证券公司保管，并由后者代为处理有关证券权益事务的行为。

证券存管一般指证券公司将投资者交给其保管的证券以及自身持有的证券统一送交给中央证券存管机构保管，并由后者代为处理有关证券权益事务的行为。

2. 我国目前的证券托管制度。

(1) 上海证券交易所交易证券的托管制度。对于在上海证券交易所交易的证券，其托管制度和指定交易制度联系在一起。指定交易制度于1998年4月1日起推行，是指投资者与某一证券营业部签订协议后，指定该机构为自己买卖证券的唯一交易点；投资者如不办理指定交易，上海证券交易所交易系统将自动拒绝其证券账户的交易申报指令，直至该投资者完成办理指定交易手续。

未办理指定交易的投资者的证券暂由中国结算上海分公司托管，其红利、股息、债息、债券兑付款在办理指定交易后可领取。

(2) 深圳证券交易所交易证券的托管制度。深圳证券交易所交易证券的托管制度可概括为：自动托管，随处通买，哪买哪卖，转托不限。

投资者需要通过其托管证券公司领取相应的红利、股息、债息、债券兑付款等。中国结算深圳分公司将记录该投资者与托管证券公司托管关系的建立、变更等情况，同时对投资者托管在证券公司的证券数量及其变化情况等加以记录。

第二节　股票网上发行

一、知识体系（见图3－3）

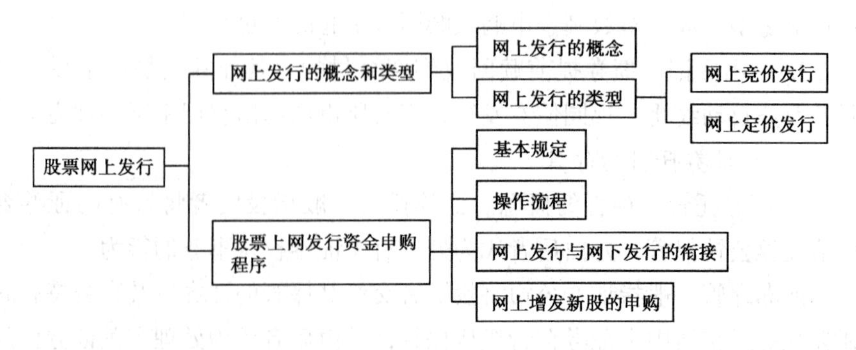

图3－3　第三章第二节结构

二、考点分析

（一）网上发行的概念和类型

1. 网上发行的概念。股票网上发行就是利用证券交易所的交易网络，新股发行主承销商在证券交易所挂牌销售，投资者通过证券营业部交易系统进行申购的发行方式。

网上发行具有经济性和高效性的优点。

2. 网上发行的类型。

（1）网上竞价发行。新股网上竞价发行是指主承销商利用证券交易所的交易系统，以自己作为唯一的“卖方”，按照发行人确定的底价将公开发行股票的数量输入其在证券交易所的股票发行专户；投资者则作为“买方”，在指定时间通过证券交易所会员交易柜台，以不低于发行底价的价格及限购数量，进行竞价认购的一种发行方式。

网上竞价发行除具有网上发行的优点之外，还具有市场性和连续性的优点。

（2）网上定价发行。新股网上定价发行是事先规定发行价格，再利用证券交易所交易系统来发行股票的发行方式，即主承销商利用证券交易所的交易系统，按已确定的发行价格向投资者发售股票。

（二）股票上网发行资金申购程序

通过深圳证券交易所交易系统采用资金申购方式上网定价公开发行股票，适用《资金申购上网定价公开发行股票实施办法》；通过上海证券交易所交易系统采用上网资金申购方式公开发行股票，适用《沪市股票上网发行资金申购实施办法》。

1. 基本规定。

（1）申购单位及上限。上海证券交易所规定，每一申购单位为 1 000 股，申购数量不少于 1 000 股，超过 1 000 股的必须是 1 000 股的整数倍，但最高不得超过当次社会公众股上网发行数量或者 9 999. 9 万股。深圳证券交易所规定，申购单位为 500 股，每一证券账户申购委托不少于 500 股，超过 500 股的必须是 500 股的整数倍，但不得超过本次上网定价发行数量，且不超过 999 999 500 股。

（2）申购次数。除法规规定的证券账户外，同一证券账户的多次申购委托（深圳证券交易所包括在不同的营业网点各进行一次申购的情况），除第一次申购外，均视为无效申购；其余申购由证券交易所交易系统自动剔除。

（3）申购配号。

（4）资金交收。结算参与人应使用其资金交收账户（即结算备付金账户）完成新股申购的资金交收，并应保证其资金交收账户在最终交收时点有足额资金用于新股申购的资金交收。

2. 操作流程。根据《证券发行与承销管理办法》的规定，新股资金申购网上发行与网下配售股票同时进行。这样，对于通过初步询价确定股票发行价格的，网下配售和网上发行均按照定价发行方式进行。对于通过网下累计投标询价确定股票发行价格的，参与网上发行的投资者按询价区间的上限进行申购。

（1）投资者申购。申购当日（T+0 日），投资者在指定的申购时间内通过与证券交易所联网的证券营业部，根据发行人发行公告规定的发行价格和申购数量缴足申购款，进行申购委托。

（2）申购资金冻结、验资及配号。

（3）摇号抽签、中签处理（T+2 日）。

（4）申购资金解冻（T+3 日）。

（5）结算与登记。

3. 网上发行与网下发行的衔接。

4. 网上增发新股的申购。增发新股是已经上市的股份公司再次向社会发行股票。增发新股也可以采用网上发行和网下发行。网上增发新股申购的一般操作程序与新股网上发行申购基本相同。

第三节 分红派息、配股及股东大会网络投票

一、知识体系（见图 3-4）

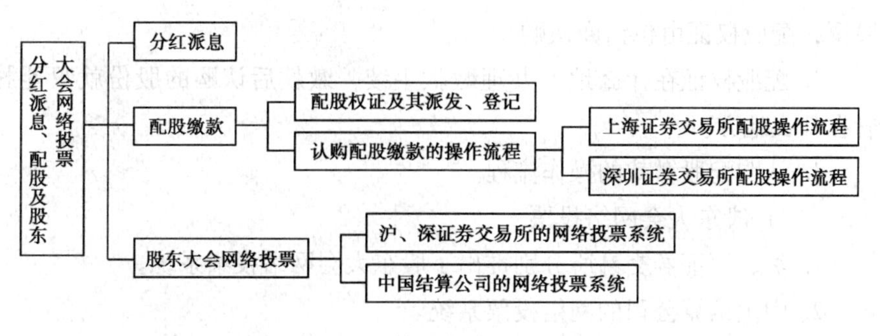

图3－4　第三章第三节结构

二、考点分析

（一）分红派息

上海证券交易所上市证券分红派息的操作流程如下：

1. A股现金红利派发日程安排如下：（1）申请材料送交日（T－5日前）；（2）中国结算上海分公司核准答复日（T－3日前）；（3）向证券交易所提交公告申请日（T－1日前）；（4）公告刊登日（T日）；（5）权益登记日（T＋3日）；（6）除息日（T＋4日）；（7）发放日（T＋8日）。

2. B股现金红利的派发日程安排：（1）申请材料送交日为T－5日前；（2）中国结算上海分公司核准答复日为T－3日前；（3）向交易所提交公告申请日为T－1日前；（4）公告刊登日为T日；（5）最后交易日为T＋3日；（6）权益登记日为T＋6日；（7）现金红利发放日为T＋11日。

3. A股送股日程安排如下：（1）申请材料送交日为T－5日前；（2）结算公司核准答复日为T－3日前；（3）向证券交易所提交公告申请日为T－1日前；（4）公告刊登日为T日；（5）股权登记日为T＋3日。

4. B股送股日程安排如下：（1）申请材料送交日为T－5日前；（2）结算公司核准答复日为T－3日前；（3）向证券交易所提交公告申请日为T－1日前；（4）公告刊登日为T日；（5）最后交易日为T＋3日；（6）股权登记日为T＋6日。

（二）配股缴款

1. 配股权证是上市公司给予其老股东的一种认购该公司股份的权利证明。在现阶段，A股的配股权证不挂牌交易，不允许转托管。

2. 已托管股份的配股权证直接记入股东的证券账户；未托管的实物

股票，配股权证由包销商认购。

3. 配股权证在什么地方办理缴款手续，缴款后认购的股份就只能托管在什么地方。

4. 认购配股缴款的操作流程。

（三）股东大会网络投票

1. 沪、深证券交易所分别推出了股东大会网络投票系统。

2. 中国结算公司的网络投票系统。

第四节　基金、权证和转债的相关操作

一、知识体系（见图3－5）

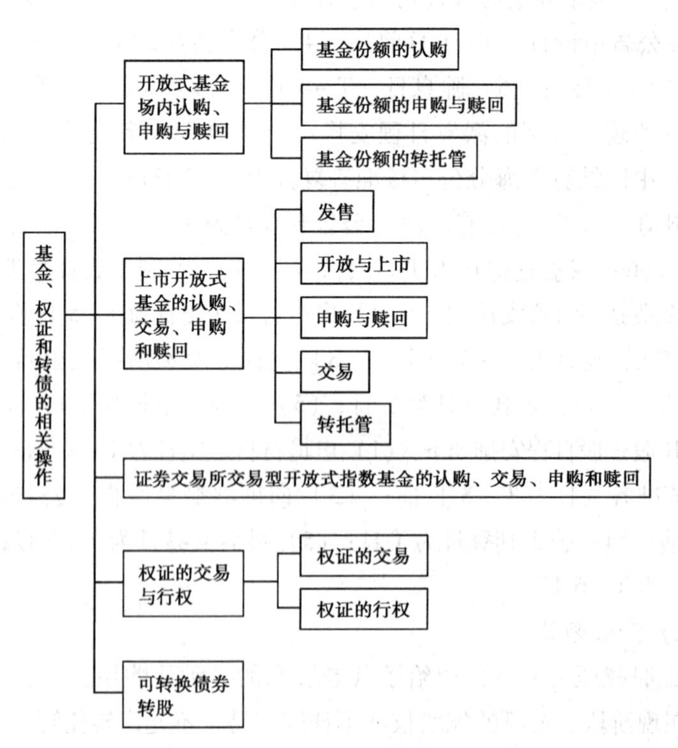

图3－5　第三章第四节结构

二、考点分析

（一）开放式基金场内认购、申购与赎回

深圳证券交易所和上海证券交易所分别于2005年7月13日、7月14日开始实行开放式基金场内的认购、申购与赎回。

开放式基金场内认购、申购与赎回并没有增加新的交易品种，只是为投资者推出了另外的开放式基金业务办理渠道。

1. 基金份额的认购。基金募集期内，上海证券交易所接收认购申报的时间为每个交易日的撮合交易时间和大宗交易时间。投资者认购申报时采用“金额认购”方式，买卖方向只能为“买”。最低认购金额由基金管理公司确定并公告。在最低认购金额基础上，累加认购申报金额为100元或其整数倍，但单笔申报最高不得超过99 999 900元。在同一认购日可进行多次认购申报，申报指令可以更改或撤销，但认购申报已被受理除外。

2. 基金份额的申购与赎回。上海证券交易所在每个交易日的撮合交易时间内，接受基金份额申购、赎回的申报。申购、赎回时采用“金额申购、份额赎回”原则。最低申购金额及赎回份额由基金管理人确定并公告。在最低申购金额的基础上，累加申购金额为100元或其整数倍，但最高不能超过99 999 900元；单笔赎回的基金份额为整数份，但最高不能超过99 999 999份。同一交易日可进行多次申购或赎回申报，申报指令可以更改或撤销，但申报已被受理除外。

3. 基金份额的转托管。投资者可将基金份额在上海证券交易所场内不同会员营业部之间进行转指定，也可在上海证券交易所场内系统和场外系统之间进行跨市场转托管。在开放式基金开放申购、赎回后，投资者可以申请办理，但存在质押、冻结或其他特殊情形可能影响份额持有人权益的基金份额，不能申请转托管。

（二）上市开放式基金的认购、交易、申购和赎回

2004年我国对开放式基金的运行进行创新，允许开放式基金到证券交易所上市交易。上市开放式基金是在原有的开放式基金运作模式的基础上，增加了交易所发售、申购、赎回和交易的渠道。

1. 发售。深圳证券交易所接受证券营业部申报认购的时间为募集期内每个交易日的交易时间。投资者通过深圳证券交易所交易系统认购的，

必须按照份额进行认购；通过基金管理人及其代销机构认购的，必须按照金额进行认购。

2. 开放与上市。基金合同生效后即进入封闭期，封闭期一般不超过3个月。封闭期内，基金不受理赎回。基金开放日应为证券交易所的正常交易日。上市开放式基金完成登记托管手续后，由基金管理人及基金托管人共同向深圳证券交易所提交上市申请。基金申请在深圳证券交易所上市应符合规定的条件。

上市开放式基金的上市首日须为基金的开放日。基金上市首日的开盘参考价为上市首日前一交易日的基金份额净值（四舍五入至价格最小变动单位）。

3. 申购与赎回。上市开放式基金采取“金额申购、份额赎回”原则，即申购以金额申报，赎回以份额申报。基金管理人可按申购金额分段设置申购费率，场内赎回为固定赎回费率，不可按份额持有时间分段设置赎回费率。

4. 交易。买入上市开放式基金申报数量应当为100份或其整数倍，申报价格最小变动单位为0.001元人民币。深圳证券交易所对上市开放式基金交易实行价格涨跌幅限制，涨跌幅比例为10%，自上市首日起执行。

5. 转托管。上市开放式基金份额的转托管业务包含两种类型：系统内转托管和跨系统转托管。

（三）证券交易所交易型开放式指数基金的认购、交易、申购和赎回

1. 2004年11月24日，上海证券交易所发布了《上海证券交易所交易型开放式指数基金业务实施细则》；2006年2月13日，深圳证券交易所发布了《深圳证券交易所交易型开放式指数基金业务实施细则》。这两个规范性文件对我国证券交易所开展的交易型开放式指数基金业务做了具体的规定。

2. 交易型开放式指数基金的基金管理人可以采用网上和网下两种方式发售基金份额。

3. 根据我国证券交易所的相关规定，买卖、申购、赎回交易型开放式指数基金的基金份额时，应遵守下列规定：

（1）当日申购的基金份额，同日可以卖出，但不得赎回。

（2）当日买入的基金份额，同日可以赎回，但不得卖出。

（3）当日赎回的证券，同日可以卖出，但不得用于申购基金份额。

（4）当日买入的证券，同日可以用于申购基金份额。

（四）权证的交易与行权

1. 权证的交易。单笔权证买卖申报数量不得超过100万份，申报价格最小变动单位为0.001元人民币。权证买入申报数量为100份的整数倍。当日买进的权证，当日可以卖出。权证交易实行价格涨跌幅限制，涨跌幅按下列公式计算：

权证涨幅价格＝权证前一日收盘价格＋（标的证券当日涨幅价格－标的证券前一日收盘价）×125%×行权比例

权证跌幅价格＝权证前一日收盘价格－（标的证券前一日收盘价－标的证券当日跌幅价格）×125%×行权比例

当计算结果小于等于零时，权证跌幅价格为零。

2. 权证的行权。上海证券交易所规定，权证行权的申报数量为100份的整数倍。深圳证券交易所规定，权证行权以份为单位进行申报。

当日行权申报指令，当日有效，当日可以撤销。当日买进的权证，当日可以行权。当日行权取得的标的证券，当日不得卖出。

（五）可转换债券转股

可转换债券是指其持有者可以在一定时期内按一定比例或价格将之转换成一定数量的另一种证券的证券。

1. 可转债“债转股”通过证券交易所交易系统进行。证券交易所设置“债转股”申报代码和简称。申报方向为卖出，价格为100元，单位为手，1手为1 000元面额。

2. 可转债“债转股”需要规定一个转换期。根据我国《上市公司证券发行管理办法》的规定，上市公司发行的可转换公司债券在发行结束6个月后，方可转换为公司股票，而具体转股期限应由发行人根据可转债的存续期及公司财务情况确定。

3. 可转债持有人可将本人证券账户内的可转债全部或部分申请转为发行公司的股票。

4. 可转债的买卖申报优先于转股申报，即“债转股”的有效申报数量以当日交易过户后其证券账户内的可转债持有数为限。

5. 可转债转换成发行公司股票的股份数（股）的计算公式为：

$$可转债转换股份数（股）=\frac{转债手数\times 1\ 000}{当次初始转股价格}$$

6. 即日买进的可转债当日可申请转股。

7. 当可转债出现赎回、回售等情况时，按公司发行可转债时约定的有关条款办理。

第五节　代办股份转让

一、知识体系（见图3－6）

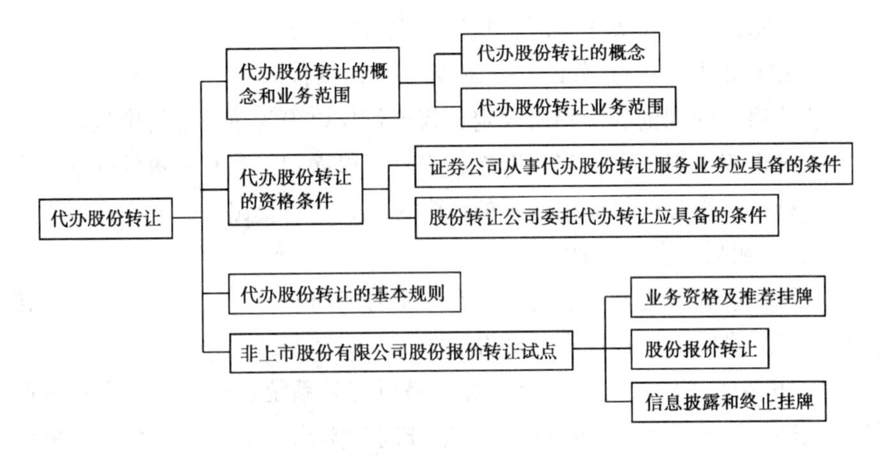

图3－6　第三章第五节结构

二、考点分析

（一）代办股份转让的概念和业务范围

1. 代办股份转让的概念。所谓代办股份转让服务业务，是指证券公司以其自有或租用的业务设施，为非上市公司提供的股份转让服务业务。

2. 代办股份转让业务范围。

（1）主办业务范围：

①对拟推荐在代办股份转让系统挂牌的公司全体董事、监事及高级管理人员进行辅导，使其了解相关法律法规和协议所规定的责任和义务。

②办理所推荐的股份转让公司挂牌事宜。

③发布关于所推荐股份转让公司的分析报告，包括在挂牌前发布推荐报告，在公司披露定期报告后的10个工作日内发布对定期报告的分析报告，以及在董事会就公司股本结构变动、资产重组等重大事项做出决议后的5个工作日内发布分析报告，客观地向投资者揭示公司存在的风险。

④指导和督促股份转让公司依照相关法律法规和协议，真实、准确、完整、及时地披露信息。

⑤对股份转让业务中出现的问题，依据有关规则和协议及时处理并报协会备案，重大事项应立即报告协会。

⑥根据协会要求，调查或协助调查指定事项。

⑦协会许可的其他业务。

（2）代办业务范围。主办券商的代办业务包括：

①开立非上市股份有限公司股份转让账户。

②受托办理股份转让公司股权确认事宜。

③向投资者提示股份转让风险，与投资者签订股份转让委托协议书，接受投资者委托办理股份转让业务。

④根据协会或相关主办券商的要求，协助调查指定事项。

⑤协会许可的其他业务。

（二）代办股份转让的资格条件

1. 证券公司从事代办股份转让服务业务应具备的条件。

（1）具备协会会员资格，遵守协会自律规则，按时缴纳会费，履行会员义务。

（2）经中国证监会批准为综合类证券公司或比照综合类证券公司运营1年以上。

（3）同时具备承销业务、外资股业务和网上证券委托业务资格。

（4）最近年度净资产不低于人民币8亿元，净资本不低于人民币5亿元。

（5）经营稳健，财务状况正常，不存在重大风险隐患。

（6）最近2年内不存在重大违法违规行为。

（7）最近年度财务报告未被注册会计师出具否定意见或拒绝发表意见。

（8）设置代办股份转让业务管理部门，由公司副总经理以上的高级管理人员负责该项业务的日常管理，至少配备2名有资格从事证券承销业务和证券交易业务的人员，专门负责信息披露业务，其他业务人员需有证券业从业资格。

（9）具有20家以上的营业部，且布局合理。

（10）具有健全的内部控制制度和风险防范机制。

（11）具备符合代办股份转让系统技术规范和标准的技术系统。

（12）协会要求的其他条件。

2. 股份转让公司委托代办转让应具备的条件。股份转让公司应当而且只能委托1家证券公司办理股份转让，并与证券公司签订委托协议。代办转让的股份仅限于股份转让公司在原交易场所挂牌交易的流通股份。

（三）代办股份转让的基本规则

股份转让公司的股份必须按照有关规定重新确认、登记和托管后方可进行股份转让。

投资者参与股份转让，应当委托证券公司营业部办理。委托方式可采用柜台委托、电话委托、互联网委托等。投资者委托指令以集合竞价方式配对成交。证券公司不得自营所主（代）办公司的股份。

股份转让的转让日根据股份转让公司质量，实行区别对待，分类转让。同时满足以下条件的股份转让公司，股份实行每周5次（周一至周五）的转让方式：

（1）规范履行信息披露义务。

（2）股东权益为正值或净利润为正值。

（3）最近年度财务报告未被注册会计师出具否定意见或拒绝发表意见。

由证券交易所指定主办券商的退市公司，未与主办券商签订委托代办股份转让协议，或不履行基本信息披露义务的退市公司，其股份实行每周星期五转让1次的方式。退市公司如与主办券商签订股份转让协议，且披露经审计的最近年度财务报告，其股份可调整为每周转让3次的方式。

转让撮合时，以集合竞价确定转让价格，其确定原则依次是：

（1）在有效竞价范围内能实现最大成交量的价位。

（2）如果有两个以上价位满足前项条件，则选取符合下列条件之一的价位：

①高于该价位的买入申报与低于该价位的卖出申报全部成交。

②与该价位相同的买方或卖方的申报全部成交。

（3）如果有两个以上的价位满足前项条件，则选取离上一个转让日成交价最近的价位作为转让价。

（四）非上市股份有限公司股份报价转让试点

2006 年 1 月 16 日，中国证监会批复同意中关村科技园区非上市股份有限公司股份进入代办股份转让系统进行股份报价转让试点。

根据《证券公司代办股份转让系统中关村科技园区非上市股份有限公司股份报价转让试点办法》的规定，股份报价转让业务主要体现在业务资格及推荐挂牌、股份报价转让、信息披露和终止挂牌等几个方面。

1. 业务资格。证券公司从事报价转让业务必须具有代办股份转让主办券商业务资格。

2. 推荐挂牌。园区公司申请股份进入代办系统挂牌报价转让，须委托一家报价券商作为其主办报价券商，向中国证券业协会推荐挂牌。

园区公司应在股份挂牌报价转让前与证券登记结算机构签订证券登记服务协议，办理全部股份的集中登记。初始登记的股份，托管在主办报价券商处。

3. 股份报价转让的一般规定。投资者转让挂牌公司股份，须委托报价券商办理。投资者委托报价券商办理股份报价转让，应按照规定交纳相关税费。主办报价券商不得买卖所推荐挂牌公司的股份。

4. 股份报价转让的开户。

5. 股份报价转让的委托。投资者参与股份报价转让，应与报价券商签订代理报价转让协议。投资者委托分为报价委托和成交确认委托，委托当日有效。报价委托和成交确认委托均可撤销。成交确认委托一经报价系统确认成交的，不得撤销或变更。委托的股份数量以“股”为单位，每笔委托股份数量应为 3 万股以上。投资者股份账户某一股份余额不足 3 万股的，只能一次性委托卖出。股份报价最小变动单位为 0.01 元。

6. 报价。报价券商应通过专用通道，按接受投资者委托的时间先后顺序向报价系统申报。主办券商收到卖出股份的意向委托后，验证其证券账户。如余额不足，不得向报价系统申报。

7. 成交确认。投资者达成转让意向后，应各自委托报价券商进行成交确认申报。

8. 证券登记结算机构根据报价系统成交确认结果进行股份和资金的逐笔交收。

9. 信息披露和终止挂牌。挂牌公司出现下列情形之一的，主办报价券商应终止其股份挂牌报价：

（1）进入破产清算程序。

（2）中国证券监督管理委员会核准其公开发行股票申请。

（3）北京市政府有关部门批准其申请终止股份挂牌报价。

（4）中国证券业协会规定的其他情形。

第六节　期货交易的中间介绍

一、知识体系（见图 3－7）

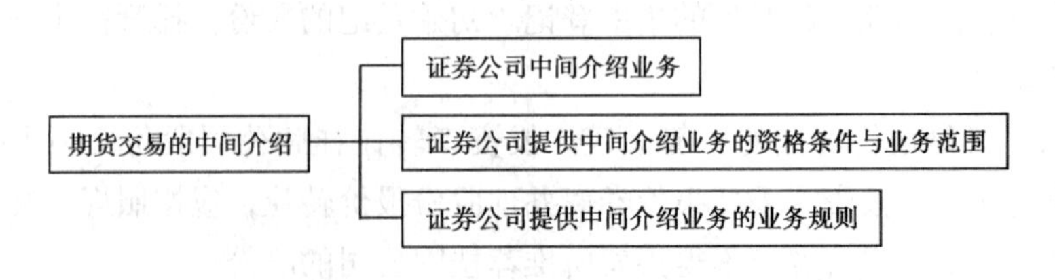

图 3－7　第三章第六节结构

二、考点分析

（一）证券公司中间介绍业务

期货交易是指交易双方在集中性的市场以公开竞价方式所进行的期货合约的交易。期货交易包括商品期货交易和金融期货交易。根据我国现行相关制度规定，证券公司不能直接代理客户进行期货买卖，但可以从事金融期货交易的中间介绍业务，称为介绍经纪商（Introducing Broker，IB）。

所谓证券公司为期货公司提供中间介绍业务（以下简称“介绍业务”），就是指证券公司接受期货公司委托，为期货公司介绍客户参与期货交易并提供其他相关服务的业务活动。

（二）证券公司提供中间介绍业务的资格条件与业务范围

1. 证券公司申请介绍业务资格，应当符合下列条件：

（1）申请日前6个月各项风险控制指标符合规定标准。

（2）已按规定建立客户交易结算资金第三方存管制度。

（3）全资拥有或者控股一家期货公司，或者与一家期货公司被同一机构控制，且该期货公司具有实行会员分级结算制度期货交易所的会员资格、申请日前2个月的风险监管指标持续符合规定的标准。

（4）配备必要的业务人员，公司总部至少有5名、拟开展介绍业务的营业部至少有2名具有期货从业人员资格的业务人员。

（5）已按规定建立健全与介绍业务相关的业务规则、内部控制、风险隔离及合规检查等制度。

（6）具有满足业务需要的技术系统。

（7）中国证监会根据市场发展情况和审慎监管原则规定的其他条件。

2. 证券公司受期货公司委托从事介绍业务，应当提供下列服务：

（1）协助办理开户手续。

（2）提供期货行情信息、交易设施。

（3）中国证监会规定的其他服务。

证券公司不得代理客户进行期货交易、结算或者交割，不得代期货公司、客户收付期货保证金，不得利用证券资金账户为客户存取、划转期货保证金。

3. 证券公司从事介绍业务，应当与期货公司签订书面委托协议。委托协议应当载明下列事项：

（1）介绍业务的范围。

（2）执行期货保证金安全存管制度的措施。

（3）介绍业务对接规则。

（4）客户投诉的接待处理方式。

（5）报酬支付及相关费用的分担方式。

（6）违约责任。

（7）中国证监会规定的其他事项。

（三）证券公司提供中间介绍业务的业务规则

证券公司只能接受其全资拥有或者控股的，或者被同一机构控制的期货公司的委托从事介绍业务，不能接受其他期货公司的委托从事介绍业务。证券公司应当在其经营场所显著位置或者其网站，公开下列信息：

1. 受托从事的介绍业务范围。

2. 从事介绍业务的管理人员和业务人员的名单和照片。

3. 期货公司期货保证金账户信息、期货保证金安全存管方式。

4. 客户开户和交易流程、出入金流程。

5. 交易结算结果查询方式。

6. 中国证监会规定的其他信息。

证券公司为期货公司介绍客户时，应当向客户明示其与期货公司的介绍业务委托关系，解释期货交易的方式、流程及风险，不得做获利保证、共担风险等承诺，不得虚假宣传，误导客户。

证券公司应当建立完备的协助开户制度，对客户的开户资料和身份真实性等进行审查，向客户充分揭示期货交易风险，解释期货公司、客户、证券公司三者之间的权利义务关系，告知期货保证金安全存管要求。

证券公司不得代客户下达交易指令，不得利用客户的交易编码、资金账号或者期货结算账户进行期货交易，不得代客户接收、保管或者修改交易密码。证券公司不得直接或者间接为客户从事期货交易提供融资或者担保。

第三部分　自测题及参考答案

一、单项选择题（以下各小题所给出的4个选项中，只有一项最符合题目要求，请将正确选项的代码填入括号内）

1. 新股竞价发行在国外指的是一种由多家承销机构通过招标竞争确定证券发行价格，并在取得承销权后向投资者推销证券的发行方式，也可以称为(　　)。

A. 招标购买方式　　B. 承销购买方式

C. 同一价购买方式　　D. 支付购买方式

2. 根据《关于首次公开发行股票试行询价制度若干问题的通知》的规定，首次公开发行股票的公司及其保荐机构应通过向(　　)询价的方式确定股票发行价格。

A. 中国证券业协会

B. 证券交易所

C. 个人投资者

D. 符合中国证监会规定条件的机构投资者

3. 网上竞价发行方式的缺陷是(　　)。

A. 广泛的市场性　　B. 一、二级市场的联动性

C. 经济高效性　　D. 股价易被机构大资金操纵

4. 上海、深圳证券交易所上市证券的分红派息，主要是通过(　　)进行的。

A. 中国结算公司的交易清算系统

B. 交易所

C. 各证券公司

D. 各银行

5. 上海证券交易所实行全面指定交易后，中国结算上海分公司在(　　)闭市后向各证券营业部传送投资者配股明细数据库。

A. 配股公告日　　B. 配股公告日后一天

C. 配股登记日　　D. 配股登记日后一天

6. 召开股东大会的上市公司要提前(　　)天刊登公告。

A. 10　　B. 15

C. 20　　D. 30

7. 某投资者当日申报“债转股”500 手，当次转股初始价格为每股 20 元，该投资者可转换成发行公司股票的数量为(　　)股。

A. 25 000　　B. 2 500

C. 100　　D. 10

8. 将证券账户分为人民币普通股票账户、人民币特种股票账户和基金账户等，是按(　　)划分。

A. 交易场所　　B. 账户用途

C. 投资主体　　D. 投资种类

9.《资金申购上网定价公开发行股票实施办法》和《沪市股票上网发行资金申购实施办法》从规定的内容看，主要是采用了(　　)制度。

A. 客户交易结算资金第三方存管

B. 会员分级结算

C. 新股发行现金申购

D. 客户交易结算资金独立存管

10. 上市开放式基金的合同生效后即进入(　　)，一般不超过 3 个月。

A. 冻结期　　B. 交易期

C. 等候期　　D. 封闭期

11. 某投资者通过场内投资 1 万元申购上市开放式基金，假设申购费率为 1.5%，申购当日基金份额净值为 1.0150 元，则其可得到的申购份额为(　　)。

A. 9 704 份　　B. 9 707 份

C. 10 000 份　　D. 9 611 份

12. A 公司权证的某日收盘价是 6 元，A 公司股票收盘价是 24 元，行权比例为 1。次日 A 公司股票最多可以上涨或下跌 10%，则权证次日的涨跌幅比例为(　　)。

A. 10%　　B. 40%

C. 50%　　D. 60%

13. 结算参与人应使用其(　　)完成新股申购的资金交收。

A. 资金账户　　B. 银行账户

C. 证券账户　　D. 结算备付金账户

14. 开立证券账户应坚持(　　)原则。

A. 合法性和真实性　　B. 合法性和同一性

C. 同一性和真实性　　D. 合法性和有效性

15. 上市公司（或保荐机构）在配股缴款期内应至少刊登(　　)次《配股提示性公告》。

A. 2　　B. 3

C. 4　　D. 5

16. 所谓代办股份转让服务业务，是指证券公司以其自有或租用的业务设施，为(　　)提供的股份转让服务业务。

A. 境内上市公司　　B. 海外上市公司

C. 非上市公司　　D. 民营企业

17. 某A股的股权登记日收盘价为30元/股，送配股方案每10股配5股，配股价为10元/股，则该股除权价为(　　)。

A. 16.25元/股　　B. 17.5元/股

C. 20元/股　　D. 25元/股

18. 证券投资基金按照其(　　)，可以分为封闭式基金和开放式基金。

A. 设立后规模是否允许变动　　B. 申购和赎回的方式不同

C. 是否上市交易　　D. 发行规模不同

19. 基金管理人可以依据有关法律、法规、行政规章的规定，提前(　　)个工作日，以书面形式向上海证券交易所申请暂停基金份额的申购或赎回。

A. 1　　B. 2

C. 3　　D. 5

20. 证券公司申请从事代办股份转让服务业务，应当符合的条件之一是有(　　)家以上营业部，并且布局合理。

A. 10　　B. 15

C. 20　　D. 25

21. 投资者申请将开放式基金份额转出上海证券交易所场内系统的，可在(　　)日持有效身份证明文件和上海证券账户卡到转出方的交易所会员营业部提交转托管申请。

A. T-1　　B. T

C. T+3　　D. T+5

22. 上市开放式基金的上市首日的开盘参考价为上市首日前一交易日的(　　)。

A. 基金份额净值　　B. 基金份额总值

C. 基金份额平均值　　D. 基金份额市值

23. 证券账户是指(　　)为申请人开出的记载其证券持有及变更的权利凭证。

A. 证券公司　　B. 证券交易所

C. 中国结算公司　　D. 托管银行

24. 根据我国现行规定，下列关于权证的说法错误的有(　　)。

A. 2005年7月，上海证券交易所和深圳证券交易所分别发布了《上海证券交易所权证管理暂行办法》和《深圳证券交易所权证管理暂行办法》

B. 权证存续期满前5个交易日，权证终止交易，但可以行权

C. 权证行权可采用现金方式和证券给付方式结算

D. 权证上市首日开盘参考价，由发行人计算

25. 新股网上竞价发行中，投资者作为(　　)在指定时间通过证券交易所会员交易柜台，以不低于发行底价的价格及限购数量，进行竞价认购。

A. 卖方　　B. 买方

C. 委托方　　D. 代理方

26. 证券账户持有人查询证券余额可在办理指定交易或转托管后的(　　)起，凭“二证”（身份证和证券账户卡）到指定交易或托管的证券营业部办理。

A. 当日　　B. 次日

C. 3个工作日后　　D. 5日后

27. 采用现金结算方式行权且权证在行权期满时为价内权证的，发行人在权证期满后的(　　)个工作日内向未行权的权证持有人自动支付现金差价。

A. 1　　B. 2

C. 3　　D. 4

28. 首次公开发行股票的询价制度自(　　)起施行。

A. 2004年12月7日　　B. 2005年1月1日

C. 2006年5月19日　　D. 2006年5月20日

29. 中国结算公司电子化证券登记簿记系统的记录采取整数位，记录证券数量的最小单位为(　　)股（份、元）。

A. 1　　B. 10

C. 100　　D. 100或100的整倍数

30. 上海证券交易所A股送股日程安排中，错误的有(　　)。

A. 申请材料送交日为T-5日前

B. 向证券交易所提交公告申请日为T-1日前

C. 公告刊登日为T日

D. 最后交易日为T+5日

31. 上海证券交易所按上市公司的送配公告，在股权登记日闭市后根据每个股东股票账户中的持股量，按照(　　)自动增加相应的股数。

A. 无偿送股比例　　B. 有偿送股比例

C. 有效送股比例　　D. 约定送股比例

32. 深圳证券交易所配股认购于(　　)开始，认购期为(　　)个工作日。

A. R日，10　　B. R+1日，5

C. R+1日，10　　D. R-1日，15

33. 上海证券交易所可转债“债转股”通过(　　)进行。

A. 证券交易所交易系统　　B. 交易清算系统

C. 证券公司　　D. 互联网

34. 根据我国《上市公司证券发行管理办法》的规定，上市公司发行的可转换公司债券在发行结束(　　)后，方可转换为公司股票。

A. 3个月　　B. 6个月

C. 9个月　　D. 1年

35. 通过沪、深证券交易所交易系统进行投票，其操作类似于(　　)。

A. 股票买卖　　B. 申购配股权证

C. 现金红利发放　　D. 新股申购

36. 上海证券交易所开放式基金申购、赎回的成交价格按(　　)确定。

A. 前日基金份额净值　　B. 1元

C. 当日基金份额净值　　D. 当日市场价格

37. 过去我国开放式基金是通过(　　)进行基金份额的申购和赎回。

A. 证券交易所交易系统　　B. 证券交易所上市交易

C. 金融机构柜台　　D. 基金管理人及代销机构

38. 关于深圳证券交易所上市开放式基金申购、赎回费率，下列说法正确的是(　　)。

A. 基金管理人可按申购金额分段设置申购费率，场内赎回为固定赎回费率，不可按份额持有时间分段设置赎回费率

B. 基金管理人既不可按申购金额分段设置申购费率，也不可按份额持有时间分段设置赎回费率

C. 基金管理人既可按申购金额分段设置申购费率，场内赎回为固定赎回费率，也可按份额持有时间分段设置赎回费率

D. 基金管理人不可按申购金额分段设置申购费率，场内赎回为固定赎回费率，可按份额持有时间分段设置赎回费率

39. ETF 的基金管理人可采用(　　)方式发售基金份额。

A. 网上　　B. 网下

C. 网上和网下　　D. 柜台

40. 采用证券给付结算方式行权且权证在行权期满时为价内权证的，代为办理权证行权的证券经纪商应在权证期满前的(　　)个交易日提醒未行权的权证持有人权证即将期满，或按事先约定代为行权。

A. 2　　B. 3

C. 4　　D. 5

41. 权证行权时，标的股票过户费为股票过户面额的(　　)。

A. 0.01%　　B. 0.05%

C. 0.1%　　D. 0.15%

42. 对于《关于作好股份公司终止上市后续工作的指导意见》施行前已退市的公司，在此指导意见施行后(　　)个工作日内未确定代办机构的，由证券交易所指定临时代办机构。

A. 5　　B. 15

C. 20　　D. 30

43. 报价券商应通过专用通道，按接受投资者委托的(　　)顺序向报价系统申报。

A. 价格高低　　B. 数量多少

C. 时间先后　　D. 规模大小

44. 发行人和主承销商应在网上发行申购日(　　)个交易日之前刊登

网上发行公告，可以将网上发行公告与网下发行公告合并刊登。

A. 1　　B. 2

C. 3　　D. 4

45. 网下发行结束后，发行人向中国结算公司提交相关材料申请办理股权登记，中国结算公司在其材料齐备的前提下(　　)个交易日内完成登记。

A. 1　　B. 2

C. 3　　D. 4

46. 股东应当以其所拥有的选举票数为限进行投票，选举票数超过(　　)票的，应通过现场进行表决。

A. 500 万　　B. 800 万

C. 1 亿　　D. 2 亿

47. 证券登记按(　　)划分，可以分为初始登记、变更登记、退出登记等。

A. 业务类型　　B. 手续多少

C. 证券种类　　D. 性质

二、不定项选择题（以下各小题所给出的 4 个选项中，至少有一项符合题目要求，请将符合题目要求选项的代码填入括号内）

1. 股票网上发行具有(　　)优点。

A. 经济性　　B. 高效性

C. 安全性　　D. 稳定性

2. 股票网上发行方式的基本类型有(　　)。

A. 网上累计投标询价发行　　B. 网上定价市值配售

C. 网上竞价发行　　D. 网上定价发行

3. 投资者证券账户由中国结算上海分公司、深圳分公司及中国结算公司委托的开户代理机构负责开立。其中，开户代理机构是指中国结算公司委托代理证券账户开户业务的(　　)。

A. 证券交易所

B. 证券公司

C. 商业银行

D. 中国结算公司境外 B 股结算会员

4. 关于申购资金冻结、验资及配号，以下说法正确的有(　　)。

A. 申购日后的第一个交易日（T+1 日），由中国结算公司的分公司进行申购资金冻结处理

B. 每一有效申购单位配一个号

C. 当有效申购总量小于或等于该次股票上网发行量时，投资者按其有效申购量认购股票

D. 当有效申购总量大于该次股票发行量时，则通过摇号抽签，确定有效申购中签号码，每一中签号码认购一个申购单位新股

5. 以下关于 A 股现金红利派发日程安排的说法，正确的有(　　)。

A. T-5 日前为申请材料送交日

B. T-2 日前为中国结算上海分公司核准答复日

C. T-1 日前为向证券交易所提交公告申请日

D. T 日为公告刊登日

6. 以下关于在上海证券交易所市场 B 股送股日程安排的说法，正确的有(　　)。

A. 申请材料送交日为 T-5 日前

B. 结算公司核准答复日为 T-3 日前

C. 向证券交易所提交公告申请日为 T-1 日前

D. 公告刊登日为 T 日

7. A 股账户按持有人分为(　　)。

A. 自然人证券账户

B. 一般机构证券账户

C. 证券公司自营证券账户

D. 基金管理公司的证券投资基金专用证券账户

8. 根据上海证券交易所的规定，配股缴款时证券公司可以向客户收取的费用有(　　)。

A. 印花税　　　　B. 佣金

C. 过户费　　　　D. 手续费

9. 可转换债券的初始转股价格因公司(　　)进行调整时，具体调整

情况公司应予以公告。

A. 送红股　　B. 增发新股

C. 配股　　D. 降低转股价格

10. 使用中国证券登记结算有限责任公司网络投票系统进行投票的具体流程包括(　　)。

A. 向结算公司提交网络申请

B. 登录中国证券登记结算有限责任公司网站注册，取得用户名和身份确认码

C. 到身份验证机构办理身份验证，激活用户名

D. 使用用户名、密码及附加码登录网站并进行投票

11. 下列关于上海证券交易所开放式基金认购、申购、赎回业务的说法中，正确的有(　　)。

A. 基金募集期内，上海证券交易所接收认购申报的时间只有每个交易日的撮合交易时间

B. 在最低申购金额的基础上，累加申购金额为100元或其整数倍，但单笔申报最高不能超过99 999 900元

C. 上海证券交易所在申购赎回时间，在行情发布系统中的“最新价”栏目揭示当日每百份基金份额的面值

D. 同一交易日可进行多次申购或赎回申报，申报指令可以更改或撤销，但申报已被受理的除外

12. 对于国家法律法规和行政规章规定需要资产分户管理的特殊法人机构，如(　　)可按规定向中国结算公司申请开立多个证券账户。

A. 保险公司　　B. 信托公司

C. 合格境外机构投资者　　D. 社会保障类公司

13. 如公司股东大会审议的事项涉及(　　)等的，公司还应在股权登记日后3日内再次公告股东大会通知。

A. 增发新股、发行可转换公司债券

B. 向原有股东配售股份

C. 重大资产重组

D. 以股抵债

14. 权证交易中，禁止的事项包括(　　)。

A. 权证发行人不得买卖自己发行的权证

B. 标的证券发行人不得买卖标的证券对应的权证

C. 禁止内幕信息知情人员利用内幕信息进行权证交易活动，获取不正当利益

D. 禁止任何人直接操纵权证价格

15. 在开放式基金开放申购、赎回后，投资者可以申请办理转托管，但存在(　　)等情形不能申请转托管。

A. 风险警示　　B. 质押

C. 冻结　　D. 待处理

16. 上市开放式基金是在原有的开放式基金运作模式的基础上，增加了交易所(　　)的渠道。

A. 发售　　B. 申购

C. 赎回　　D. 交易

17. 在以下(　　)情况下，投资者应办理跨系统转托管手续。

A. 将登记在证券登记系统中的基金份额转托管到 TA 系统

B. 基金份额由证券营业部转托管到代销机构、基金管理人

C. 将登记在 TA 系统中的基金份额转托管到证券登记结算系统

D. 基金份额由代销机构、基金管理人转托管到证券营业部

18. 按照证券类别和发行情况，可以对证券初始登记进一步划分为(　　)。

A. 债券初始登记　　D. 股份初始登记

C. 基金发行登记　　D. 权证发行登记

19. 非交易过户登记是指符合法律规定和程序的因(　　)发生的记名证券在出让人、受让人或账户之间的变更登记。

A. 股份协议转让　　B. 司法扣划

C. 财产分割　　D. 公司实施股权激励计划

20. 证券托管一般指投资者将持有的证券委托给(　　)保管，并由后者代为处理有关证券权益事务的行为。

A. 证券公司　　B. 中央证券存管机构

C. 托管银行　　D. 证券交易所

21. 权证交易实行价格涨跌幅限制，下列计算涨跌幅价格的公式正确

的有(　　)。

A. 权证涨幅价格 = 权证前一日收盘价格 + （标的证券当日涨幅价格 - 标的证券前一日收盘价）×125% ×行权比例

B. 权证涨幅价格 = 权证前一日收盘价格 + （标的证券当日涨幅价格 - 标的证券前一日收盘价）×25% ×行权比例

C. 权证跌幅价格 = 权证前一日收盘价格 - （标的证券前一日收盘价 - 标的证券当日跌幅价格）×125% ×行权比例

D. 权证跌幅价格 = 权证前一日收盘价格 - （标的证券前一日收盘价 - 标的证券当日跌幅价格）×25% ×行权比例

22. 主办券商的主办业务发布的关于所推荐股份转让公司的分析报告包括(　　)。

A. 在挂牌前发布推荐报告

B. 在公司披露定期报告后的 10 个工作日内发布对定期报告的分析报告

C. 在董事会就公司股本结构变动、资产重组等重大事项做出决议后的 5 个工作日内发布分析报告

D. 经会计师事务所审计的年度报告

23. 主办券商的代办业务包括(　　)。

A. 开立非上市股份有限公司股份转让账户

B. 受托办理股份转让公司股权确认事宜

C. 向投资者提示股份转让风险，与投资者签订股份转让委托协议书，接受投资者委托办理股份转让业务

D. 根据协会或相关主办券商的要求，协助调查指定事项

24. 证券公司从事代办股份转让服务业务资格的申请条件有(　　)。

A. 经中国证监会批准为综合类证券公司或比照综合类证券公司运营 1 年以上

B. 同时具备承销业务、外资股业务和网上证券委托业务资格

C. 最近年度净资产不低于人民币 8 亿元，净资本不低于人民币 5 亿元

D. 最近 1 年内不存在重大违法违规行为

25. 股份报价转让与现有代办股份转让系统的股份转让和证券交易所

市场股票交易的不同之处在于(　　)。

A. 挂牌公司属性不同　　B. 转让方式不同

C. 信息披露标准不同　　D. 结算方式不同

26. 深圳证券交易所交易证券的托管制度可概括为(　　)。

A. 随处买卖　　D. 自动托管

C. 哪买哪卖　　D. 转托不限

27. 转让撮合时，以集合竞价确定转让价格，如果有两个以上价位在有效竞价范围内能实现最大成交量的价位，则可以选取的价位有(　　)。

A. 高于该价位的买入申报全部成交

B. 低于该价位的卖出申报全部成交

C. 与该价位相同的买方申报全部成交

D. 与该价位相同的卖方申报全部成交

28. 网上竞价发行除具有经济性和高效性的优点外，还具有(　　)。

A. 市场性　　B. 安全性

C. 连续性　　D. 稳定性

29. 新股网上定价发行与网上竞价发行的不同之处在于(　　)。

A. 认购方式不同

B. 发行价格的确定方式不同

C. 认购成功者的确认方式不同

D. 承销方式不同

30. 2000 年以后，我国的新股发行出现过(　　)形式。

A. 网上竞价发行

B. 上网定价发行

C. 网上累计投标询价发行

D. 对一般投资者上网发行和对法人配售相结合方式

31. 以下对于上海证券交易所交易证券的托管制度描述正确的有(　　)。

A. 投资者的证券托管是自动实现的

B. 其托管制度和指定交易制度联系在一起

C. 投资者要卖出证券，必须到证券托管营业部方能进行（在哪里买入就在哪里卖出）

D. 投资者必须在某一证券营业部办理证券账户的指定交易后，方可进行证券买卖或查询

32. 同时满足(　　)条件的股份转让公司，股份实行每周 5 次（周一至周五）的转让方式。

A. 规范履行信息披露义务

B. 股东权益为正值或净利润为正值

C. 最近年度财务报告未被注册会计师出具否定意见或拒绝发表意见

D. 具备符合代办股份转让系统技术规范和标准的技术系统

33. 关于股票上网发行资金申购的规则，下列说法正确的有(　　)。

A. 上海证券交易所申购单位为 500 股，深圳证券交易所申购单位为 1 000 股

B. 除法规规定的证券账户外，同一证券账户的多次申购委托只有第一次有效，其余申购由交易系统自动剔除

C. 每一有效申购单位配一个号，对所有有效申购单位按价格高低顺序连续配号

D. 结算参与人应保证其资金交收账户在最终交收时点有足额资金用于新股申购的资金交收

34. 股票终止上市后，股票发行人或其代办机构应当及时到(　　)办理证券交易所市场的退出登记手续。

A. 所上市的证券交易所　　B. 中国结算公司

C. 中国证券业协会　　D. 任一登记结算公司

35. 证券公司营业部必须在营业场所发布股份转让的价格信息。转让日当天的价格信息发布内容有(　　)。

A. 股份转让的委托申报时间

B. 股份编码和名称

C. 上一转让日转让价格和数量

D. 当日转让价格和数量

36. 上网发行资金申购过程中，网上发行与网下发行的衔接可通过(　　)实现。

A. 发行公告的刊登　　B. 网上发行与网下发行的回拨

C. 网上股份登记　　　　D. 网下股份登记

37. 按照(　　)的不同，可以将证券过户登记划分为证券交易所集中交易过户登记和非集中交易过户登记。

A. 登记的主体　　　　B. 登记的程序

C. 引发变更登记需求　　　　D. 登记的形式

38. 以下有关上海证券交易所B股现金红利的派发日程安排，正确的有(　　)。

A. 中国结算上海分公司核准答复日（T-3日前）

B. 公告刊登日（T日）

C. 权益登记日（T+3日）

D. 现金红利发放日（T+8日）

39. 已开立资金账户但没有足够资金的投资者，必须在(　　)，根据自己的申购量存入足额的申购资金。

A. 申购日之前　　　　B. 申购日当日

C. 提出申购申请后　　　　D. 开立资金账户的同时

40. 根据我国《上市公司发行可转换公司债券实施办法》的规定，可转债具体转股期限应由发行人根据(　　)确定。

A. 可转债的存续期　　　　B. 流通股价格

C. 持有人要求　　　　D. 公司财务情况

41. 以下关于深圳证券交易所网络投票系统的说法，正确的有(　　)。

A. 买卖方向为买入

B. 在"委托价格"项填报股东大会议案序号

C. 申报股数用来代表表决意见，申报1股代表同意，申报2股代表反对，申报3股代表弃权

D. 对同一议案的投票只能申报一次，不能撤单

42. 记账式国债(　　)，中国结算公司根据证券交易所确认的分销结果，办理记账式初始国债登记。

A. 通过招投标发行的　　　　B. 在证券交易所挂牌分销的

C. 在场外合同分销的　　　　D. 网上发行的

43. 上市开放式基金的主要特点有(　　)。

A. 基金发售可在深圳证券交易所和基金管理人及其代销机构同时进行

B. 基金在深圳证券交易所上市后，投资者可在交易所交易系统以撮合成交的方式买卖基金份额

C. 通过交易所交易系统认购、申购、买入的基金份额卖出时以电子撮合价成交，赎回则按当日收市的基金份额净值成交

D. 利用跨系统转托管可以实现基金份额在场内与场外之间托管场所的变更

44. 根据我国证券交易所的相关规定，买卖、申购、赎回 ETF 的基金份额时应遵守(　　)。

A. 当日申购的基金份额，同日可以卖出和赎回

B. 当日买入的基金份额，同日可以赎回和卖出

C. 当日赎回的证券，同日可以卖出，但不得用于申购基金份额

D. 当日买入的证券，同日可以用于申购基金份额，但不得卖出

45. 在我国，股份公司经主管部门批准公开发行新股，曾采用(　　)方式。

A. 股票认购证　　B. 与储蓄存款挂钩

C. 全额预缴、比例配售　　D. 网上竞价发行

46. 挂牌公司披露的财务信息至少应当包括(　　)。

A. 资产负债表　　B. 利润表

C. 主要项目的附注　　D. 现金流量表

47. 挂牌公司出现下列(　　)情形之一的，主办报价券商应终止其股份挂牌报价。

A. 进入破产清算程序

B. 中国证券监督管理委员会核准其公开发行股票申请

C. 北京市政府有关部门批准其申请终止股份挂牌报价

D. 中国证券业协会规定的其他情形

48. 证券公司申请为期货公司提供中间介绍业务资格，应当符合的条件有(　　)。

A. 申请日前 6 个月各项风险控制指标符合规定标准

B. 已按规定建立客户交易结算资金第三方存管制度

C. 全资拥有或者控股一家期货公司，或者与一家期货公司被同一机构控制，且该期货公司具有实行会员分级结算制度期货交易所的会员资格、申请日前2个月的风险监管指标持续符合规定的标准

D. 配备必要的业务人员，公司总部至少有5名、拟开展介绍业务的营业部至少有2名具有期货从业人员资格的业务人员

49. 证券公司受期货公司委托从事介绍业务，应当提供下列（　　）服务。

A. 协助办理开户手续

B. 提供期货行情信息、交易设施

C. 代理客户进行期货交易

D. 期货公司、客户收付期货保证金

50. 证券公司应当在其经营场所显著位置或者其网站，公开下列（　　）信息。

A. 受托从事的介绍业务范围

B. 从事介绍业务的管理人员和业务人员的名单和照片

C. 期货公司期货保证金账户信息、期货保证金安全存管方式

D. 客户开户和交易流程

三、判断题（判断以下各小题的对错，正确的用A表示，错误的用B表示）

1. 新股网上定价发行是国际证券界发行证券的通行做法。（　　）

2. 新股网上竞价发行是事先确定发行底价的。（　　）

3. 新股定价发行按价格优先、同等价位时间优先原则确定认购成功者。（　　）

4. 网上竞价发行保证了发行市场与交易市场价格的连续性，实现了发行市场与交易市场的平稳顺利对接。（　　）

5. 网上竞价发行即主承销商利用证券交易所的交易系统，按已确定的发行价格向投资者发售股票。（　　）

6. 深圳证券交易所规定，股票申购单位为500股，每一证券账户申

购委托不少于500股，超过500股的必须是500股的整数倍，但不得超过本次上网定价发行数量，且不超过999 999 500股。（　）

7. 根据《证券发行与承销管理办法》的规定，新股资金申购网上发行与网下配售股票同时进行。（　）

8. 对于通过网下累计投标询价确定股票发行价格的，参与网上发行的投资者按定价进行申购。（　）

9. 发行人可以进行网上发行数量与网下发行数量的回拨。如做回拨安排，发行人和主承销商应在网上申购资金验资当日通知证券交易所。（　）

10. 分红派息的形式主要有现金股利和存款股利两种方式。（　）

11. 对于分红派息，是由上市公司董事会确定分红派息预案，提交股东大会审议。（　）

12. 根据深圳证券交易所的配股操作流程，如超额申报认购配股，则超额部分不予确认。（　）

13. 在可转债“债转股”的操作中，即日买进的可转债当日可申请转股。（　）

14. 分红派息主要是上市公司向其股东派发红利和股息的过程，也是股东实现自己权益的过程。（　）

15. 上海证券交易所网络投票系统基于交易系统和互联网。（　）

16. 现阶段，我国A股的配股权证不挂牌交易，不允许转托管。（　）

17. 非交易过户的可转债可以在过户当日进行转股申报。（　）

18. 实际上，开放式基金场内认购、申购与赎回并没有增加新的交易品种，只是为投资者推出了另外的开放式基金业务办理渠道。（　）

19. 投资者在同一交易日内只可进行一次上市开放式基金的认购。（　）

20. 深圳证券交易所对上市开放式基金交易价格涨跌幅比例为10%，自上市首日起执行。（　）

21. 当日买进的权证，当日可以卖出。（　）

22. 证券发行人在A股现金红利派发日程安排中，应确保自向中国结算上海分公司提交申请表之日至权益登记日期间，不得因其他业务改变公

司的股本数或权益数。（ ）

23. 未办理指定交易的 A 股投资者，其持有的现金红利暂由中国结算上海分公司保管，利息按银行活期存款利率计算。（ ）

24. 开立证券账户是投资者进行证券交易的先决条件。（ ）

25. 证券投资基金账户除用于买卖上市基金外，还可以在深圳市场用于买卖上市的国债，在上海市场可用于买卖上市的国债、公司债、企业债和可转债。（ ）

26. 股东配股缴款的过程既是公司发行新股筹资的过程，也是股东行使优先认股权的过程。（ ）

27. 投资者在配股缴款时只能申报一次，而且不可以撤单。（ ）

28. 配股发行不向投资者收取手续费。（ ）

29. 无论配股发行成功与否，结算公司都会在恢复交易的首日（R + 7 日）进行除权，并将配股认购资金划入主承销商结算备付金账户，或将配股认购本金及利息退还到结算参与人结算备付金账户。（ ）

30. 投资者通过上海证券交易所交易系统投票的要点之一是，就买卖方向而言投资者通过交易系统进行投票均选择买入。（ ）

31. 投资者通过上海证券交易所交易系统投票时，股东大会有多个待表决的议案的，可以按照任意次序对各议案进行表决申报。对同一议案不能多次进行表决申报，多次申报的，以第一次申报为准。（ ）

32. 证券公司申请从事代办股份转让服务业务，应当符合的条件之一是最近年度净资产不低于人民币 8 亿元，净资本不低于人民币 5 亿元。（ ）

33. 投资者认购基金申报时采用“金额认购”方式，以认购金额填报数量申请，买卖方向只能为“买”。（ ）

34. 代办转让的股份从基本特征看，可以在证券交易所挂牌，也可以通过证券公司进行交易。（ ）

35. 上海证券交易所基金最低申购金额及赎回份额由基金管理人确定并公告。在最低申购金额的基础上，累加申购金额为 1 000 元或其整数倍，但最高不能超过 99 999 900 元。（ ）

36. 投资者可将基金份额在上海证券交易所场内不同会员营业部之间进行转指定，也可在上海证券交易所场内系统和场外系统之间进行跨市场

转托管。（　　）

37.《证券账户管理规则》规定，一个自然人、法人可以开立不同类别和用途的证券账户。（　　）

38. 投资者办理交易型开放式指数基金份额的认购、交易、申购、赎回业务须使用在中国证券登记结算有限责任公司开立的证券账户。（　　）

39. 投资者通过基金管理人及其他代销机构认购上市开放式基金，应持深圳市场人民币普通股票账户或证券投资基金账户。（　　）

40. 投资者通过深圳证券交易所认购取得（以及日后交易取得）的上市开放基金份额以投资者的深圳证券账户记载，登记在中国结算深圳分公司证券登记结算系统（以下简称“证券登记系统”）中，托管在证券营业部。（　　）

41. 投资者在我国证券市场上进行证券交易还未采用实名制。（　　）

42. 投资者通过场内申购、赎回应使用深圳证券账户，通过场外申购、赎回应使用深圳开放式基金账户。（　　）

43. 主办报价券商可以买卖所推荐挂牌公司的股份。（　　）

44. 投资者参与股份报价转让，其委托方式分为意向委托、定价委托，委托当日有效。报价委托和成交确认委托均可撤销。（　　）

45. 股票网上发行就是利用证券交易所的交易系统，新股发行主承销商在证券交易所挂牌销售，投资者通过证券营业部交易系统进行申购的发行方式。（　　）

46. 网上竞价发行中发行规模较小的股票，发行价格被大资金操纵的可能性较大。（　　）

47. 证券公司和基金管理公司等特殊法人机构开立证券账户，由中国结算上海分公司和深圳分公司分别受理。（　　）

48. 网上累计投标询价发行不属于网上定价发行模式。（　　）

49. 一般境外投资者欲进入中国证券市场进行 B 股交易，必须通过开户代理机构申请开立 B 股账户。（　　）

50. 在我国，询价分为初步询价和累计投标询价两个阶段。发行人及其保荐机构通过初步询价确定发行价格区间，通过累计投标询价确定发行价格。（　　）

51. 中国结算公司 TA 系统依据基金管理人给定的申购费率，以申购

当日的基金份额净值为基准，采用外扣法，计算投资者申购所得基金份额。（ ）

52. 如果投资者是通过场内申购的基金份额，将以投资者的开放式基金账户记载，登记在中国结算公司 TA 系统中，托管在基金管理人或代销机构处。（ ）

53. 开放式基金账户中的基金份额可通过基金管理人或代销机构申报赎回和卖出。（ ）

54. 投资者有两种方式参与证券交易所 ETF 的投资：一是进行申购和赎回；二是直接从事买卖交易。（ ）

55. 交易型开放式指数基金份额的申购、赎回，按基金合同规定的最小申购、赎回单位或其整数倍进行申报。（ ）

56. 投资者通过开户代理机构开立的证券账户，深圳证券账户当日开立，次一交易日生效；上海证券账户当日开立，当日即可用于交易。（ ）

57. 投资者想申购 ETF 可以先按照清单通过一级交易商提供的组合交易系统分次委托买入这一揽子股票。（ ）

58. 上证 50ETF 的做法是买卖申报数量为 100 份或其整数倍，申报价格最小变动单位为 0.001 元，实行 10% 的涨跌幅限制。（ ）

59. 投资者证券账户卡毁损或遗失，可向中国结算公司开户代理机构申请挂失与补办，或更换证券账户卡。（ ）

60. 配股权证是上市公司给予所有投资者的一种认购该公司股份的权利证明。（ ）

61. 补办新号码的上海证券账户卡或补办深圳证券账户卡，由原开户代理机构或该证券账户托管的证券公司（或 B 股托管机构）受理。（ ）

62. 证券交易所在每日开盘前公布每只权证可流通数量、持有权证数量达到或超过可流通数量 5% 的持有人名单。（ ）

63. 在上海证券交易所，若申报账户的配股数量大于证券公司的可配股总量，或大于该账户的可配股数量，则配股申报无效。（ ）

64. 深圳证券交易所规定，权证行权的申报数量为 100 份的整数倍。上海证券交易所规定，权证行权以份为单位进行申报。（ ）

65. 权证行权采用现金方式结算的，权证持有人行权时，按行权价格

与行权日标的证券结算价格及行权费用之差价，收取现金。（　）

66. 可转债的转股申报优先于买卖申报，“债转股”的有效申报数量以当日交易过户后其证券账户内的可转债持有数为限。（　）

67. 投资者办理上海证券交易所场外认购、申购、赎回，应使用上海市场人民币普通股票账户或证券投资基金账户。（　）

68. 上海证券交易所在同一交易日可进行多次开放式基金的认购申报，申报指令可以更改或撤销，但认购申报已被受理的除外。（　）

69. 投资者通过深圳证券交易所交易系统认购上市开放式基金的，必须按照金额进行认购，即投资者的认购申报以元为单位。（　）

70. 在基金募集期内的每个交易日的交易时间，上市开放式基金均在深圳证券交易所挂牌发售。（　）

71. 深圳证券交易所上市开放式基金份额的转托管业务包含系统内转托管和跨系统转托管。（　）

72. 投资者买卖 ETF 须用 A 股账户；投资者申购、赎回 ETF 须用 A 股账户或基金账户。（　）

73. 中国结算公司及其开户代理机构办理投资者申请查询开户资料免费，查询其他内容则按规定标准收费。（　）

74. 单笔权证买卖申报数量不得超过 100 万份，申报价格最小变动单位为 0.001 元人民币。（　）

75. 权证行权采用证券给付方式结算的，认购权证的持有人行权时，应支付以行权价格及标的证券数量计算的价款，并获得标的证券。（　）

76. 可转换债券通常是转换成普通股票，当股票价格上涨时，可转换债券的持有人行使转换权比较有利。（　）

77. 当日“债转股”的有效申报手数是当日“债转股”按账户合并后的申请手数与可转债交易过户后的持有手数比较，取较小的一个数量。（　）

78. 股份转让公司应当而且只能委托 1 家证券公司办理股份转让，并与证券公司签订委托协议。（　）

79. 股份转让价格实行涨跌幅限制，涨跌幅比例限制为前一转让日转让价格的 10%。（　）

80. 股份报价转让不提供集中撮合成交服务。（　）

81. 深圳证券交易所规定，每一申购单位为1 000股，申购数量不少于1 000股，超过1 000股的必须是1 000股的整数倍。（ ）

82. 股份报价转让采用逐笔全额非担保交收的结算方式。（ ）

83. 如果结算参与人发生透支申购（即申购总额超过结算备付金余额）的情况，则透支部分确认为无效申购。（ ）

84. 期货交易是指交易双方在集中性的市场以公开竞价方式所进行的期货合约的交易。（ ）

85. 证券公司只能接受其全资拥有或者控股的，或者被同一机构控制的期货公司的委托从事介绍业务，不能接受其他期货公司的委托从事介绍业务。（ ）

86. 申请送股（转增股）时，权益登记日可以与配股、增发、扩募等发行行为的权益登记日重合，但需确保自向中国结算公司提交申请表之日至新增股份上市日期间，不得因其他业务改变公司的股本数或权益数。（ ）

参考答案

一、单项选择题

1. A	2. D	3. D	4. A	5. C	6. D	7. A
8. B	9. C	10. D	11. B	12. C	13. D	14. A
15. B	16. C	17. B	18. A	19. A	20. C	21. B
22. A	23. C	24. D	25. B	26. B	27. C	28. B
29. A	30. D	31. A	32. B	33. A	34. B	35. D
36. C	37. C	38. A	39. C	40. D	41. B	42. B
43. C	44. A	45. B	46. C	47. D		

二、不定项选择题

1. AB	2. CD	3. BCD	4. ABCD	5. ACD
6. ABCD	7. ABCD	8. D	9. ABCD	10. BCD
11. BD	12. ABCD	13. ABCD	14. ABCD	15. BC

16. ABCD　17. ABCD　18. BD　19. ABCD　20. A
21. AC　22. ABC　23. ABCD　24. ABC　25. ABCD
26. BCD　27. ABCD　28. AC　29. BC　30. BCD
31. BD　32. ABC　33. BD　34. B　35. BCD
36. ABD　37. C　38. AB　39. AB　40. AD
41. ABD　42. BC　43. ABCD　44. C　45. ABCD
46. ABCD　47. ABCD　48. ABCD　49. AB　50. ABCD

三、判断题

1. B　2. A　3. B　4. A　5. B　6. A　7. A
8. B　9. A　10. B　11. A　12. A　13. A　14. A
15. B　16. A　17. B　18. A　19. B　20. A　21. A
22. A　23. B　24. A　25. A　26. A　27. B　28. A
29. B　30. A　31. A　32. A　33. A　34. B　35. B
36. A　37. A　38. A　39. B　40. A　41. B　42. A
43. B　44. A　45. A　46. A　47. B　48. B　49. A
50. A　51. A　52. B　53. B　54. A　55. A　56. B
57. B　58. A　59. A　60. B　61. B　62. A　63. A
64. B　65. A　66. B　67. B　68. A　69. B　70. A
71. A　72. B　73. A　74. A　75. A　76. A　77. A
78. A　79. B　80. A　81. B　82. A　83. A　84. A
85. A　86. B

第四章

特别交易事项及其监管

第一部分　基本内容及学习目的与要求

一、基本内容（见图4－1）

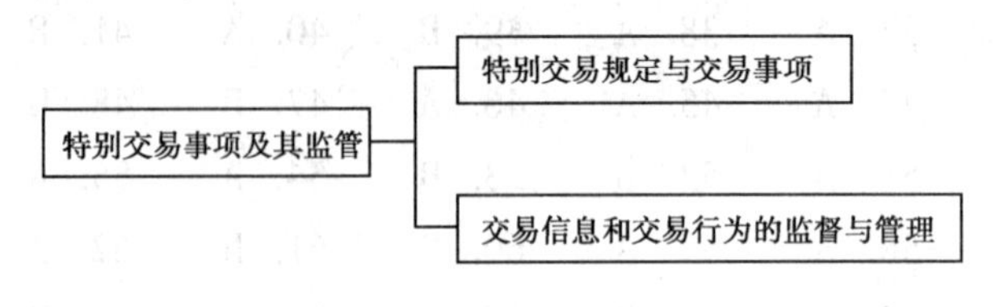

图4－1　第四章结构

二、学习目的与要求

掌握上海证券交易所大宗交易和深圳证券交易所综合协议交易平台业务的有关规定；熟悉回转交易制度；熟悉股票交易特别处理的规定；熟悉中小企业板股票暂停上市、终止上市特别规定。掌握开盘价、收盘价的产生方式；熟悉证券交易所上市证券挂牌、摘牌、停牌与复牌的规则；掌握证券除权（息）的处理办法和除权（息）价的计算方法；熟悉证券交易异常情况的处理规定；熟悉固定收益证券综合电子平台的交易规定。

熟悉证券交易所交易信息发布及管理规则；掌握证券交易所关于交易行为监督的规定；熟悉合格境外机构投资者证券交易管理的有关规定。

第二部分　知识体系与考点分析

第一节　特别交易规定与交易事项

一、知识体系（见图4－2）

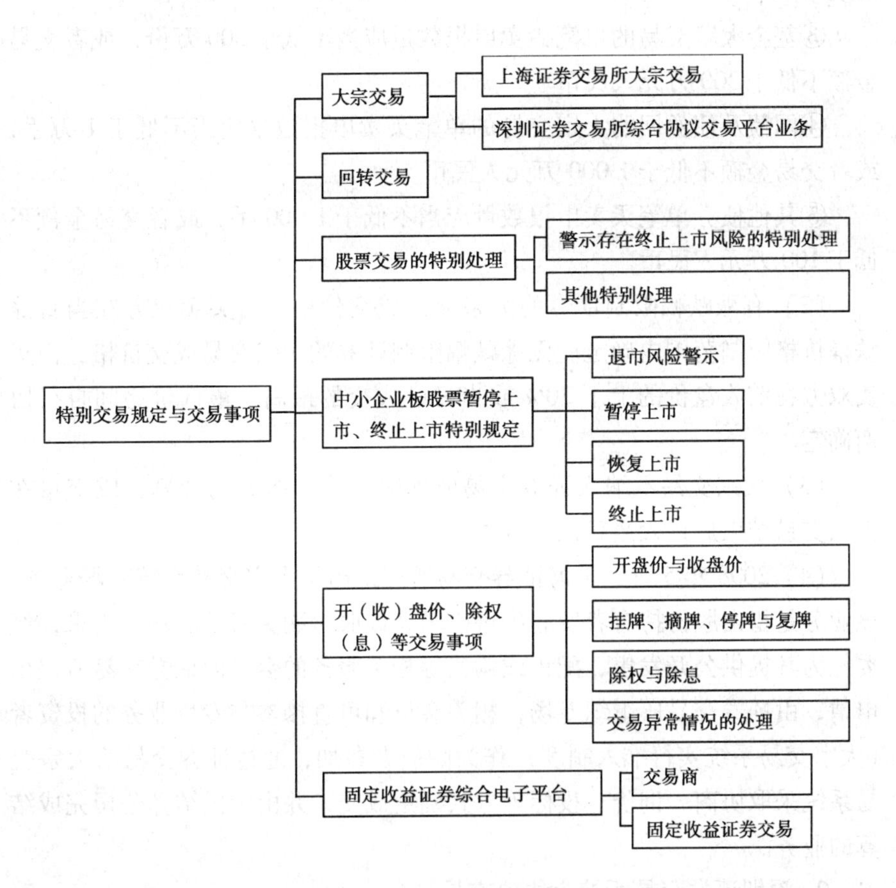

图4－2　第四章第一节结构

二、考点分析

（一）大宗交易

1. 上海证券交易所大宗交易。

（1）根据《上海证券交易所交易规则》的规定，在上海证券交易所进行的证券买卖符合以下条件的，可以采用大宗交易方式：

①A 股单笔买卖申报数量应当不低于 50 万股，或者交易金额不低于 300 万元人民币。

②B 股单笔买卖申报数量应当不低于 50 万股，或者交易金额不低于 30 万美元。

③基金大宗交易的单笔买卖申报数量应当不低于 300 万份，或者交易金额不低于 300 万元人民币。

④国债及债券回购大宗交易的单笔买卖申报数量应当不低于 1 万手，或者交易金额不低于 1 000 万元人民币。

⑤其他债券单笔买卖申报数量应当不低于 1 000 手，或者交易金额不低于 100 万元人民币。

（2）有涨跌幅限制证券的大宗交易成交价格，由买卖双方在当日涨跌幅价格限制范围内确定。无涨跌幅限制证券的大宗交易成交价格，由买卖双方在前收盘价的上下 30% 或当日已成交的最高、最低价之间自行协商确定。

（3）大宗交易不纳入证券交易所即时行情和指数的计算，成交量在大宗交易结束后计入当日该证券成交总量。

（4）2008 年 5 月，上海证券交易所还推出了大宗交易系统专场业务。该业务是指由股份持有者发起出售需求，或股份购买者发起购买需求，经委托为其提供公开发售、配售或购买等相关服务的会员向证券交易所提出申请，由证券交易所组织专场，相关会员和可直接参与专场业务的投资者（大宗交易系统实行准入制度）作为响应者参加，通过证券交易所大宗交易系统采取协商、询价、投标等方式确定成交，并由中国结算公司完成结算的业务。

2. 深圳证券交易所综合协议交易平台业务。

（1）根据《深圳证券交易所综合协议交易平台业务实施细则》的规

定，下列交易可以通过协议平台进行：

①权益类证券大宗交易，包括A股、B股、基金等。

②债券大宗交易，包括国债、企业债券、公司债券、分离交易的可转换公司债券、可转换公司债券和债券质押式回购等。

③专项资产管理计划收益权份额协议交易（以下简称“专项资产管理计划协议交易”）。

④交易所规定的其他交易。

（2）根据《深圳证券交易所交易规则》的规定，在深圳证券交易所进行的证券买卖符合以下条件的，可以采用大宗交易方式：

①A股单笔交易数量不低于50万股，或者交易金额不低于300万元人民币。

②B股单笔交易数量不低于5万股，或者交易金额不低于30万元港币。

③基金单笔交易数量不低于300万份，或者交易金额不低于300万元人民币。

④债券单笔现货交易数量不低于5 000张（以人民币100元面额为1张）或者交易金额不低于50万元人民币。

⑤债券单笔质押式回购交易数量不低于5 000张（以人民币100元面额为1张）或者交易金额不低于50万元人民币。

⑥多只A股合计单向买入或卖出的交易金额不低于500万元人民币，且其中单只A股的交易数量不低于20万股。

⑦多只基金合计单向买入或卖出的交易金额不低于500万元人民币，且其中单只基金的交易数量不低于100万份。

⑧多只债券合计单向买入或卖出的交易金额不低于500万元人民币，且其中单只债券的交易数量不低于1.5万张。

（3）协议平台按不同业务类型分别确认成交，具体确认成交的时间规定为：

①权益类证券大宗交易、债券大宗交易（除公司债券外），协议平台的成交确认时间为每个交易日15:00～15:30。

②公司债券的大宗交易、专项资产管理计划协议交易，协议平台的成交确认时间为每个交易日9:15～11:30、13:00～15:30。

（4）协议平台对申报价格和数量一致的成交申报和定价申报进行成交确认。用户对各交易品种申报的价格应当符合下列规定，交易方可成立：

①权益类证券大宗交易中，该证券有价格涨跌幅限制的，由买卖双方在其当日涨跌幅价格限制范围内确定；该证券无价格涨跌幅限制的，由买卖双方在前收盘价的上下30%或当日已成交的最高、最低价之间自行协商确定。

②债券大宗交易价格，由买卖双方在前收盘价的上下30%或当日已成交的最高、最低价之间自行协商确定。

③专项资产管理计划协议交易价格，由买卖双方自行协议确定。

（5）交易所每个交易日通过协议平台、交易所网站等方式对外发布协议平台交易信息。主要包括：

①权益类证券大宗交易以及债券大宗交易（除公司债券外），每个交易日结束后，通过交易所网站公布每笔大宗交易的成交信息。

②公司债券大宗交易，交易所在协议平台交易时间内通过协议平台和交易所网站即时公布每笔协议交易的报价信息和成交信息。

③专项资产管理计划协议交易，交易所在协议平台交易时间内通过协议平台和交易所网站即时公布每笔协议交易的报价信息和成交信息。

（二）回转交易

证券的回转交易是指投资者买入的证券，经确认成交后，在交收前全部或部分卖出。根据我国现行有关交易制度规定，债券和权证实行当日回转交易，即投资者可以在交易日的任何营业时间内反向卖出已买入但未交收的债券和权证；B股实行次交易日起回转交易。深圳证券交易所对专项资产管理计划收益权份额协议交易也实行当日回转交易。

（三）股票交易的特别处理

1. 警示存在终止上市风险的特别处理。退市风险警示的处理措施包括：第一，在公司股票简称前冠以“*ST”字样，以区别于其他股票；第二，股票报价的日涨跌幅限制为5%。

（1）上市公司出现以下情形之一的，证券交易所对其股票交易实行退市风险警示：

①最近2年连续亏损（以最近2年年度报告披露的当年经审计净利润

为依据）。

②因财务会计报告存在重大会计差错或虚假记载，公司主动改正或被中国证监会责令改正，对以前年度财务会计报告进行追溯调整，导致最近2年连续亏损。

③因财务会计报告存在重大会计差错或虚假记载，被中国证监会责令改正，在规定期限内未改正，且公司股票已停牌2个月。

④在法定期限内未披露年度报告或者半年度报告，公司股票已停牌2个月。

⑤处于股票恢复上市交易日至其恢复上市后首个年度报告披露日期间。

⑥在收购人披露上市公司要约收购情况报告至维持被收购公司上市地位的具体方案实施完毕之前，因要约收购导致被收购公司的股权分布不符合《公司法》规定的上市条件，且收购人持股比例未超过被收购公司总股本90%。

⑦法院受理公司破产案件，可能依法宣告公司破产。

⑧证券交易所认定的其他存在退市风险的情形。

（2）上市公司应当在股票交易实行退市风险警示之前1个交易日发布公告。公告应当包括以下内容：

①股票的种类、简称、证券代码以及实行退市风险警示的起始日。

②实行退市风险警示的主要原因。

③公司董事会关于争取撤销退市风险警示的意见及具体措施。

④股票可能被暂停或终止上市的风险提示。

⑤实行退市风险警示期间公司接受投资者咨询的主要方式。

⑥中国证监会和证券交易所要求的其他内容。

2. 其他特别处理。

（1）其他特别处理的处理措施包括：

①在公司股票简称前冠以“ST”字样，以区别于其他股票。

②股票报价的日涨跌幅限制为5%。特别处理不是对上市公司的处罚，只是对上市公司目前状况的一种揭示，是要提示投资者注意风险。

（2）上市公司出现以下情形之一的，证券交易所对其股票交易实行其他特别处理：

①最近一个会计年度的审计结果显示其股东权益为负。

②最近一个会计年度的财务会计报告被注册会计师出具无法表示意见或否定意见的审计报告。

③上市公司因2年连续亏损而实行退市风险警示，以后亏损情形消除，于是按规定申请撤销退市风险警示并获准，但其最近一个会计年度的审计结果显示主营业务未正常运营，或扣除非经常性损益后的净利润为负值。

④由于自然灾害、重大事故等导致公司主要经营设施被损毁，公司生产经营活动受到严重影响且预计在3个月以内不能恢复正常。

⑤公司主要银行账号被冻结。

⑥公司董事会无法正常召开会议并形成董事会决议。

⑦中国证监会根据相关制度的规定，要求证券交易所对公司的股票交易实行特别提示。

⑧中国证监会或证券交易所认定为状况异常的其他情形。

（四）中小企业板股票暂停上市、终止上市特别规定

1. 中小企业板上市公司出现下列情形之一的，深圳证券交易所对其股票交易实行退市风险警示：

（1）最近一个会计年度的审计结果显示其股东权益为负值。

（2）最近一个会计年度被注册会计师出具否定意见的审计报告，或者被出具了无法表示意见的审计报告而且深圳证券交易所认为情形严重的。

（3）最近一个会计年度的审计结果显示公司对外担保余额（合并报表范围内的公司除外）超过1亿元且占净资产值的100%以上（主营业务为担保的公司除外）。

（4）最近一个会计年度的审计结果显示公司违法违规为其控股股东及其他关联方提供的资金余额超过2 000万元或者占净资产值的50%以上。

（5）公司受到深圳证券交易所公开谴责后，在24个月内再次受到深圳证券交易所公开谴责。

（6）连续20个交易日，公司股票每日收盘价均低于每股面值。

（7）连续120个交易日内，公司股票通过深圳证券交易所交易系统

实现的累计成交量低于300万股。

2. 深圳证券交易所暂停中小企业板上市公司股票上市的情形。

3. 中小企业板上市公司可以向深圳证券交易所提出恢复上市申请的情形。

4. 深圳证券交易所终止中小企业板上市公司股票上市的情形。

（五）开（收）盘价、除权（息）等交易事项

1. 证券交易所证券交易的开盘价为当日该证券的第一笔成交价。证券的开盘价通过集合竞价方式产生。不能产生开盘价的，以连续竞价方式产生。

2. 上海证券交易所证券交易的收盘价为当日该证券最后一笔交易前1分钟所有交易的成交量加权平均价（含最后一笔交易）。当日无成交的，以前收盘价为当日收盘价。

3. 深圳证券交易所证券的收盘价通过集合竞价的方式产生。收盘集合竞价不能产生收盘价的，以当日该证券最后一笔交易前一分钟所有交易的成交量加权平均价（含最后一笔交易）为收盘价。当日无成交的，也以前收盘价为当日收盘价。

4. 证券交易所对上市证券实施挂牌交易。

5. 证券上市期届满或依法不再具备上市条件的，证券交易所要终止其上市交易，予以摘牌。

6. 证券交易出现异常波动的，证券交易所可以决定停牌，并要求相关当事人作出公告后复牌。证券交易所还可以对涉嫌违法违规交易的证券实施特别停牌并予以公告，相关当事人应按照证券交易所的要求提交书面报告。停牌及复牌的时间和方式由证券交易所决定。

7. 根据有关规定，上市公司披露定期报告、临时公告，也要进行例行停牌。

8. 如果上市证券发生权益分派、公积金转增股本、配股等事项，就要进行除息与除权。我国证券交易所是在权益登记日（B股为最后交易日）的次一交易日对该证券作除权、除息处理。除权（息）日该证券的前收盘价改为除权（息）日除权（息）价。除权（息）价的计算公式为：

$$除权（息）价=\frac{\text{前收盘价}-\text{现金红利}+\text{配（新）股价格}\times\text{流通股份变动比例}}{1+\text{流通股份变动比例}}$$

在权证业务中，标的证券除权、除息，对权证行权价格会有影响，因此需要调整。根据有关规定，标的证券除权、除息的，权证的发行人或保荐人应对权证的行权价格、行权比例作相应调整并及时提交证券交易所。

标的证券除权的，权证的行权价格和行权比例分别按下列公式进行调整：

$$新行权价格=原行权价格\times\left(\text{标的证券除权日参考价}\div\text{除权前一日标的证券收盘价}\right)$$

$$新行权比例=原行权比例\times\left(\text{除权前一日标的证券收盘价}\div\text{标的证券除权日参考价}\right)$$

标的证券除息的，行权比例不变，行权价格按下列公式调整：

$$新行权价格=原行权价格\times\left(\text{标的证券除息日参考价}\div\text{除息前一日标的证券收盘价}\right)$$

9. 现行交易规则规定，出现无法申报的交易席位数量超过证券交易所已开通席位总数的10%以上的交易异常情况，或者行情传输中断的营业部数量超过营业部总数的10%以上的交易异常情况，证券交易所要实行临时停市。

（六）固定收益证券综合电子平台

上海证券交易所固定收益平台的交易，自2007年7月25日起开始试行。固定收益平台主要进行固定收益证券的交易，包括交易商之间的交易和交易商与客户之间的交易两种。

1. 交易商。根据规定，一级交易商对固定收益证券做市时，应选定做市品种，至少应对在固定收益平台上挂牌交易的各关键期限国债中的一只基准国债进行做市。一级交易商在固定收益平台交易期间，应当对选定做市的特定固定收益证券进行连续双边报价，每交易日双边报价中断时间累计不得超过60分钟。一级交易商对做市品种的双边报价，应当是确定报价，且双边报价对应收益率价差小于10个基点，单笔报价数量不得低于5 000手（1手为1 000元面值）。

2. 固定收益证券交易。

（1）在固定收益平台进行的固定收益证券现券交易实行净价申报，

申报价格变动单位为0.001元，申报数量单位为手（1手为1 000元面值）。交易价格实行涨跌幅限制，涨跌幅比例为10%。涨跌幅价格计算公式为：

涨跌幅价格＝前一交易日参考价格×（1±10%）

其中，前一交易日参考价格为该日全部交易的加权平均价，该日无成交的为上一交易日的加权平均价，依次类推。

（2）固定收益平台交易采用报价交易和询价交易两种方式。报价交易中，交易商可以匿名或实名方式申报；询价交易中，交易商需以实名方式申报。

（3）询价交易中，询价方每次可以向5家被询价方询价，被询价方接受询价时提出的报价采用确定报价。询价方对被询价方提出的报价，于询价发出后20分钟内予以接受的，固定收益平台即确认成交；20分钟内未接受的，询价、报价自动取消。在询价方接受前，被询价方可撤销其报价。

（4）固定收益平台对外公开发布确定报价信息和成交行情。交易商采用匿名报价的，固定收益平台只对外揭示其报价价格和数量信息，不披露报价方名称。

第二节　交易信息和交易行为的监督与管理

一、知识体系（见图4－3）

二、考点分析

（一）交易信息

上海证券交易所和深圳证券交易所在每个交易日都要发布包括证券交易即时行情、证券指数、证券交易公开信息等交易信息。证券交易所还要编制反映市场成交情况的各类日报表、周报表、月报表和年报表，并及时向社会公布。

1. 即时行情。上海证券交易所规定，开盘集合竞价期间，即时行情

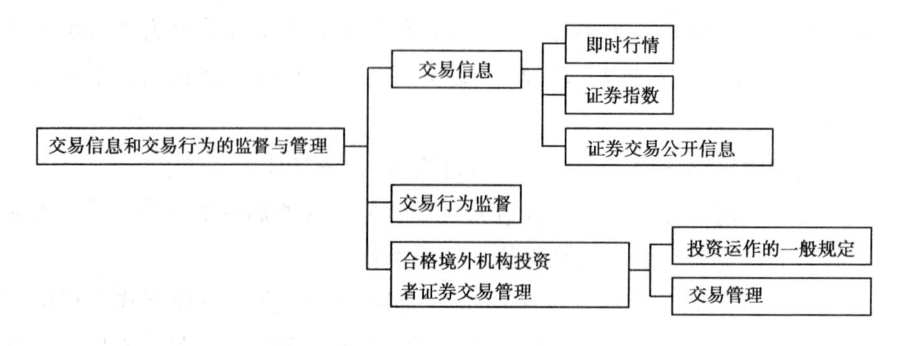

图4－3 第四章第二节结构

内容包括证券代码、证券简称、前收盘价格、虚拟开盘参考价格、虚拟匹配量和虚拟未匹配量。

深圳证券交易所规定，集合竞价期间的即时行情内容包括证券代码、证券简称、集合竞价参考价格、匹配量和未匹配量等。

连续竞价期间，上海证券交易所和深圳证券交易所的即时行情内容包括证券代码、证券简称、前收盘价格、最新成交价格、当日最高成交价格、当日最低成交价格、当日累计成交数量、当日累计成交金额、实时最高5个买入申报价格和数量、实时最低5个卖出申报价格和数量。

对于首次上市证券在上市首日的前收盘价格，上海证券交易所规定，首次上市证券上市首日，其即时行情显示的前收盘价格为其发行价（证券交易所另有规定的除外）。深圳证券交易所则规定，首次上市股票、债券上市首日，其即时行情显示的前收盘价为其发行价，基金为其前一日基金份额净值（四舍五入至0.001元）。

2. 证券指数。上海证券交易所目前公布的指数包括：上证综合指数、上证A股指数、上证B股指数、新上证综指、上证180指数、上证50指数、上证红利指数、上证基金指数、上证国债指数、上证企债指数等。

深圳证券交易所目前公布的指数包括：深证成分指数、深证综合指数、深证A股指数、深证B股指数、深证100指数、深证新指数、中小企业板指数、深证基金指数等。

3. 证券交易公开信息。

（1）对于有价格涨跌幅限制的证券。对于有价格涨跌幅限制的股票、封闭式基金竞价交易出现下列情形之一的，证券交易所分别公布相关证券当日买入、卖出金额最大的5家会员营业部（深圳证券交易所是营业部或席位）的名称及其买入、卖出金额：

①日收盘价格涨跌幅偏离值达到±7%的各前3只股票（基金）。

②日价格振幅达到15%的前3只股票（基金）。

③日换手率达到20%的前3只股票（基金）。

$$收盘价格涨跌幅偏离值 = \frac{单只股票}{(基金)涨跌幅} - \frac{对应分类}{指数涨跌幅}$$

$$价格振幅 = \frac{当日最高价格 - 当日最低价格}{当日最低价格} \times 100\%$$

$$换手率 = \frac{成交股数（份额）}{流通股数（份额）} \times 100\%$$

收盘价格涨跌幅偏离值、价格振幅或换手率相同的，依次按成交金额和成交量选取。

（2）对于无价格涨跌幅限制的证券。对于首次公开发行上市的股票（上海证券交易所还包括封闭式基金）、增发上市的股票、暂停上市后恢复上市的股票等在首个交易日不实行价格涨跌幅限制的证券，证券交易所公布其当日买入、卖出金额最大的5家会员营业部（深圳证券交易所是营业部或席位）的名称及其买入、卖出金额。

（3）对于证券交易异常波动。股票、封闭式基金竞价交易出现下列情形之一的，属于异常波动，证券交易所分别公告该股票、封闭式基金交易异常波动期间累计买入、卖出金额最大5家会员营业部（深圳证券交易所是营业部或席位）的名称及其累计买入、卖出金额：

①连续3个交易日内日收盘价格涨跌幅偏离值累计达到±20%的。

②ST股票和*ST股票连续3个交易日内日收盘价格涨跌幅偏离值累计达到±15%的。

③连续3个交易日内日均换手率与前5个交易日的日均换手率的比值达到30倍，并且该股票、封闭式基金连续3个交易日内的累计换手率达到20%的。

④证券交易所或中国证监会认定属于异常波动的其他情形。

（4）对于证券实施特别停牌。上海证券交易所对涉嫌违法违规交易的证券实施特别停牌的，根据需要可以公布以下信息：

①成交金额最大的5家会员营业部的名称及其买入、卖出数量和买

入、卖出金额。

②股份统计信息。

③本所认为应披露的其他信息。

（二）交易行为监督

1. 根据现行制度规定，上海证券交易所和深圳证券交易所对下列可能影响证券交易价格或者证券交易量的异常交易行为，予以重点监控：

（1）可能对证券交易价格产生重大影响的信息披露前，大量买入或者卖出相关证券。

（2）以同一身份证明文件、营业执照或其他有效证明文件开立的证券账户之间，大量或者频繁进行互为对手方的交易。

（3）委托、授权给同一机构或者同一个人代为从事交易的证券账户之间，大量或者频繁进行互为对手方的交易。

（4）两个或两个以上固定的或涉嫌关联的证券账户之间，大量或者频繁进行互为对手方的交易。

（5）大笔申报、连续申报或者密集申报，以影响证券交易价格。

（6）频繁申报或频繁撤销申报，以影响证券交易价格或其他投资者的投资决定。

（7）巨额申报，且申报价格明显偏离申报时的证券市场成交价格。

（8）一段时期内进行大量且连续的交易。

（9）在同一价位或者相近价位大量或者频繁进行回转交易。

（10）大量或者频繁进行高买低卖交易。

（11）进行与自身公开发布的投资分析、预测或建议相背离的证券交易。

（12）在大宗交易中进行虚假或其他扰乱市场秩序的申报。

（13）证券交易所认为需要重点监控的其他异常交易。

2. 对情节严重的异常交易行为，证券交易所可以视情况采取下列措施：

（1）口头或书面警示。

（2）约见谈话。

（3）要求相关投资者提交书面承诺。

（4）限制相关证券账户交易。

（5）报请中国证监会冻结相关证券账户或资金账户。

（6）上报中国证监会查处。

（三）合格境外机构投资者证券交易管理

1. 投资运作的一般规定。合格投资者应当委托境内商业银行作为托管人托管资产（每个合格投资者只能委托 1 个托管人，并可以更换托管人），委托境内证券公司办理在境内的证券交易活动（每个合格投资者可分别在上海、深圳证券交易所委托 3 家境内证券公司进行证券交易）。

《关于实施〈合格境外机构投资者境内证券投资管理办法〉有关问题的通知》规定，境外投资者的境内证券投资，应当遵循下列持股比例限制：

（1）单个境外投资者通过合格投资者持有一家上市公司股票的，持股比例不得超过该公司股份总数的 10%。

（2）所有境外投资者对单个上市公司 A 股的持股比例总和，不超过该上市公司股份总数的 20%。

但境外投资者根据《外国投资者对上市公司战略投资管理办法》对上市公司战略投资的，其战略投资的持股不受上述比例限制。

2. 交易管理。

（1）所有合格投资者持有同一上市公司挂牌交易 A 股数额，合计达到该公司总股本的 16% 及其后每增加 2% 时，证券交易所于该交易日结束后通过交易所网站，公布合格投资者已持有该公司挂牌交易 A 股的总数及其占公司总股本的比例。

（2）当日交易结束后，如遇单个合格投资者持有单个上市公司挂牌交易 A 股数额超过限定比例的，证券交易所将向其委托的证券公司及托管人发出通知。合格投资者自接到减持通知之日起的 5 个交易日内予以平仓，以满足持股限定比例要求。

（3）当日交易结束后，如遇所有合格投资者持有同一上市公司挂牌交易 A 股数额合计超过限定比例的，证券交易所将按照后买先卖的原则确定平仓顺序，并向其委托的证券公司及托管人发出通知。合格投资者自接到通知之日起的 5 个交易日内做出相应处理，以满足持股限定比例要求。

（4）5个交易日内，如遇其他合格投资者自行减持导致上述持股总数降至限定比例以下的，被通知减持的合格投资者可向证券交易所申请继续持有原股份。

第三部分　自测题及参考答案

一、单项选择题（以下各小题所给出的4个选项中，只有一项最符合题目要求，请将正确选项的代码填入括号内）

1. 在上海证券交易所，无涨跌幅限制证券的大宗交易成交价格，由买卖双方在前收盘价的上下(　　)或当日已成交的最高、最低价之间自行协商确定。

A. 5%　　B. 10%

C. 15%　　D. 30%

2. 关于上海证券交易所推出的大宗交易系统专场业务，以下说法错误的是(　　)。

A. 2008年5月推出　　B. 只能由股份持有者发起出售需求

C. 由证券交易所组织专场　　D. 由中国结算公司完成结算

3. 根据《深圳证券交易所交易规则》的规定，以下(　　)不能在深圳证券交易所采用大宗交易方式。

A. B股单笔交易数量不低于5万股，或者交易金额不低于30万元美元

B. A股单笔交易数量不低于50万股，或者交易金额不低于300万元人民币

C. 基金单笔交易数量不低于300万份，或者交易金额不低于300万元人民币

D. B股单笔交易数量不低于5万股，或者交易金额不低于30万元港币

4.（　　）实行次交易日起回转交易。

A. A 股　　B. B 股

C. 债券　　D. 权证

5. 退市风险警示制度是从(　　)开始实施的。

A. 2003 年 4 月 2 日　　B. 2003 年 4 月 3 日

C. 2003 年 5 月 8 日　　D. 2004 年 1 月 1 日

6. 在收购人披露上市公司要约收购情况报告至维持被收购公司上市地位的具体方案实施完毕之前，因要约收购导致被收购公司的股权分布不符合《公司法》规定的上市条件，且收购人持股比例未超过被收购公司总股本(　　)的，证券交易所对其股票交易实行退市风险警示。

A. 50%　　B. 80%

C. 90%　　D. 95%

7. 上市公司应当在股票交易实行退市风险警示之前(　　)个交易日发布公告。

A. 1　　B. 2

C. 3　　D. 5

8. 中小企业板上市公司最近一个会计年度的审计结果显示公司对外担保余额（合并报表范围内的公司除外）超过(　　)且占净资产值(　　)的以上（主营业务为担保的公司除外）的，深圳证券交易所对其股票交易实行退市风险警示。

A. 2 000 万元，50%　　B. 1 亿元，100%

C. 2 000 万元，100%　　D. 1 亿元，50%

9. 中小企业板上市公司受到深圳证券交易所公开谴责后，在(　　)内再次受到深圳证券交易所公开谴责的，深圳证券交易所对其股票交易实行退市风险警示。

A. 6 个月　　B. 12 个月

C. 18 个月　　D. 24 个月

10. 在公司股票交易实行退市风险警示期间，公司应当至少在每月前(　　)个交易日内披露公司为撤销退市风险警示所采取的措施及有关工作进展情况。

A. 2　　B. 3

C. 5　　D. 10

11. 深圳证券交易所证券的收盘价通过集合竞价的方式产生。收盘集合竞价不能产生收盘价的，以当日该证券最后一笔交易(　　)所有交易的成交量加权平均价（含最后一笔交易）为收盘价。

A. 前1分钟　　B. 前5分钟

C. 前10分钟　　D. 前15分钟

12. 某上市公司每10股派发现金红利1.50元，同时按10∶5的比例向现有股东配股，配股价格为6.40元。若该公司股票在除权除息日的前收盘价为11.05元，则除权（息）报价应为(　　)元。

A. 9.23　　B. 8.75

C. 9.40　　D. 10.13

13. 标的证券除权的，权证的行权价格公式为(　　)。

A. 新行权价格 = 行权价格 ×（标的证券除权日参考价 ÷ 除权前一日标的证券收盘价）

B. 新行权价格 = 原行权价格 ×（标的证券除权日参考价 ÷ 除权前一日标的证券收盘价）

C. 新行权价格 = 原行权价格 ×（标的证券除权日参考价 ÷ 除权前两日标的证券收盘价）

D. 新行权价格 = 原行权价格 ×（标的证券除权日前一日的参考价 ÷ 除权前一日标的证券收盘价）

14. 标的证券除息的，行权价格公式为(　　)。

A. 新行权价格 = 原行权价格 ×（标的证券除息日参考价 ÷ 除息前一日标的证券开盘价）

B. 新行权价格 = 行权价格 ×（标的证券除息日参考价 ÷ 除息前一日标的证券收盘价）

C. 新行权价格 = 原行权价格 ×（标的证券除权日参考价 ÷ 除权前一日标的证券收盘价）

D. 新行权价格 = 原行权价格 ×（标的证券除息日参考价 ÷ 除息前一日标的证券收盘价）

15. 现行交易规则规定，出现无法申报的交易席位数量超过证券交易所已开通席位总数的(　　)以上的交易异常情况，证券交易所要实行临时停市。

A. 5%　　　　B. 10%

C. 15%　　　　D. 20%

16. 一级交易商在固定收益平台交易期间，应当对选定做市的特定固定收益证券进行连续双边报价，每交易日双边报价中断时间累计不得超过(　　)。

A. 10 分钟　　　　B. 30 分钟

C. 60 分钟　　　　D. 1 天

17. 一级交易商对做市品种的双边报价，应当是确定报价，且双边报价对应收益率价差小于(　　)个基点，单笔报价数量不得低于(　　)手(1 手为 1 000 元面值)。

A. 10，5 000　　　　B. 5，5 000

C. 10，1 000　　　　D. 10，500

18. 报价交易中，交易商的每笔买卖报价数量为(　　)手或其整数倍，报价按每(　　)手逐一进行成交。

A. 100，100　　　　B. 500，500

C. 1 000，1 000　　　　D. 5 000，5 000

19. ST 股票和 * ST 股票连续 3 个交易日内日收盘价格涨跌幅偏离值累计达到(　　)的，证券交易所公告该股票交易异常波动期间累计买入、卖出金额最大 5 家会员营业部（深圳证券交易所是营业部或席位）的名称及其累计买入、卖出金额。

A. ±5%　　　　B. ±10%

C. ±15%　　　　D. ±20%

20. 连续 3 个交易日内日均换手率与前(　　)个交易日的日均换手率的比值达到(　　)倍，并且该股票、封闭式基金连续 3 个交易日内的累计换手率达到 20% 的，证券交易所公告该股票交易异常波动期间累计买入、卖出金额最大 5 家会员营业部（深圳证券交易所是营业部或席位）的名称及其累计买入、卖出金额。

A. 3，30　　　　B. 5，30

C. 3，10　　　　D. 5，20

21. 以下不属于限制证券账户交易的措施是(　　)。

A. 限制卖出指定证券或指定交易品种

B. 限制买入指定证券或全部交易品种（但允许卖出）

C. 限制卖出指定证券或全部交易品种（但允许买入）

D. 限制买入和卖出指定证券或全部交易品种

22. 每个合格投资者可分别在上海、深圳证券交易所委托（　　）家境内证券公司进行证券交易。

A. 1　　B. 2

C. 3　　D. 4

23. （　　）依法对合格投资者境内证券投资有关的投资额度、资金汇出入等实施外汇管理。

A. 中国证监会　　B. 国家外汇管理局

C. 中国证券业协会　　D. 证券交易所

24. 单个境外投资者通过合格投资者持有一家上市公司股票的，持股比例不得超过该公司股份总数的（　　）。

A. 5%　　B. 10%

C. 15%　　D. 20%

25. 所有合格投资者持有同一上市公司挂牌交易A股数额，合计达到该公司总股本的（　　）及其后每增加2%时，证券交易所于该交易日结束后通过交易所网站，公布合格投资者已持有该公司挂牌交易A股的总数及其占公司总股本的比例。

A. 5%　　B. 10%

C. 16%　　D. 20%

二、不定项选择题（以下各小题所给出的4个选项中，至少有一项符合题目要求，请将符合题目要求选项的代码填入括号内）

1. 在上海证券交易所进行的证券买卖符合以下（　　）条件的，可以采用大宗交易方式。

A. A股单笔买卖申报数量应当不低于50万股，或者交易金额不低于300万元人民币

B. B股单笔买卖申报数量应当不低于50万股，或者交易金额不低于30万美元

C. 基金大宗交易的单笔买卖申报数量应当不低于300万份，或者交易金额不低于300万元人民币

D. 国债及债券回购大宗交易的单笔买卖申报数量应当不低于1万手，或者交易金额不低于1 000万元人民币

2. 以下属于意向申报和成交申报都包括的内容有(　　)。

A. 证券代码　　　B. 证券账号

C. 成交价格　　　D. 买卖方向

3. 根据《深圳证券交易所综合协议交易平台业务实施细则》的规定，下列(　　)交易可以通过综合协议交易平台进行。

A. 权益类证券大宗交易

B. 债券大宗交易

C. 专项资产管理计划收益权份额协议交易

D. 权证大宗交易

4. 根据《深圳证券交易所交易规则》的规定，在深圳证券交易所进行的证券买卖符合以下（　　）条件的，可以采用大宗交易方式。

A. 国债及债券回购大宗交易的单笔买卖申报数量应当不低于1万手，或者交易金额不低于1 000万元人民币

B. 债券单笔现货交易数量不低于5 000张（以人民币100元面额为1张）或者交易金额不低于50万元人民币

C. 债券单笔质押式回购交易数量不低于5 000张（以人民币100元面额为1张）或者交易金额不低于50万元人民币

D. 多只债券合计单向买入或卖出的交易金额不低于500万元人民币，且其中单只债券的交易数量不低于1.5万张

5. 协议平台接受交易用户申报的类型包括(　　)。

A. 单边报价　　　B. 定价申报

C. 双边报价　　　D. 委托申报

6. 以下(　　)，协议平台的成交确认时间为每个交易日15:00~15:30。

A. 公司债券的大宗交易　　　B. 专项资产管理计划协议交易

C. 权益类证券大宗交易　　　D. 债券大宗交易（除公司债券外）

7. 用户对各交易品种申报的价格应当符合下列(　　)规定，交易方可成立。

A. 权益类证券大宗交易中，该证券有价格涨跌幅限制的，由买卖双方在其当日涨跌幅价格限制范围内确定

B. 权益类证券大宗交易中，该证券无价格涨跌幅限制的，由买卖双方在前收盘价的上下30%或当日已成交的最高价、最低价之间自行协商确定

C. 债券大宗交易价格，由买卖双方在前收盘价的上下30%或当日已成交的最高价、最低价之间自行协商确定

D. 专项资产管理计划协议交易价格，由买卖双方自行协议确定

8. 以下实行当日回转交易的有(　　)。

A. B股

B. 深圳证券交易所对专项资产管理计划收益权份额协议交易

C. 权证

D. 债券

9. 退市风险警示的处理措施包括(　　)。

A. 在公司股票简称前冠以“*ST”字样

B. 股票报价的日涨跌幅限制为5%

C. 在公司股票简称前冠以“ST”字样

D. 股票报价的日涨跌幅限制为10%

10. 上市公司出现以下(　　)情形之一的，证券交易所对其股票交易实行退市风险警示。

A. 最近2年连续亏损

B. 在法定期限内未披露年度报告或者半年度报告，公司股票已停牌2个月

C. 因财务会计报告存在重大会计差错或虚假记载，公司主动改正或被中国证监会责令改正，对以前年度财务会计报告进行追溯调整，导致最近2年连续亏损

D. 因财务会计报告存在重大会计差错或虚假记载，被中国证监会责令改正，在规定期限内未改正，且公司股票已停牌2个月

11. 上市公司出现以下(　　)情形之一的，证券交易所对其股票交易实行其他特别处理。

A. 最近一个会计年度的审计结果显示其股东权益为负

B. 最近一个会计年度的财务会计报告被注册会计师出具拒绝表示意见或否定意见的审计报告

C. 由于自然灾害、重大事故等导致公司主要经营设施被损毁，公司生产经营活动受到严重影响且预计在 3 个月以内不能恢复正常

D. 公司股东大会无法正常召开会议并形成决议

12. 中小企业板上市公司出现下列(　　)情形之一的，深圳证券交易所对其股票交易实行退市风险警示。

A. 最近一个会计年度被注册会计师出具否定意见的审计报告，或者被出具了无法表示意见的审计报告而且深圳证券交易所认为情形严重的

B. 最近一个会计年度的审计结果显示公司对外担保余额（合并报表范围内的公司除外）超过 1 亿元且占净资产值的 100% 以上（主营业务为担保的公司除外）

C. 最近一个会计年度的审计结果显示公司违法违规为其控股股东及其他关联方提供的资金余额超过 2 000 万元或者占净资产值的 50% 以上

D. 最近一个会计年度的审计结果显示公司关联方交易的资金余额超过 2 000 万元或者占净资产值的 50% 以上

13. 因(　　)股票交易被实行退市风险警示后，又被暂停上市的，中小企业板上市公司未在法定期限内披露暂停上市后经审计的首个中期报告，深圳证券交易所终止其股票上市。

A. 公司首个年度报告审计结果显示股东权益仍然为负

B. 公司首个年度报告注册会计师仍出具否定意见的审计报告，或者被出具了无法表示意见的审计报告而且深圳证券交易所认为情形严重的

C. 公司年度报告审计结果显示公司对外担保余额（合并报表范围内的公司除外）仍超过 1 亿元且占公司净资产值的 100% 以上

D. 公司年度报告审计结果显示公司违法违规为其控股股东及其

他关联方提供的资金余额超过2 000万元且占公司净资产值的50%以上

14. 如果上市证券发生(　　)等事项，就要进行除息与除权。

A. 权益分派　　B. 发放现金红利

C. 公积金转增股本　　D. 配股

15. 固定收益平台主要进行固定收益证券的交易，包括(　　)。

A. 交易商之间的交易　　B. 交易商与客户之间的交易

C. 客户与客户之间的交易　　D. 交易商与交易所之间的交易

16. 上海证券交易所规定，开盘集合竞价期间，即时行情内容包括(　　)。

A. 证券代码、证券简称　　B. 前收盘价格

C. 虚拟开盘参考价格　　D. 虚拟匹配量和虚拟未匹配量

17. 深圳证券交易所规定，集合竞价期间的即时行情内容包括(　　)。

A. 证券代码、证券简称　　B. 集合竞价参考价格

C. 前收盘价格　　D. 匹配量和未匹配量

18. 对于有价格涨跌幅限制的股票、封闭式基金竞价交易出现下列(　　)情形之一的，证券交易所分别公布相关证券当日买入、卖出金额最大的5家会员营业部（深圳证券交易所是营业部或席位）的名称及其买入、卖出金额。

A. 日收盘价格涨跌幅偏离值达到±5%的各前3只股票（基金）

B. 日价格振幅达到15%的前3只股票（基金）

C. 日换手率达到20%的前3只股票（基金）

D. 日收盘价格涨跌幅偏离值达到±7%的各前3只股票（基金）

19. 对于(　　)在首个交易日不实行价格涨跌幅限制的证券，证券交易所公布其当日买入、卖出金额最大的5家会员营业部（深圳证券交易所是营业部或席位）的名称及其买入、卖出金额。

A. 首次公开发行上市的股票

B. 增发上市的股票

C. 中止上市后恢复上市的股票

D. 暂停上市后恢复上市的股票

20. 根据现行制度规定，上海证券交易所和深圳证券交易所对下列(　　)可能影响证券交易价格或者证券交易量的异常交易行为，予以重点监控。

A. 大笔申报、连续申报或者密集申报，以影响证券交易价格

B. 巨额申报，且申报价格明显偏离申报时的证券市场成交价格

C. 在同一价位或者相近价位大量或者频繁进行回转交易

D. 一段时期内进行大量且连续的交易

21. 对情节严重的异常交易行为，证券交易所可以视情况采取下列(　　)措施。

A. 口头或书面警示　　B. 约见谈话

C. 要求相关投资者提交书面承诺　　D. 限制相关证券账户交易

22. 合格投资者在经批准的投资额度内，可以投资于中国证监会批准的人民币金融工具，包括(　　)。

A. 在证券交易所挂牌交易的股票

B. 在证券交易所挂牌交易的债券

C. 在证券交易所挂牌交易的权证

D. 中国人民银行发行的国债

三、判断题（判断以下各小题的对错，正确的用 A 表示，错误的用 B 表示）

1. 大宗交易是指单笔数额较大的证券买卖。　(　　)

2. 在上海证券交易所，国债单笔买卖申报数量应当不低于 1 000 手，或者交易金额不低于 100 万元的，可以采用大宗交易方式。　(　　)

3. 如果在交易日 15:00 前处于停牌状态的证券，则上海证券交易所不受理其大宗交易的申报。　(　　)

4. 在上海证券交易所，有涨跌幅限制证券的大宗交易成交价格，由买卖双方在当日涨跌幅价格限制范围内确定。　(　　)

5. 大宗交易纳入证券交易所即时行情和指数的计算，成交量在大宗交易结束后计入当日该证券成交总量。　(　　)

6. 定价申报不承担成交义务，申报指令可以撤销。　(　　)

7. 定价申报每笔成交的交易数量或交易金额，应当满足协议平台不同业务模块适用的最低标准。 （ ）

8. 公司债券的大宗交易、专项资产管理计划协议交易，协议平台的成交确认时间为每个交易日 9:15 ~ 11:30、13:00 ~ 15:30。 （ ）

9. 证券的回转交易是指投资者买入的证券，经确认成交后，在交收前全部或部分卖出。 （ ）

10. 股票交易特别处理分为警示存在中止上市风险的特别处理和其他特别处理。 （ ）

11. 所谓退市风险警示制度，就是指由证券交易所对存在股票终止上市风险的公司股票交易实行“警示存在终止上市风险的特别处理”。

（ ）

12. 当上市公司消除退市风险的情形后，证券交易所可撤销其退市风险警示；否则，公司将面临中止上市风险。 （ ）

13. 特别处理不仅是对上市公司的处罚，也是对上市公司目前状况的一种揭示，是要提示投资者注意风险。 （ ）

14. 深圳证券交易所决定撤销退市风险警示的，公司应当按照深圳证券交易所要求在撤销退市风险警示前一个交易日作出公告。 （ ）

15. 中小企业板上市公司因最近一个会计年度的审计结果显示其股东权益为负值，其股票交易被实行退市风险警示后，若公司首个年度报告审计结果显示股东权益仍然为负，深圳证券交易所暂停其股票上市。

（ ）

16. 证券交易所证券交易的开盘价为当日该证券的第一笔成交价。

（ ）

17. 深圳证券交易所证券交易的收盘价为当日该证券最后一笔交易前1分钟所有交易的成交量加权平均价（含最后一笔交易）。 （ ）

18. 证券开市期间停牌的，停牌前的申报参加当日该证券复牌后的交易。 （ ）

19. 深圳证券交易所规定，集合竞价期间不揭示集合竞价参考价格、匹配量和未匹配量。 （ ）

20. “一级交易商”是指经过上海证券交易所核准，在固定收益平台交易中持续提供双边报价及对询价提供成交报价（简称“做市”）的交易

商。（　　）

21. 交易商当日买入的固定收益证券和当日被待交收处理的固定收益证券，下一交易日可以卖出。（　　）

22. 询价交易中，交易商可以匿名或实名方式申报。（　　）

23. 深圳证券交易所则规定，首次上市股票、债券上市首日，其即时行情显示的前收盘价为其发行价，基金为其前一日基金份额净值（四舍五入至0.001元）。（　　）

24. 对首次公开发行上市的股票（上海证券交易所还包括封闭式基金）、增发上市的股票、暂停上市后恢复上市的股票等在首个交易日不实行价格涨跌幅限制的证券，不纳入异常波动指标的计算。（　　）

25. 证券交易所对证券交易实行实时监控。（　　）

26. 以同一身份证明文件、营业执照或其他有效证明文件开立的证券账户之间，大量或者频繁进行互为对手方的交易，上海和深圳证券交易所将予以重点监控。（　　）

27. 每个合格投资者能委托3个托管人，并可以更换托管人。（　　）

28. 合格投资者应当委托托管人向中国结算公司申请开立一个证券账户，申请开立的证券账户应当与国家外汇管理局批准的人民币特殊账户对应。（　　）

参考答案

一、单项选择题

1. D　2. B　3. A　4. B　5. C　6. C　7. A
8. B　9. D　10. C　11. A　12. C　13. B　14. D
15. B　16. C　17. A　18. D　19. C　20. B　21. A
22. C　23. B　24. B　25. C

二、不定项选择题

1. ABCD　2. ABD　3. ABC　4. BCD　5. BC
6. CD　7. ABCD　8. BCD　9. AB　10. ABCD

11. AC　12. ABC　13. ABCD　14. ACD　15. AB
16. ABCD　17. ABD　18. BCD　19. ABD　20. ABCD
21. ABCD　22. ABC

三、判断题

1. A　2. B　3. A　4. A　5. B　6. B　7. A
8. A　9. A　10. B　11. A　12. B　13. B　14. A
15. A　16. A　17. B　18. A　19. A　20. A　21. B
22. B　23. A　24. A　25. A　26. A　27. B　28. B

第五章

证券自营业务

第一部分　基本内容及学习目的与要求

一、基本内容（见图5－1）

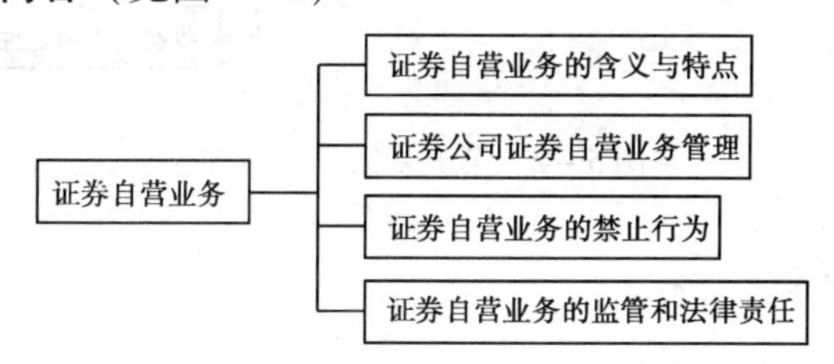

图5－1　第五章结构

二、学习目的与要求

掌握证券自营业务的含义、特点。
掌握证券自营业务管理的基本要求。
熟悉证券自营业务禁止行为的内容。
熟悉证券自营业务的监管和法律责任。

第二部分　知识体系与考点分析

第一节　证券自营业务的含义与特点

一、知识体系（见图5－2）

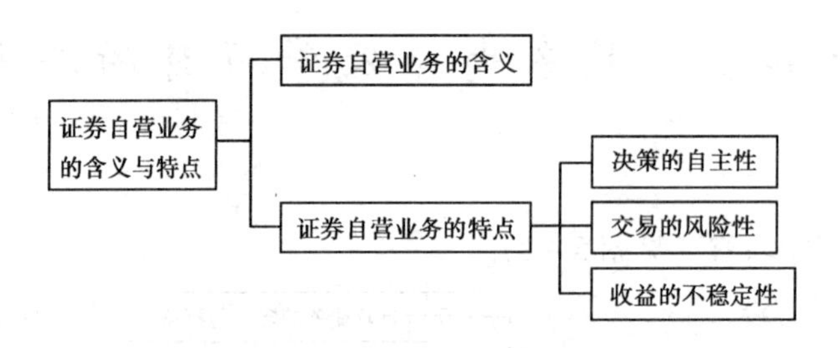

图5－2　第五章第一节结构

二、考点分析

（一）证券自营业务的含义

证券自营业务是指经中国证监会批准经营证券自营业务的证券公司用自有资金和依法筹集的资金，用自己名义开设的证券账户买卖依法公开发行或中国证监会认可的其他有价证券，以获取盈利的行为。

证券自营买卖的对象主要有两大类：一类是依法公开发行的证券。依法公开发行的证券是指股票、债券、权证、证券投资基金等，是证券公司自营买卖的主要对象。另一类是中国证监会认可的其他有价证券。上市证券的自营买卖是证券公司自营业务的主要内容。非上市证券是指已发行在外但没有在证券交易所挂牌交易的证券。

中国证监会认可的其他有价证券的自营买卖主要通过银行间市场、证券公司的营业柜台实现。

（二）证券自营业务的特点

自营业务与经纪业务相比较，根本区别是自营业务是证券公司为盈利自己买卖证券，经纪业务是证券公司代理客户买卖证券。具体表现在以下几点：

1. 决策的自主性。证券公司自营买卖业务的首要特点即为决策的自主性，这表现在：

（1）交易行为的自主性。

（2）选择交易方式的自主性。

（3）选择交易品种、价格的自主性。

2. 交易的风险性。由于自营业务是证券公司以自己的名义和合法资金直接进行的证券买卖活动，证券交易的风险性决定了自营买卖业务的风险性。在证券的自营买卖业务中，证券公司自己作为投资者，买卖的收益与损失完全由证券公司自身承担。

3. 收益的不稳定性。证券公司进行证券自营买卖，其收益主要来源于低买高卖的价差。但这种收益不像收取代理手续费那样稳定。

第二节　证券公司证券自营业务管理

一、知识体系（见图5－3）

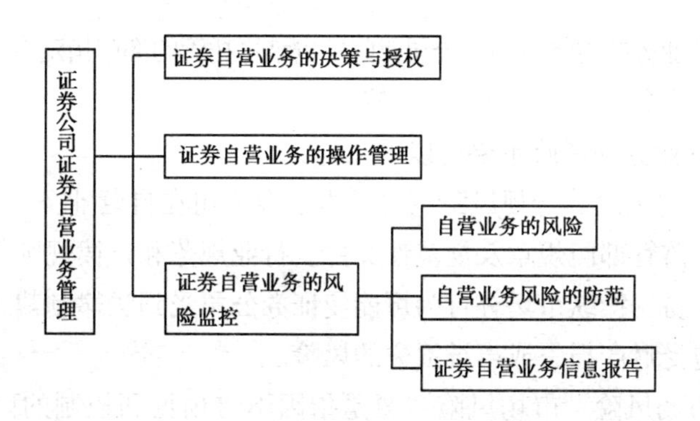

图5－3　第五章第二节结构

二、考点分析

（一）证券自营业务的决策与授权

自营业务决策机构原则上应当按照“董事会—投资决策机构—自营业务部门”的三级体制设立。

证券公司应建立健全自营业务授权制度，明确授权权限、时效和责任，对授权过程做书面记录，保证授权制度的有效执行。

自营业务的管理和操作由证券公司自营业务部门专职负责，非自营业务部门和分支机构不得以任何形式开展自营业务。自营业务中涉及自营规模、风险限额、资产配置、业务授权等方面的重大决策应当经过集体决策并采取书面形式，由相关人员签字确认后存档。

（二）证券自营业务的操作管理

1. 应通过合理的预警机制、严密的账户管理、严格的资金审批调度、规范的交易操作及完善的交易记录保存制度等，控制自营业务运作风险。

2. 应明确自营部门在日常经营中自营总规模的控制、资产配置比例控制、项目集中度控制和单个项目规模控制等原则。

3. 建立严密的自营业务操作流程，确保自营部门及员工按规定程序行使相应的职责；应重点加强投资品种的选择及投资规模的控制、自营库存变动的控制，明确自营操作指令的权限及下达程序、请示报告事项及程序等。

4. 自营业务的清算应当由公司专门负责结算托管的部门指定专人完成。

（三）证券自营业务的风险监控

1. 自营业务的风险主要有以下几种：

（1）合规风险。合规风险主要是指证券公司在自营业务中违反法律、行政法规和监管部门规章及规范性文件、行业规范和自律规则等行为，如从事内幕交易、操纵市场等行为可能使证券公司受到法律制裁、被采取监管措施、遭受财产损失或声誉损失的风险。

（2）市场风险。市场风险主要是指因不可预见和控制的因素导致市场波动，造成证券公司自营亏损的风险。这是证券公司自营业务面临的主要风险。所谓自营业务的风险性或高风险特点主要是指这种风险。

（3）经营风险。经营风险主要是指证券公司在自营业务中，由于投资决策失误、规模失控、管理不善、内控不严或操作失误而使自营业务受到损失的风险。

2. 自营业务风险的防范措施。

（1）自营业务的规模及比例的控制：

①自营权益类证券及证券衍生品的合计额不得超过净资本的100%。

②自营固定收益类证券的合计额不得超过净资本的500%。

③持有一种权益类证券的成本不得超过净资本的30%。

④持有一种权益类证券的市值与其总市值的比例不得超过5%，但因包销导致的情形和中国证监会另有规定的除外。

（2）自营业务的内部控制：

①建立防火墙制度。

②加强自营账户的集中管理和访问权限控制。

③建立完善的投资决策和投资操作档案管理制度，确保投资过程事后可查证。

④证券公司应建立独立的实时监控系统。

⑤通过建立实时监控系统全方位监控自营业务的风险，建立有效的风险监控报告机制。

⑥建立健全自营业务风险监控缺陷的纠正与处理机制。

⑦建立完备的业绩考核和激励制度。

⑧稽核部门定期对自营业务的合规运作、盈亏、风险监控等情况进行全面稽核，出具稽核报告。

⑨加强自营业务人员的职业道德和诚信教育，强化自营业务人员的保密意识、合规操作意识和风险控制意识。

3. 证券自营业务信息报告。

（1）建立健全自营业务内部报告制度。报告内容包括但不限于：投资决策执行情况、自营资产质量、自营盈亏情况、风险监控情况和其他重大事项等。

（2）建立健全自营业务信息报告制度，自觉接受外部监督。报告的内容包括：

①自营业务账户、席位情况。

②涉及自营业务规模、风险限额、资产配置、业务授权等方面的重大

决策。

③自营风险监控报告。

④其他需要报告的事项。

（3）明确自营业务信息报告的负责部门、报告流程和责任人。

第三节　证券自营业务的禁止行为

一、知识体系（见图5－4）

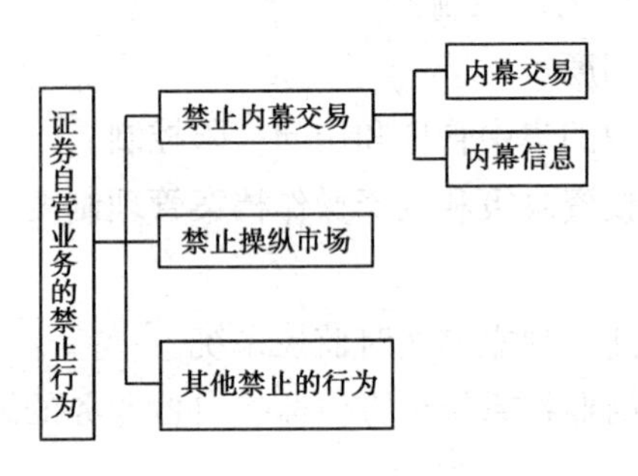

图5－4　第五章第三节结构

二、考点分析

（一）禁止内幕交易

1. 内幕交易。所谓内幕交易，是指证券交易内幕信息的知情人和非法获取内幕信息的人利用内幕信息从事证券交易活动。

（1）内幕信息的知情人利用内幕信息买卖证券或者根据内幕信息建议他人买卖证券。

（2）内幕信息的知情人向他人透露内幕信息，使他人利用该信息进行内幕交易。

（3）非法获取内幕信息的人利用内幕信息买卖证券或者建议他人买卖证券。

2. 证券交易内幕信息的知情人包括：

（1）发行人的董事、监事、高级管理人员。

（2）持有公司5%以上股份的股东及其董事、监事、高级管理人员，公司的实际控制人及其董事、监事、高级管理人员。

（3）发行人控股的公司及其董事、监事、高级管理人员。

（4）由于所任公司职务可以获取公司有关内幕信息的人员。

（5）证券监督管理机构工作人员以及由于法定职责对证券的发行、交易进行管理的其他人员。

（6）保荐人、承销的证券公司、证券交易所、证券登记结算机构、证券服务机构的有关人员。

（7）国务院证券监督管理机构规定的其他人。

3. 下列信息皆属内幕信息：

（1）可能对上市公司股票交易价格产生较大影响的重大事件。

（2）公司分配股利或者增资的计划。

（3）公司股权结构的重大变化。

（4）公司债务担保的重大变更。

（5）公司营业用主要资产的抵押、出售或者报废一次超过该资产的30%。

（6）公司的董事、监事、高级管理人员的行为可能依法承担重大损害赔偿责任。

（7）上市公司收购的有关方案。

（8）国务院证券监督管理机构认定的对证券交易价格有显著影响的其他重要信息。

（二）禁止操纵市场

《证券法》明确列示操纵证券市场的手段包括：

1. 单独或者通过合谋，集中资金优势、持股优势或者利用信息优势联合或者连续买卖，操纵证券交易价格或者证券交易量。

2. 与他人串通，以事先约定的时间、价格和方式相互进行证券交易，影响证券交易价格或者证券交易量。

3. 在自己实际控制的账户之间进行证券交易，影响证券交易价格或者证券交易量。

4. 以其他手段操纵证券市场。

（三）其他禁止的行为

1. 假借他人名义或者以个人名义进行自营业务。

2. 违反规定委托他人代为买卖证券。

3. 违反规定购买本证券公司控股股东或者与本证券公司有其他重大利害关系的发行人发行的证券。

4. 将自营账户借给他人使用。

5. 将自营业务与代理业务混合操作。

6. 法律、行政法规或中国证监会禁止的其他行为。

第四节　证券自营业务的监管和法律责任

一、知识体系（见图5－5）

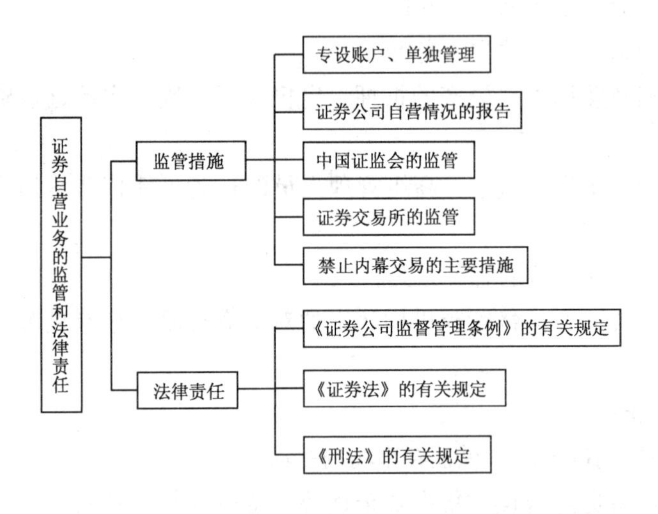

图5－5　第五章第四节结构

二、考点分析

（一）监管措施

1. 专设账户、单独管理。根据《证券法》的规定，证券公司从事证券自营业务，应当以公司名义建立证券自营账户，并报中国证监会备案。

2. 证券公司自营情况的报告。根据现行规定，证券公司应每月、每半年、每年向中国证监会和交易所报送自营业务情况，并且每年要向中国证监会报送年报、向交易所报送年检报告，其中自营业务情况也是主要内容之一。

3. 中国证监会的监管。

（1）中国证监会对证券公司从事证券自营业务情况以及相关的资金来源和运用情况进行定期或不定期检查，并可要求证券公司报送其证券自营业务资料以及其他相关业务资料。

（2）中国证监会及其派出机构对从事证券自营业务过程中涉嫌违反国家有关法规的证券公司，将进行调查，并可要求提供、复制或封存有关业务文件、资料、账册、报表、凭证和其他必要的资料。

（3）中国证监会可聘请具有从事证券业务资格的会计师事务所、审计事务所等专业性中介机构，对证券公司从事证券自营业务情况进行稽核。

（4）证券自营业务原始凭证以及有关业务文件、资料、账册、报表和其他必要的材料应至少妥善保存20年。

4. 证券交易所的监管。

（1）要求会员的自营买卖业务必须使用专门的股票账户和资金账户，并采取技术手段严格管理。

（2）检查开设自营账户的会员是否具备规定的自营资格。

（3）要求会员按月编制库存证券报表，并于次月5日前报送证券交易所。

（4）对自营业务规定具体的风险控制措施，并报中国证监会备案。

（5）每年6月30日和12月31日过后的30日内，向中国证监会报送各家会员截止到该日的证券自营业务情况。

5. 禁止内幕交易的主要措施。

（1）加强自律管理。

（2）加强监管。

（二）法律责任

1.《证券公司监督管理条例》的有关规定。

（1）证券公司违反规定委托他人代为买卖证券、证券自营业务投资范围或者投资比例违反规定的，责令改正，给予警告，没收违法所得，并处以违法所得1倍以上5倍以下的罚款；没有违法所得或者违法所得不足10万元的，处以10万元以上30万元以下的罚款；情节严重的，暂停或者撤销其相关证券业务许可。对直接负责的主管人员和其他直接责任人员，给予警告，并处以3万元以上10万元以下的罚款；情节严重的，撤销任职资格或者证券从业资格。

（2）证券公司未按照规定将证券自营账户报证券交易所备案的，责令改正，给予警告，没收违法所得，并处以违法所得1倍以上5倍以下的罚款；没有违法所得或者违法所得不足3万元的，处以3万元以上30万元以下的罚款。对直接负责的主管人员和其他直接责任人员单处或者并处警告、3万元以上10万元以下的罚款；情节严重的，撤销任职资格或者证券从业资格。

2.《证券法》的有关规定。

（1）证券交易内幕信息的知情人或者非法获取内幕信息的人，在涉及证券的发行、交易或者其他对证券的价格有重大影响的信息公开前，买卖该证券，或者泄露该信息，或者建议他人买卖该证券的，责令依法处理非法持有的证券，没收违法所得，并处以违法所得1倍以上5倍以下的罚款；没有违法所得或者违法所得不足3万元的，处以3万元以上60万元以下的罚款。单位从事内幕交易的，还应当对直接负责的主管人员和其他直接责任人员给予警告，并处以3万元以上30万元以下的罚款。证券监督管理机构工作人员进行内幕交易的，从重处罚。

（2）操纵证券市场的，责令依法处理非法持有的证券，没收违法所得，并处以违法所得1倍以上5倍以下的罚款；没有违法所得或者违法所得不足30万元的，处以30万元以上300万元以下的罚款。单位操纵证券市场的，还应当对直接负责的主管人员和其他直接责任人员给予警告，并处以10万元以上60万元以下的罚款。

（3）证券公司假借他人名义或者以个人名义从事证券自营业务的，责令改正，没收违法所得，并处以违法所得1倍以上5倍以下的罚款；没有违法所得或者违法所得不足30万元的，处以30万元以上60万元以下的罚款；情节严重的，暂停或者撤销证券自营业务许可。对直接负责的主管人员和其他直接责任人员给予警告，撤销任职资格或者证券业从业资格，并处以3万元以上10万元以下的罚款。

（4）证券公司对其证券自营业务与其他业务不依法分开办理，混合操作的，责令改正，没收违法所得，并处以30万元以上60万元以下的罚款；情节严重的，撤销相关业务许可。对直接负责的主管人员和其他直接责任人员给予警告，并处以3万元以上10万元以下的罚款；情节严重的，撤销任职资格或者证券业从业资格。

3.《刑法》的有关规定。

（1）证券交易内幕信息的知情人员或者非法获得证券交易内幕信息的人员，在涉及证券的发行、交易或者其他对证券的价格有重大影响的信息尚未公开前买入或卖出该证券，或者泄露该信息，情节严重的，将追究刑事责任。

（2）编造、传播影响证券交易的虚假信息，或伪造、变造、销毁交易记录，扰乱证券交易市场，情节严重的，将追究刑事责任。

（3）有下列行为之一，操纵证券交易价格，获取不正当利益或转嫁风险，情节严重的，将追究刑事责任：单独或者合谋，集中利用资金优势、持股优势，或者利用信息优势联合或者连续买卖，操纵证券交易价格的；与他人串通，以事先约定的时间、价格和方式相互进行证券交易或者相互买卖并不持有的证券，影响证券交易价格或者证券交易量的；以自己为交易对象，进行不转移证券所有权的自买自卖，影响证券交易价格或者证券交易量的；以其他方法操纵证券交易价格的。

第三部分　自测题及参考答案

一、单项选择题（以下各小题所给出的4个选项中，只有一项最符合题目要求，请将正确选项的代码填入括号内）

1. 以下不属于证券自营买卖对象的是(　　)。

A. 权证　　B. B股

C. 基金券　　D. 国债

2. 以下不属于证券自营业务禁止行为的有(　　)。

A. 内幕交易　　　　　　　B. 专设自营账户

C. 操纵市场　　　　　　　D. 假借他人名义进行自营业务

3. 以下属于明文列示的证券公司操纵市场行为的有(　　)。

A. 与他人串通，以事先约定的时间、价格和方式相互进行证券交易

B. 内幕人员利用内幕信息买卖证券或根据内幕信息建议他人买卖证券

C. 将自营账户借给他人使用

D. 委托其他证券公司代为买卖证券

4. 以下属于明文列示的内幕交易行为的有(　　)。

A. 证券公司以自营账户为他人或以他人名义为自己买卖证券

B. 发行人在招股说明书中做出虚假陈述

C. 发行人向他人透漏内幕消息，使他人利用该信息进行内幕交易

D. 证券公司将自营业务与代理业务混合操作

5. 证券公司将自营业务与经纪业务混合操作所受到的最严厉的处罚是(　　)。

A. 警告　　　　　　　B. 罚款

C. 没收非法所得　　　　　　　D. 撤销相关业务许可

6. 证券公司自营买卖业务的首要特点为(　　)。

A. 决策的自主性　　　　　　　B. 交易的风险性

C. 收益的不稳定性　　　　　　　D. 买卖的随意性

7. 证券公司操纵市场的行为会扰乱正常的(　　)，从而造成证券价格异常波动。

A. 供求关系　　　　　　　B. 交易价格

C. 市场秩序　　　　　　　D. 交易量

8. (　　)是证券公司自营业务面临的主要风险。

A. 法律风险　　　　　　　B. 经营风险

C. 政策风险　　　　　　　D. 市场风险

9. 证券公司的自营业务决策机构原则上应当按照(　　)来设立。

A. “监事会—投资决策机构—自营业务部门”的三级体制

B. “投资决策机构—自营业务部门”的二级体制

C. “董事会—投资决策机构—自营业务部门”的三级体制

D. “董事会—投资决策部门”的二级体制

10. 在自营账户的审核和稽核制度中，以下不属于禁止行为的有(　　)。

A. 建立专用自营账户

B. 将自营账户借给他人使用

C. 使用他人名义和非自营席位变相自营

D. 账外自营

11. 证券公司自营业务的内部控制中重点防范的风险不包括(　　)。

A. 规模失控、决策失误　　B. 变相自营、账外自营

C. 操纵市场、内幕交易　　D. 信用交易

12. 由于证券自营业务的高风险特性，为了控制经营风险，证券公司持有一种权益类证券的市值与其总市值的比例不得超过(　　)，但因包销导致的情形和中国证监会另有规定的除外。

A. 3%　　B. 5%

C. 10%　　D. 15%

13. 以下关于银行间市场自营买卖的说法错误的是(　　)。

A. 银行间市场的自营买卖是指具有银行间市场交易资格的证券公司在银行间市场以自己名义进行的证券自营买卖

B. 目前银行间市场的交易品种主要是债券

C. 采取询价交易方式进行，交易对手之间自主询价谈判，逐笔成交

D. 交易手续简单、清晰，费时少

14. 证券自营业务原始凭证以及有关业务文件、资料、账册、报表和其他必要的材料应至少妥善保存(　　)年。

A. 7　　B. 10

C. 15　　D. 20

15. 证券公司自营固定收益类证券的合计额不得超过净资本的(　　)。

A. 5%　　B. 30%

C. 100%　　D. 500%

16. 下列不属于证券交易内幕信息知情人的是(　　)。

A. 发行人的监事　　B. 发行人的打字员

C. 持有公司10%股份的股东　　D. 公司的实际控制人

17. 从事证券自营业务的证券公司其注册资本最低限额应达到人民币(　　)。

A. 3 000 万元　　B. 5 000 万元

C. 1 亿元　　D. 2 亿元

18. 柜台自营买卖是指证券公司在(　　)以自己的名义与客户之间进行的证券自营买卖。

A. 银行柜台　　B. 证券交易所

C. 证券交易系统　　D. 其营业柜台

19. 证券公司的(　　)是自营业务的最高决策机构，自营业务规模由其确定。

A. 董事会　　B. 监事会

C. 理事会　　D. 股东大会

20. 证券自营业务的风险性或高风险特点主要是指(　　)。

A. 市场风险　　B. 法律风险

C. 经营风险　　D. 操作风险

21. 《证券公司风险控制指标管理办法》规定，证券公司自营权益类证券及证券衍生品的合计额不得超过净资本的(　　)。

A. 20%　　B. 50%

C. 70%　　D. 100%

22. 建立健全自营业务风险监控系统的功能，应在监控系统中设置相应的(　　)，通过系统的预警触发装置自动显示自营业务风险的动态变化。

A. 风险预警指标　　B. 风险监控阀值

C. 敏感性指标　　D. 风险测量阀值

23. 自2008年6月1日起实施的《证券公司监督管理条例》规定，证券公司的证券自营账户应当自开户之日起(　　)个交易日内报证券交易所备案。

A. 1　　B. 2

C. 3　　　　　　　　D. 5

二、不定项选择题（以下各小题所给出的4个选项中，至少有一项符合题目要求，请将符合题目要求选项的代码填入括号内）

1. 下列有关自营业务的含义，正确的有(　　)。
   A. 只有综合类证券公司才能从事证券自营业务
   B. 自营业务以营利为目的、为自己买卖证券、通过买卖价差获利
   C. 在从事自营业务时，证券公司只可使用自有资金
   D. 自营买卖必须在以自己名义开设的证券账户中进行

2. 已发行在外但没有在证券交易所挂牌交易的非上市证券的自营买卖可以通过(　　)方式实现。
   A. 证券公司的营业柜台　　　B. 包销发行新股
   C. 银行间市场　　　　　　　D. 代销发行新股

3. 下列不属于证券公司的营业柜台自营买卖特点的有(　　)。
   A. 比较分散　　　　　　　B. 交易品种较单一
   C. 交易量通常较小　　　　D. 交易手续复杂

4. 自营业务与经纪业务相比具有的特点有(　　)。
   A. 决策的自主性　　　　　B. 收益的不稳定性
   C. 交易的风险性　　　　　D. 交易过程的高效性

5. 下列关于证券自营业务决策的自主性的描述中，正确的是(　　)。
   A. 交易行为的自主性，即证券公司自主决定是否买入或卖出某种证券
   B. 信息采集的自主性，即证券公司可自主采集一切可以得到的信息指导自己的投资决策
   C. 交易方式的自主性，即证券公司自主决定是通过交易所买卖还是通过其他场所买卖
   D. 交易品种、价格的自主性，即证券公司自主决定买卖品种和价格

6. 下列事项中，属于内幕信息的是(　　)。
   A. 公司的经营方针和经营范围的重大变化
   B. 公司涉及的重大诉讼

C. 公司营业用主要资产的报废一次超过该资产的30%

D. 公司债务担保的重大变更

7. 在我国，根据证券自营业务内部控制的要求，自营业务必须与(　　)等业务在机构、人员、会计核算上严格分离。

A. 资产管理　　B. 投资银行

C. 经纪　　D. 物业管理

8. 以下属于证券经营机构的禁止行为的有(　　)。

A. 非法获取内幕信息的人利用内幕信息买卖证券

B. 在自己实际控制的账户之间进行证券交易

C. 证券经营机构将自营业务和经纪业务分开管理和操作

D. 委托其他证券公司代为买卖证券的行为

9. 下列说法正确的有(　　)。

A. 证券公司开展自营业务应每月、每半年、每年向中国证监会和交易所报送自营业务情况

B. 中国证监会对证券公司自营业务实行日常管理

C. 中国证监会可要求证券公司报送其证券自营业务资料

D. 自营业务情况是证券公司向证券交易所报送年检报告主要内容之一

10. 自营业务的风险主要包括(　　)。

A. 合规风险　　B. 经营风险

C. 市场风险　　D. 政策风险

11. 投资决策机构是自营业务投资运作的最高管理机构，负责(　　)事务。

A. 具体投资项目的决策　　B. 确定具体的资产配置策略

C. 确定投资事项　　D. 确定投资品种

12. 自营业务中涉及(　　)等方面的重大决策应当经过集体决策并采取书面形式，由相关人员签字确认后存档。

A. 自营规模　　B. 风险限额

C. 资产配置　　D. 业务授权

13. 在证券公司自营业务内控机制中，建立完备的业绩考核和激励制度，应遵循(　　)原则，对自营业务人员的投资能力、业绩水平等情况

进行评价。

A. 客观　　B. 公正

C. 公开　　D. 可量化

14. 下列《证券法》对证券自营业务违规行为的规定中，正确的有( )。

A. 个人从事内幕交易的，责令依法处理非法持有的证券，没收违法所得，并处以违法所得1倍以上5倍以下的罚款；没有违法所得或者违法所得不足3万元的，处以3万元以上60万元以下的罚款

B. 单位操纵证券市场的，应当对直接负责的主管人员和其他直接责任人员给予警告，并处以10万元以上60万元以下的罚款

C. 证券公司假借他人名义或者以个人名义从事证券自营业务情节严重的，暂停或者撤销证券自营业务许可

D. 证券公司对其证券自营业务与其他业务不依法分开办理，混合操作的，对直接负责的主管人员和其他直接责任人员给予警告，并处以3万元以上10万元以下的罚款；情节严重的，撤销任职资格或者证券业从业资格

15. 下列关于证券交易所对会员自营业务实施的日常监督管理的说法中，不正确的有(　　)。

A. 要求会员的自营买卖业务必须使用专门的股票账户和资金账户

B. 检查开设自营账户的会员是否具备规定的自营资格

C. 要求会员按季编制库存证券报表

D. 每年6月30日和12月31日过后的30日内，向中国证监会报送各家会员截止到该日的证券自营业务情况

16. 自营业务运作管理应明确自营部门在日常经营中的(　　)原则。

A. 自营总规模的控制　　B. 资产配置比例控制

C. 项目集中度控制　　D. 单个项目规模控制

17. 自营业务运作管理建立严密的自营业务操作流程，确保自营部门及员工按规定程序行使相应的职责；应重点加强(　　)，明确自营操作指令的权限及下达程序、请示报告事项及程序等。

A. 投资品种的选择　　B. 投资规模的控制

C. 投资时机的把握　　D. 自营库存变动的控制

18. 证券公司建立独立的实时监控系统，应采取的措施有(　　)。

A. 建立自营业务的逐日盯市制度

B. 健全自营业务风险敞口和公司整体损益情况的联动分析与监控机制

C. 完善风险监控量化指标体系

D. 定期对自营业务投资组合的市值变化及其对公司以净资本为核心的风险监控指标的潜在影响进行敏感性分析和压力测试

19. 证券公司建立独立的实时监控系统时，发现业务运作或风险监控指标值存在风险隐患或不合规时，要立即向(　　)报告并提出处理建议。

A. 股东大会　　B. 董事会

C. 监事会　　D. 投资决策机构

20. 证券公司应当按照监管部门和证券交易所的要求报送自营业务信息，报告的内容包括(　　)。

A. 自营业务账户、席位情况

B. 涉及自营业务规模、风险限额、资产配置、业务授权等方面的重大决策

C. 自营风险监控报告

D. 其他需要报告的事项

21. 证券公司操纵市场的，以下处罚正确的是(　　)。

A. 没收违法所得，并处以违法所得1倍以上5倍以下的罚款

B. 没有违法所得的，处以20万元以上300万元以下罚款

C. 对直接负责的主管人员给予警告

D. 对直接负责的其他责任人员处以10万元以上60万元以下的罚款

22. 中国证监会可聘请具有从事证券业务资格的(　　)对证券公司从事证券自营业务情况进行稽核。

A. 会计师事务所　　B. 审计事务所

C. 律师事务所　　D. 咨询公司

23. 下列属于操纵证券市场手段的有(　　)。

A. 假借他人名义或者以个人名义进行自营业务

B. 集中资金优势、持股优势或者利用信息优势联合或者连续买卖

C. 与他人串通，以事先约定的时间、价格和方式相互进行证券交易

D. 在自己实际控制的账户之间进行证券交易

24. 自营业务内部报告的内容应包括(　　)。

A. 投资决策执行情况　　B. 自营资产质量

C. 自营盈亏情况　　D. 风险监控情况

25. 证券公司应加强自营业务人员的职业道德和诚信教育，强化自营业务人员的(　　)。

A. 保密意识　　B. 合规操作意识

C. 合作意识　　D. 风险控制意识

26. 证券公司稽核部门应定期对自营业务的(　　)情况进行全面稽核，出具稽核报告。

A. 合规运作　　B. 盈亏

C. 风险监控　　D. 交易状况

27. 证券公司董事会在严格遵守监管法规的基础上，根据公司(　　)情况确定自营业务规模、可承受的风险限额等。

A. 资产、负债　　B. 现金流

C. 损益　　D. 资本充足

28. 在证券自营业务监管中，禁止内幕交易的主要措施不包括(　　)。

A. 加强自律管理　　B. 加强监管

C. 完善法制　　D. 严格把关

29. 下列属于内幕信息知情人的有(　　)。

A. 发行人的高级管理人员　B. 发行人控股的公司

C. 中国证监会的工作人员　D. 保荐人

30. 证券公司应在风险(　　)的前提下从事自营业务。

A. 已知　　B. 可测

C. 可控　　D. 可承受

31. 在证券公司自营业务管理中证券公司应根据公司经营管理特点和业务运作状况，建立完备的(　　)。

A. 自营业务管理制度　　B. 投资决策机制

C. 操作流程　　D. 风险监控体系

32. 证券公司应通过(　　)来控制自营业务运作风险。

A. 合理的预警机制

B. 严密的账户管理、严格的资金审批调度

C. 规范的交易操作

D. 完善的交易记录保存制度等

33. 下列属于自营业务经营风险的有(　　)。

A. 因操纵市场行为使证券公司受到法律制裁而导致的损失

B. 由于投资决策或操作失误而使自营业务受到损失

C. 因不可预见因素导致市场波动造成自营亏损

D. 由于管理不善或内控不严而使自营业务受到损失

34. 以下属于加强证券自营业务内部控制的措施有(　　)。

A. 建立防火墙制度

B. 建立完善的投资决策和投资操作档案管理制度

C. 建立独立的实时监控系统

D. 提高自营业务运作的透明度

三、判断题（判断以下各小题的对错，正确的用 A 表示，错误的用 B 表示）

1. 证券自营业务买卖对象除了上市证券，还包括已发行在外但没有在证券交易所挂牌交易的非上市证券。(　　)

2. 证券自营业务是指经中国证监会批准经营证券自营业务的证券公司用自有资金和依法筹集的资金，用自己名义或客户名义开设的证券账户买卖有价证券，以获取盈利的行为。(　　)

3. 内幕信息是指在证券交易活动中，涉及公司的经营、财务或对该公司证券的市场价格有重大影响的尚未公开的信息。(　　)

4. 《证券公司风险控制指标管理办法》规定，持有一种权益类证券

的成本不得超过净资本的 20%。（　）

5. 证券公司加强自律管理的措施之一是使为上市公司提供服务的人员与自营业务决策的人员分离。（　）

6. 在发行人控股的公司中担任董事或监事的人员不属于内幕消息知情人。（　）

7. 证券公司将自营业务和经纪业务混合操作是市场操纵行为之一。（　）

8. 只有经中国证监会批准经营证券自营的证券公司才能从事证券自营业务。（　）

9. 从事证券自营业务的证券公司其注册资本和净资本最低限额应达到人民币 1 亿元。（　）

10. 发行人的分配股利和增资计划属于内幕信息。（　）

11. 发行人内部某位经理发生变动是内幕信息之一。（　）

12. 证券公司在证券承销过程中不能进行证券自营买入。（　）

13. 证券自营买卖的对象也包括已发行在外但没有在证券交易所挂牌交易的证券。（　）

14. 自营业务的管理和操作由证券公司自营业务部门专职负责，非自营业务部门和分支机构不得以任何形式开展自营业务。（　）

15. 自营业务资金的出入可以以公司名义或个人名义进行。（　）

16. 自营业务关键岗位人员离任前，应当由稽核部门进行审计。（　）

17. 证券自营业务原始凭证以及有关业务文件、资料、账册、报表和其他必要的材料应至少妥善保存 15 年。（　）

18. 只要不使用内幕信息交易，证券公司的从业人员是可以炒买炒卖股票的。（　）

19. 证券公司为加强自律管理，应严格保密纪律，有机会获取内幕信息的从业人员不泄露、不利用内幕信息。（　）

20. 自营业务与经纪业务相比较，根本区别是自营业务是证券公司为盈利自己买卖证券，经纪业务是证券公司代理客户买卖的证券。（　）

21. 自营业务资金的出入必须以公司名义进行，禁止以个人名义从自营账户中调入调出资金，禁止从自营账户中提取现金。（　）

22. 管理风险主要是指证券公司在自营业务中违反法律法规和中国证监会的有关规定，如从事内幕交易、操纵市场行为等，使证券公司受到法律制裁而导致损失。（ ）

23. 合规风险主要是指证券公司在自营业务中违反法律、行政法规和监管部门规章及规范性文件、行业规范和自律规则等行为。（ ）

24. 证券公司用于自营业务的资金必须是自有资金或依法筹集的资金。（ ）

25. 目前银行间市场的交易品种主要是债券，采取竞价交易方式进行。（ ）

26. 柜台自营买卖比较分散，交易品种较单一，一般仅为非上市的债券，通常交易量较小。（ ）

27. 在代理买卖业务中，证券买卖的时机、价格、数量由证券委托人决定，但风险由证券公司承担。（ ）

28. 证券公司进行证券自营买卖，其收益主要来源于低买高卖的价差，这种收益较稳定。（ ）

29. 证券公司应加强自营业务资金的调度管理和自营业务的会计核算，由自营业务部门自己负责自营业务所需资金的调度。（ ）

30. 自营业务应建立证券池制度，自营业务部门只能在确定的自营规模和可承受风险限额内，从证券池内选择证券进行投资。（ ）

31. 投资品种的研究、投资组合的制定和决策以及交易指令的执行应当相互分离并由不同人员负责。（ ）

32. 对自营资金不必独立清算，自营清算岗位可与经纪业务、资产管理业务的清算岗位合并。（ ）

33. 自营部门应建立交易操作记录制度并设置交易台账，详细记录每日交易情况，并定期与财会部门对账。（ ）

34. 内幕交易是指证券交易内幕信息的知情人和非法获取内幕信息的人利用内幕信息从事证券交易活动。（ ）

35. 持有公司6%股份的股东其持有股份发生较大变化，不属于内幕信息。（ ）

36. 对中国证监会及其派出机构的检查和调查，证券公司不得以任何

理由拒绝或拖延提供有关资料，或提供不真实、不准确、不完整的资料。（　）

37. 证券公司作为证券市场上的中介机构，能从多种渠道获取内幕信息，这就要求证券公司加强自律管理。（　）

参考答案

一、单项选择题

1. B　2. B　3. A　4. C　5. D　6. A　7. A
8. D　9. C　10. A　11. D　12. B　13. D　14. D
15. D　16. B　17. C　18. D　19. A　20. A　21. D
22. B　23. C

二、不定项选择题

1. BD　2. AC　3. D　4. ABC　5. ACD
6. ABCD　7. ABC　8. ABD　9. ACD　10. ABC
11. BCD　12. ABCD　13. ABD　14. ABCD　15. C
16. ABCD　17. ABD　18. ABCD　19. BD　20. ABCD
21. ABCD　22. AB　23. BCD　24. ABCD　25. ABD
26. ABC　27. ACD　28. CD　29. ABCD　30. BCD
31. ABCD　32. ABCD　33. BD　34. ABC

三、判断题

1. A　2. B　3. A　4. B　5. A　6. B　7. B
8. A　9. B　10. A　11. B　12. B　13. A　14. A
15. B　16. A　17. B　18. B　19. A　20. A　21. A
22. B　23. A　24. A　25. B　26. A　27. B　28. B
29. B　30. A　31. A　32. B　33. A　34. A　35. B
36. A　37. A

第六章

资产管理业务

第一部分　基本内容及学习目的与要求

一、基本内容（见图6－1）

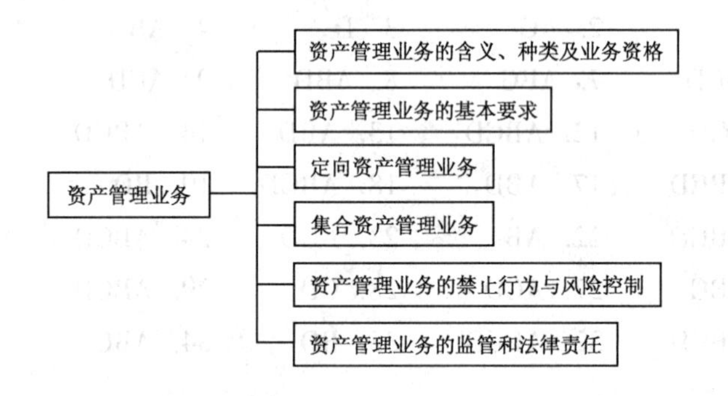

图6－1　第六章结构

二、学习目的与要求

掌握资产管理业务的含义及种类，熟悉证券公司取得资产管理业务资格的条件。

熟悉客户资产管理业务管理的基本原则和一般规定，熟悉客户资产托管的有关规定和要求。

熟悉定向资产管理业务的基本原则，熟悉定向资产管理业务运作的基本规范，熟悉定向资产管理合同应包括的基本事项，熟悉定向资产管理业务内部控制的基本要求。

熟悉集合资产管理业务运作的基本规范，熟悉设立集合资产管理计划的备案与批准程序，熟悉集合资产管理计划说明书的基本内容，熟悉集合资产管理合同的主要内容。

熟悉集合资产管理业务中证券公司与客户的权利与义务。

熟悉资产管理业务禁止行为的有关规定，熟悉资产管理业务的风险及控制措施。熟悉资产管理业务的监管措施和资产管理业务违反有关法规的法律责任。

第二部分　知识体系与考点分析

第一节　资产管理业务的含义、种类及业务资格

一、知识体系（见图6－2）

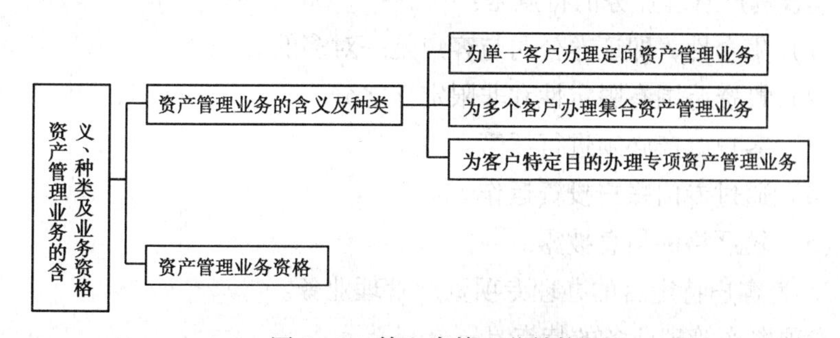

图6－2　第六章第一节结构

二、考点分析

（一）资产管理业务的含义及种类

根据2003年12月18日中国证监会令第17号《证券公司证券资产管理业务试行办法》（简称《试行办法》）规定，资产管理业务是指证券公

司作为资产管理人，依照有关法律法规及《试行办法》的规定与客户签订资产管理合同，根据资产管理合同约定的方式、条件、要求及限制，对客户资产进行经营运作，为客户提供证券及其他金融产品的投资管理服务的行为。资产管理业务主要有3种：

1. 为单一客户办理定向资产管理业务。这种业务的特点是：

（1）证券公司与客户必须是一对一的。

（2）具体投资方向应在资产管理合同中约定。

（3）必须在单一客户的专用证券账户中经营运作。

2. 为多个客户办理集合资产管理业务。证券公司办理集合资产管理业务，可以设立限定性集合资产管理计划和非限定性集合资产管理计划。

限定性集合资产管理计划的资产应当主要用于投资国债、国家重点建设债券、债券型证券投资基金、在证券交易所上市的企业债券、其他信用度高且流动性强的固定收益类金融产品。限定性集合资产管理计划投资于业绩优良、成长性高、流动性强的股票等权益类证券以及股票型证券投资基金的资产，不得超过该计划资产净值的20%，并应当遵循分散投资风险的原则。

非限定性集合资产管理计划的投资范围则不受上述规定限制，而是由集合资产管理合同约定。

集合资产管理业务的特点是：

（1）集合性，即证券公司与客户是一对多的。

（2）投资范围有限定性和非限定性之分。

（3）客户资产必须进行托管。

（4）通过专门账户投资运作。

（5）较严格的信息披露。

3. 为客户特定目的办理专项资产管理业务。

专项资产管理业务的特点是：

（1）综合性，即证券公司与客户可以是一对一，也可以是一对多；既可以采取定向资产管理的方式，也可以采取集合资产管理的方式办理该项业务。

（2）特定性，即要设定特定的投资目标。

（3）通过专门账户经营运作。

（二）资产管理业务资格

1. 证券公司从事资产管理业务，应当符合下列条件：

（1）经中国证监会核定具有证券资产管理业务的经营范围。

（2）净资本不低于人民币 2 亿元，且符合中国证监会关于经营证券资产管理业务的各项风险监控指标的规定。

（3）资产管理业务人员具有证券业从业资格，无不良行为记录，其中，具有 3 年以上证券自营、资产管理或者证券投资基金管理从业经历的人员不少于 5 人。

（4）具有良好的法人治理结构、完备的内部控制和风险管理制度，并得到有效执行。

（5）最近一年未受到过行政处罚或者刑事处罚。

（6）中国证监会规定的其他条件。

2. 证券公司从事资产管理业务，应当获取中国证监会批准的资产管理业务资格。

3. 取得资产管理业务资格的证券公司，可以办理定向资产管理业务；办理集合资产管理业务、专项资产管理业务的，除应具备规定的条件并取得资产管理业务资格外，还须按照《试行办法》的规定，向中国证监会提出逐项申请。证券公司设立集合资产管理计划，办理集合资产管理业务，还应当符合下列要求：

（1）具有健全的法人治理结构、完善的内部控制和风险管理制度，并得到有效执行。

（2）设立限定性集合资产管理计划的，净资本不低于人民币 3 亿元人民币。设立非限定性集合资产管理计划的，净资本不低于人民币 5 亿元人民币。

（3）最近一年不存在挪用客户交易结算资金等客户资产的情形。

（4）中国证监会规定的其他条件。

第二节　资产管理业务的基本要求

一、知识体系（见图6－3）

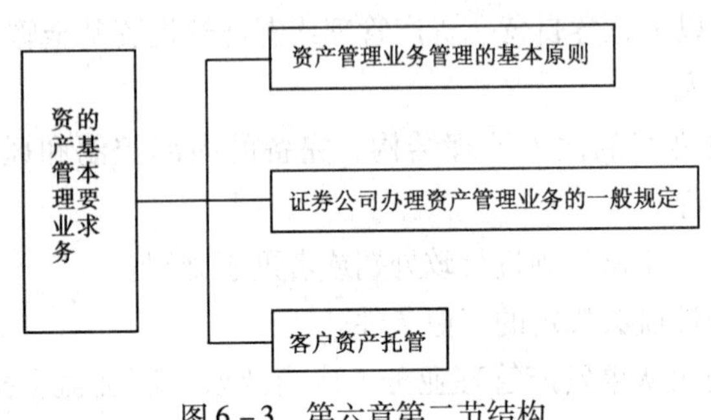

图6－3　第六章第二节结构

二、考点分析

（一）资产管理业务管理的基本原则

1. 守法合规。遵守法律、行政法规和中国证监会的规定，不得有欺诈客户的行为。

2. 公平公正。遵循公平、公正的原则，维护客户的合法权益，诚实守信，勤勉尽责，避免利益冲突。

3. 资格管理。应当按《试行办法》的规定向中国证监会申请资产管理业务资格。

4. 约定运作。应当依照《试行办法》的规定与客户签订资产管理合同，按资产管理合同的约定对客户资产进行经营运作。

5. 集中管理。应当在公司内部实行集中运营管理，对外统一签订资产管理合同，并设立专门的部门负责资产管理业务。

6. 风险控制。应当建立健全风险控制制度，将资产管理业务与公司的其他业务严格分开。

（二）证券公司办理资产管理业务的一般规定

1. 证券公司办理定向资产管理业务，接受单个客户的资产净值不得低于人民币100万元。

2. 证券公司办理集合资产管理业务，只能接受货币资金形式的资产。证券公司设立限定性集合资产管理计划的，接受单个客户的资金数额不得低于人民币5万元；设立非限定性集合资产管理计划的，接受单个客户的资金数额不得低于人民币10万元。

3. 证券公司应当将集合资产管理计划设定为均等份额。

4. 参与集合资产管理计划的客户不得转让其所拥有的份额，但是法律、行政法规另有规定的除外。

5. 证券公司可以自有资金参与本公司设立的集合资产管理计划。

6. 证券公司可以自行推广集合资产管理计划，也可以委托证券公司的客户资金存管银行代理推广。

7. 证券公司设立集合资产管理计划的，应当自中国证监会出具无异议意见或者做出批准决定之日6个月内启动推广工作，并在60个工作日内完成设立工作并开始投资运作。

8. 证券公司进行集合资产管理业务投资运作，在证券交易所进行证券交易的，应当通过专用交易单元进行，集合计划账户、专用交易单元应当报证券交易所、证券登记结算机构及公司住所地中国证监会派出机构备案。

9. 证券公司将其所管理的客户资产投资于一家公司发行的证券，不得超过该证券发行总量的10%。一个集合资产管理计划投资于一家公司发行的证券不得超过该计划资产净值的10%。

10. 证券公司将其管理的客户资产投资于本公司、资产托管机构及与本公司或资产托管机构有关联方关系的公司发行的证券，应当事先取得客户的同意，事后告知资产托管机构和客户，同时向证券交易所报告。单个集合资产管理计划投资于前述证券的资金，不得超过该集合资产管理计划资产净值的3%。

（三）客户资产托管

客户资产托管是指资产托管机构根据证券公司、客户的委托，对客户的资产进行保管，办理资金收付事项、监督证券公司投资行为等职责。

资产托管机构应当安全保管客户委托资产。资产托管机构发现证券公司的投资指令违反法律、行政法规和其他有关规定，或者违反资产管理合同约定的，应当予以制止并及时报告客户和证券公司住所地中国证监会派出机构；投资指令未生效的，应当拒绝执行。

资产托管机构办理集合资产管理计划资产托管业务应当履行下列职责：

1. 安全保管集合资产管理计划资产。

2. 执行证券公司的投资或者清算指令，并负责办理集合资产管理计划资产运营中的资金往来。

3. 监督证券公司集合资产管理计划的经营运作，发现证券公司的投资或清算指令违反法律、行政法规、中国证监会的规定或者集合资产管理合同约定的，应当要求改正；未能改正的，应当拒绝执行，并向中国证监会报告。

4. 出具资产托管报告。

5. 集合资产管理合同约定的其他事项。

第三节 定向资产管理业务

一、知识体系（见图 6－4）

二、考点分析

（一）定向资产管理业务的基本原则

1. 公平公正、诚实守信。

2. 健全内控、规范运作。

3. 投资风险客户自担。

（二）定向资产管理业务运作的基本规范

1. 客户准入及委托标准。

2. 尽职调查及风险揭示。

3. 客户委托资产及来源。客户委托资产可以是客户合法持有的现金、股票、债券、证券投资基金、集合资产管理计划份额、央行票据、短期融资券、资产支持证券、金融衍生品或者中国证监会允许的其他金融资产。客户委托资产的来源、用途应当合法，定向资产管理业务客户应当在合同中对此做出明确承诺。

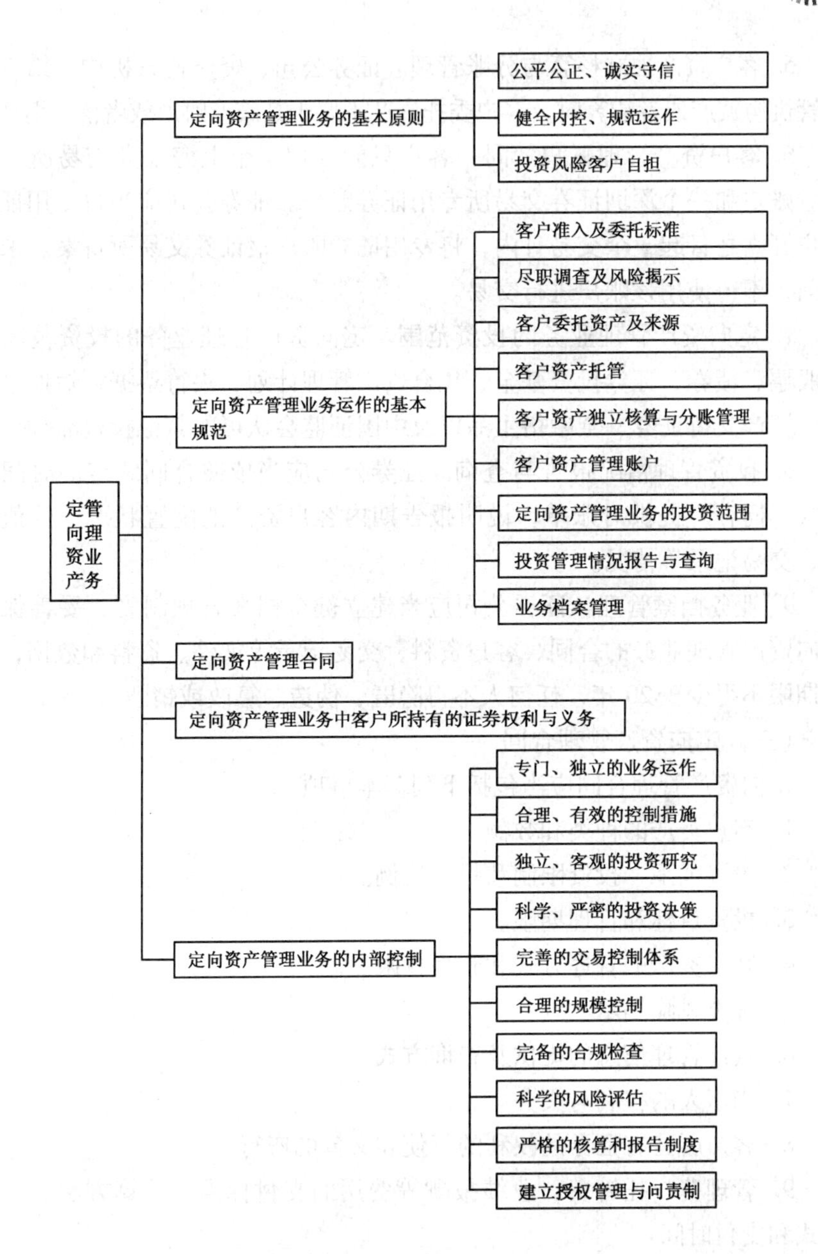

图 6－4　第六章第三节结构

4. 客户资产托管。客户委托资产应当交由依法可以从事客户交易结算资金存管业务的商业银行或者中国证监会认可的其他资产托管机构托管。

5. 客户资产独立核算与分账管理。证券公司、资产托管机构、第三方存管机构破产或者清算时，客户委托资产不属于其破产财产或者清算财产。

6. 客户资产管理账户。同一客户只能办理一个上海证券交易所专用证券账户和一个深圳证券交易所专用证券账户。证券公司应当自专用证券账户开立之日起3个交易日内，将专用证券账户报证券交易所备案。未报备前，不得使用该账户进行交易。

7. 定向资产管理业务的投资范围。定向资产管理业务的投资范围包括股票、债券、证券投资基金、集合资产管理计划、央行票据、短期融资券、资产支持证券、金融衍生品以及中国证监会认可的其他投资品种。

8. 投资管理情况报告与查询。证券公司应当依照合同约定的时间和方式，向客户提供对账单，说明报告期内客户资产的配置状况、价值变动、交易记录等情况。

9. 业务档案管理。证券公司应当建立健全档案管理制度，妥善保管定向资产管理业务的合同、客户资料、交易记录等文件、资料和数据，保存期限不得少于20年，任何人不得隐匿、伪造、篡改或销毁。

（三）定向资产管理合同

定向资产管理合同应当包括下列基本事项：

1. 客户资产的种类和数额。

2. 投资范围、投资限制和投资比例。

3. 投资目标和管理期限。

4. 客户资产的管理方式和管理权限。

5. 各类风险揭示。

6. 资产管理信息的提供及查询方式。

7. 当事人的权利与义务。

8. 客户所持有证券的权利的行使和义务的履行。

9. 管理费、托管费、业绩报酬等费用的支付标准、计算方法、支付方式和支付时间。

10. 与资产管理有关的其他费用的提取、支付方式。

11. 合同解除、终止的条件、程序及客户资产的清算返还事宜。

12. 违约责任和纠纷的解决方式。

13. 中国证监会规定的其他事项。

（四）定向资产管理业务中证券公司及客户的权利与义务

证券公司开展定向资产管理业务，由客户自行行使其所持证券的权利，履行相应的义务，客户书面委托证券公司行使权利的除外。

客户通过专用证券账户持有上市公司股份，或者通过专用证券账户和其他证券账户合并持有上市公司股份，发生应当履行公告、报告、要约收购等法律、行政法规和中国证监会规定义务的情形时，应当由客户履行相应义务。证券公司管理的定向资产管理业务专用证券账户出现上述情形的，证券公司、托管机构应当及时书面通知客户并督促其履行相应义务，客户拒不履行或者怠于履行的，证券公司、托管机构应当及时向证券交易所、注册地中国证监会派出机构报告。

（五）定向资产管理业务的内部控制

1. 专门、独立的业务运作。

2. 合理、有效的控制措施。

3. 独立、客观的投资研究。

4. 科学、严密的投资决策。

5. 完善的交易控制体系。

6. 合理的规模控制。

7. 完备的合规检查。

8. 科学的风险评估。

9. 严格的核算和报告制度。

10. 建立授权管理与问责制。

第四节 集合资产管理业务

一、知识体系（见图6－5）

二、考点分析

（一）集合资产管理业务运作的基本规范

1. 内控制度。

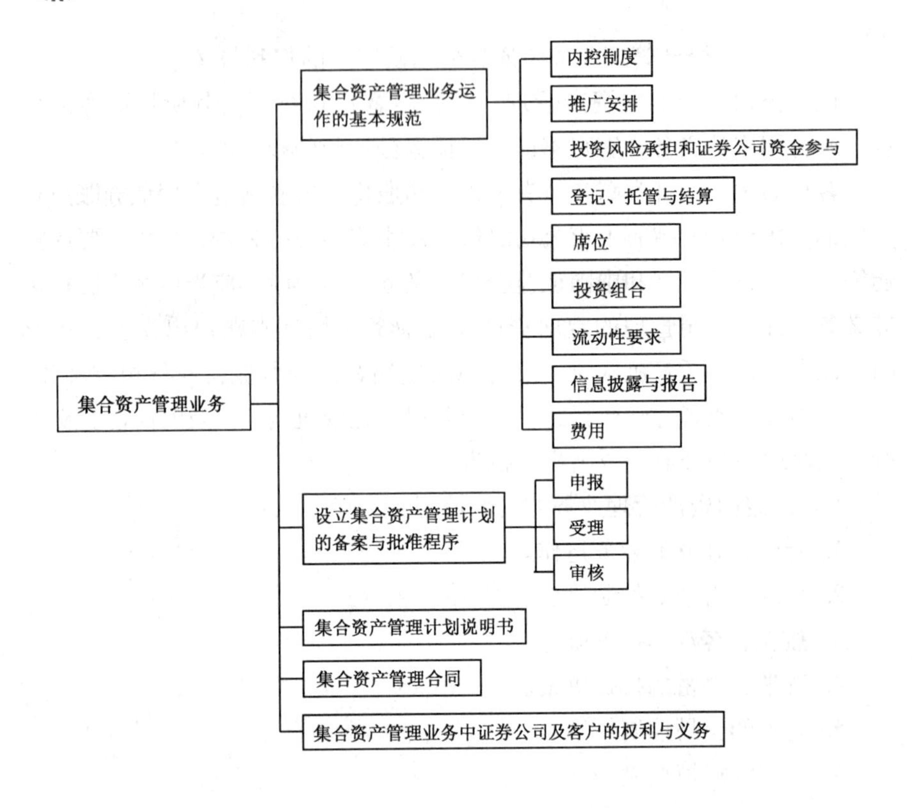

图6－5　第六章第四节结构

（1）对集合资产管理业务实行集中统一管理，建立严格的业务隔离制度。

（2）建立集合资产管理计划投资主办人员制度，即应当指定专门人员具体负责每一个集合资产管理计划的投资管理事宜。

（3）严格执行相关会计制度的要求，为集合资产管理计划建立独立完整的账户、核算、报告、审计和档案管理制度。集合资产管理计划的会计核算由财务部门专人负责，集合资产管理计划的清算由结算部门负责。

2. 推广安排。

（1）证券公司可以自行推广集合资产管理计划，也可以委托证券公司的客户资金存管银行代理推广集合资产管理计划，并签订书面代理推广协议。

（2）证券公司、推广机构应当严格按照经核准的集合资产管理计划说明书、集合资产管理合同推广集合资产管理计划。

（3）严禁通过广播、电视、报刊以及其他公共媒体推广集合资产管理计划。

（4）证券公司、推广机构应当保证每一份集合资产管理合同的金额不得低于《试行办法》规定的最低金额，并防止客户非法汇集他人资金参与集合资产管理计划。

（5）集合资产管理计划推广期间，应当由托管银行负责托管与集合资产管理计划推广有关的全部账户和资金。证券公司和代理推广机构应当将推广期间客户的资金存入在托管银行开立的专门账户。

（6）集合资产管理计划推广活动结束后，证券公司应当聘请具有证券相关业务资格的会计师事务所对集合资产管理计划进行验资，并出具验资报告。

（7）证券公司、托管银行及推广机构应当明确对客户的后续服务分工，并建立健全档案管理制度，妥善保管集合资产管理计划的合同、协议、客户明细、交易记录等文件资料。

3. 投资风险承担和证券公司资金参与。证券公司以自有资金参与所设立的集合资产管理计划的，应当根据公司章程的规定，获得公司董事会、股东会或其他内部授权程序的批准，并在计算公司净资本时，根据投入资金所承担的责任如实扣减公司净资本额。

4. 登记、托管与结算。证券公司将集合计划资产交由依法可以从事客户交易结算资金存管业务的商业银行或者中国证监会认可的其他资产托管机构进行托管。

证券公司应当按照证券投资基金的结算模式办理集合资产管理计划的结算业务。

托管机构应当按照《试行办法》的规定，为每一个集合资产管理计划代理开立专门的资金账户，账户名称为集合资产管理计划名称；同时，为每一个集合资产管理计划在证券登记结算机构（上海、深圳分公司）代理开立专门的证券账户，证券账户名称为“证券公司—托管机构—集合资产管理计划名称”。

5. 席位。

（1）上海证券交易所有关规定如下：

集合资产管理计划的投资交易活动应当通过专用账户和专用交易单元进行。单个会员管理的多个集合资产管理计划由同一托管机构托管的，可以共用一个专用交易单元。

各会员应设立或指定专门的部门负责集合资产管理业务，集合资产管理计划使用的专用交易单元应归属其名下，并在集合资产管理计划运作前5个工作日通过上海证券交易所网站会员会籍办理系统（以下简称“会籍办理系统”），完成部门信息的填报和专用交易单元变更的手续。

（2）深圳证券交易所有关规定如下：

会员集合资产管理计划的证券交易活动应当通过自有专用交易单元进行。一个集合资产管理计划应当使用一个专用交易单元，单个会员管理的由同一托管机构托管的所有集合资产管理计划应当使用同一个专用交易单元。

6. 投资组合。集合资产管理计划申购新股，不设申购上限，但所申报的金额不得超过该计划的总资产，所申报的数量不得超过拟发行股票公司本次发行股票的总量。集合资产管理计划投资于证券公司担任保荐机构（主承销商）的股票，应当遵守《试行办法》关于关联交易的限制规定。

7. 流动性要求。证券公司应当根据集合资产管理计划的情况，保持适当比例的现金、到期日在1年以内的政府债券，或者其他高流动性短期金融工具，以备支付客户的分红或退出款项。

8. 信息披露与报告。集合资产管理计划开始投资运作后，证券公司、托管机构应当至少每3个月向客户提供一次集合资产管理计划的管理报告和托管报告，并报中国证监会及注册地中国证监会派出机构备案。

（1）上海证券交易所的有关规定如下：

集合资产管理计划开始投资运作后，应通过会籍办理系统，在每月前5个工作日内，向上海证券交易所提供上月资产净值（包括上月中每个工作日的资产净值）；在会计年度结束后4个月内，向上海证券交易所报送集合资产管理计划单项审计意见。

集合资产管理规模在开始运作之日起6个月内首次达到合同约定比例

的，应于次日以书面形式向上海证券交易所报告达到的日期及投资组合情况；因证券市场波动等外部因素致使组合投资比例不符合集合资产管理合同约定的，应在10个工作日内进行调整并于调整次日以书面形式向上海证券交易所报告调整情况；发生投资者巨额退出或出现其他可能对集合资产管理计划的持续运作产生重大影响的，应在发生之日起2个工作日内以书面形式向上海证券交易所报告有关情况。

集合资产管理计划存续期届满展期、解散或终止的，应在中国证监会批复同意后5个工作日内通过会籍办理系统向上海证券交易所报备。

（2）深圳证券交易所的有关规定如下：

会员应当在集合资产管理计划成立后5个工作日内向深圳证券交易所提交相关书面材料。

会员应当在集合资产管理计划运作期间向深圳证券交易所履行持续报告义务。

9. 费用。集合资产管理计划推广期间的费用，不得从集合资产管理计划资产中列支。

集合资产管理计划运作期间发生的费用，可以在集合资产管理计划中列支，但应当在集合资产管理合同中做出明确的约定。

（二）设立集合资产管理计划的备案与批准程序

证券公司申请设立集合资产管理计划，应当报经中国证监会批准。

1. 申报。

2. 受理。证券公司注册地中国证监会派出机构应当按照有关规定对申报材料进行审查，并自中国证监会决定受理其申报材料后10个工作日内，将对申报材料的书面意见报送到中国证监会。

3. 审核。中国证监会受理申报材料后，结合有关证券公司资产管理业务的合规情况，对拟设立的集合资产管理计划进行审核。

中国证监会对证券公司设立集合资产管理计划的申报材料，经审核符合条件的，做出批准的决定；经审核不符合条件的，做出不予批准的决定，并说明理由。

托管机构根据中国证监会出具的批准决定到证券登记结算机构（中国结算上海、深圳分公司）开立集合资产管理计划的证券账户。

（三）集合资产管理计划说明书

证券公司申报设立集合资产管理计划应按规定编制集合资产管理计划说明书。集合资产管理计划说明书应当清晰地说明集合资产管理计划的特点、投资目标、投资范围、投资组合设计、委托人参与和退出集合资产管理计划的安排、风险揭示、资产管理事务的报告和有关信息查询等内容，最大限度地披露影响委托人做出委托决定的全部事项，以充分保护委托人利益，方便委托人做出委托决定。

（四）集合资产管理合同

集合资产管理合同应当对集合资产管理计划开始运作的条件和日期、资产托管机构的职责、托管方式与托管费用、客户资产净值的估算、投资收益的确认与分派等事项做出约定，应当对客户参与和退出集合资产管理计划的时间、方式、价格、程序等事项做出明确约定。集合资产管理合同由证券公司、资产托管机构与单个客户三方签署。

（五）集合资产管理业务中证券公司及客户的权利与义务

根据《试行办法》的规定，在集合资产管理计划中，客户主要享有如下权利：

（1）除合同另有规定外，按投入资金占集合资产计划资产净值的比例分享投资收益。

（2）根据集合资产管理合同的约定，参与和退出集合资产管理计划。

（3）知情的权利。

在集合资产管理计划中，客户主要承担如下义务：

（1）按合同约定承担投资风险。

（2）保证委托资产来源及用途的合法性。

（3）不得非法汇集他人资金参与集合资产管理计划。

（4）不得转让有关集合资产管理合同或所持集合资产管理计划的份额。

（5）按照合同的约定支付管理费、托管费及其他费用。

第五节　资产管理业务的禁止行为与风险控制

一、知识体系（见图6－6）

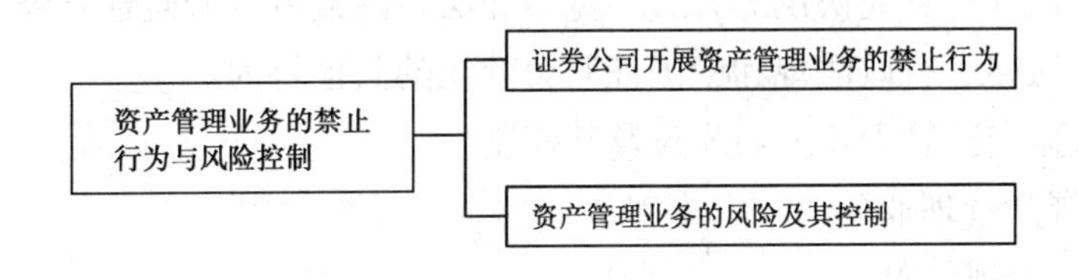

图6－6　第六章第五节结构

二、考点分析

（一）证券公司开展资产管理业务的禁止行为

1. 挪用客户资产。

2. 利用客户委托资产进行内幕交易、操纵证券价格。

3. 未经客户允许，将定向资产管理客户委托资产用于融资或者担保；将集合资产管理计划资产用于资金拆借、贷款、抵押融资或者对外担保等用途。

4. 将集合资产管理计划资产用于可能承担无限责任的投资。

5. 对客户投资收益或者赔偿投资损失做出承诺。

6. 以转移资产管理账户收益或者亏损为目的，在自营账户与资产管理账户之间，或者不同资产管理账户之间进行买卖，损害客户利益。

7. 自营业务抢先于定向资产管理业务进行交易，损害客户利益。

8. 利用虚假或者误导信息、商业贿赂或者不正当竞争行为等误导、诱导客户。

9. 通过报刊、电视、广播、互联网和其他公共媒体公开推介具体的定向资产管理业务方案和集合资产管理计划。

10. 以获取佣金或者其他利益为目的，用客户委托资产进行不必要的交易。

11. 将证券资产管理业务与证券公司其他业务混合操作。

12. 接受单一客户委托资产净值低于规定的最低限额。

13. 接受来源不当的资产从事洗钱活动。

14. 以自有资金参与本公司开展的定向资产管理业务。

15. 同一高级管理人员同时分管证券资产管理和证券自营业务。

16. 以签订补充协议等方式，掩盖非法目的或者规避监管要求。

17. 法律、行政法规和中国证监会禁止的其他行为。

（二）资产管理业务的风险及其控制

1. 资产管理业务的风险。

（1）合规风险。

（2）市场风险。

（3）经营风险。

（4）管理风险。

2. 资产管理业务风险的控制。

（1）证券公司开展资产管理业务，应当在资产管理合同中明确规定由客户自行承担投资风险。

（2）证券公司应当充分揭示市场风险、证券公司因丧失资产管理业务资格给客户带来的法律风险，以及其他投资风险。

（3）在签订资产管理合同之前，证券公司应当了解客户身份、财产与收入状况、风险承受能力以及投资偏好等基本情况，客户应当如实提供相关信息。

（4）客户应当对客户资产来源及用途的合法性做出承诺。

（5）证券公司及代理推广机构应当采取有效措施使客户详尽了解集合资产管理计划的特性、风险等情况及客户的权利、义务，但不得通过广播、电视、报刊及其他公共媒体推广集合资产管理计划。

（6）证券公司、托管机构应当至少每 3 个月向客户提供一次准确、完整的资产管理报告、资产托管报告，对报告期内客户资产的配置状况、价值变动等情况做出详细说明。

（7）证券公司办理定向资产管理业务，应当保证客户资产与其自有资产、不同客户的资产相互独立，对不同客户的资产分别设置账户、独立核算、分账管理。

（8）证券公司办理集合资产管理业务，应当保证集合资产管理计划资产与其自有资产、集合资产管理计划资产与其他客户的资产、不同集合资产管理计划的资产相互独立，单独设置账户、独立核算、分账管理。

第六节　资产管理业务的监管和法律责任

一、知识体系（见图6－7）

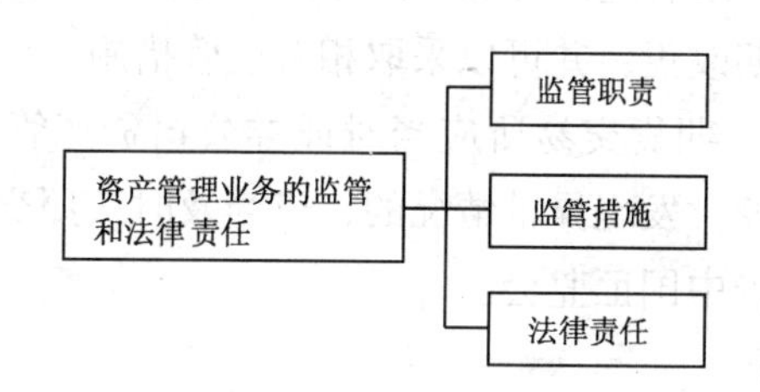

图6－7　第六章第六节结构

二、考点分析

（一）监管职责

中国证券业协会、证券交易所、期货交易所和证券登记结算机构依照法律、行政法规、《试行办法》《证券公司集合资产管理业务实施细则（试行）》（简称《实施细则》）及相关业务规则的规定，对证券公司资产管理业务活动实行自律管理和行业指导。

（二）监管措施

1. 证券公司应当就资产管理业务的运营制定内部检查制度，定期进行自查。

2. 证券公司开展定向资产管理业务，应当于每月结束之日起5日内，将签订定向资产管理合同报注册地中国证监会派出机构备案。

3. 证券公司应当每季度结束之日起60日内，完成资产管理业务合规检查报告、内部稽核年度报告和定向资产管理业务年度报告，并报注册地中国证监会派出机构备案。

4. 证券公司应当聘请具有证券相关业务资格的会计师事务所，对每个集合计划的运营情况进行年度审计。

5. 证券公司和资产托管机构应当按照有关法律、行政法规的规定保存资产管理业务的会计账册，并妥善保存有关的合同、协议、交易记录等文件、资料。自资产管理合同终止之日起，保存期不得少于20年。

6. 中国证监会及其派出机构依法履行职责，证券公司、资产托管机构应当予以配合。

7. 证券公司集合资产管理业务制度不健全，净资本或者其他风险控制指标不符合规定，或者违规开展资产管理业务的，中国证监会及其派出机构依法责令其限期改正，并可以采取相关监管措施。

8. 证券交易所、期货交易所应当对证券公司资产管理业务账户的交易行为进行严格监控，发现异常情况的，应当及时按照交易规则和会员管理规则处理，并报告中国证监会。

（三）法律责任

1. 《试行办法》《实施细则》相关规定。

2. 《证券公司监督管理条例》的有关规定。

第三部分　自测题及参考答案

一、单项选择题（以下各小题所给出的4个选项中，只有一项最符合题目要求，请将正确选项的代码填入括号内）

1. 限定性集合资产管理计划投资于业绩优良、成长性高、流动性强的股票等权益类证券以及股票型证券投资基金的资产，不得超过该计划资产净值的(　　)，并应当遵循分散投资风险的原则。

A. 10%　　　　B. 15%

C. 20%　　D. 25%

2. 证券公司设立集合资产管理计划，办理集合资产管理业务，设立非限定性集合资产管理计划的，净资本不低于人民币(　　)亿元。

A. 2　　B. 3

C. 5　　D. 10

3. 证券公司设立集合资产管理计划的，应当自中国证监会出具无异议意见或者做出批准决定之日(　　)个月内启动推广工作，并在(　　)个工作日内，完成设立工作并开始投资运作。

A. 1，5　　B. 3，15

C. 2，30　　D. 6，60

4. 证券公司将其所管理的客户资产投资于一家公司发行的证券，不得超过该证券发行总量的(　　)。

A. 5%　　B. 10%

C. 15%　　D. 20%

5. 单个集合资产管理计划投资于资产托管机构发行的证券的资金，不得超过该集合资产管理计划资产净值的(　　)。

A. 1%　　B. 2%

C. 3%　　D. 5%

6. 代理客户办理专用证券账户，应当由(　　)向证券登记结算机构申请。

A. 客户自己　　B. 证券交易所

C. 证券公司　　D. 代理人

7. 证券公司应当自专用证券账户开立之日起(　　)个交易日内，将专用证券账户报证券交易所备案。

A. 3　　B. 5

C. 10　　D. 15

8. 证券公司应当在定向资产管理合同失效、被撤销、解除或者终止后(　　)日内，向证券登记结算机构代为申请注销专用证券账户，客户应当予以协助。

A. 5　　B. 10

C. 15　　D. 30

9. 证券公司、资产托管机构为集合资产管理计划开业的证券名称应当是(　　)。

A. 集合资产管理计划名称—证券公司名称—各方托管机构名称

B. 证券公司名称—资产托管机构名称—集合资产管理计划名称

C. 证券公司名称—集合资产托管计划名称—资产托管机构名称

D. 各方托管机构名称—证券公司名称—集合资产托管计划名称

10. 证券公司应当建立健全档案管理制度，妥善保管定向资产管理业务的合同、客户资料、交易记录等文件资料和数据，保存期限不得少于(　　)年。

A. 5　　B. 10

C. 15　　D. 20

11. 集合资产管理计划推广期间，应当由(　　)负责托管与集合资产管理计划推广有关的全部账户和资金。

A. 托管银行　　B. 证券公司

C. 推广机构　　D. 结算托管部门

12. 证券公司应当负责集合资产管理计划资产净值估值等会计核算业务，并由(　　)进行复核。

A. 托管机构　　B. 证券公司自己

C. 推广机构　　D. 结算托管部门

13. 证券公司应当在集合资产管理计划开始投资运作之日起(　　)个月内，使集合资产管理计划的投资组合比例符合集合资产管理合同的约定。

A. 1　　B. 2

C. 6　　D. 12

14. 上海证券交易所关规定，集合资产管理计划开始投资运作后，应通过会籍办理系统，在每月前 5 个工作日内，向上海证券交易所提供(　　)。

A. 上月资产市值　　B. 上月资产净值

C. 上月资产总值　　D. 上月资产平均值

15. 集合资产管理计划存续期届满展期、解散或终止的，应在中国证监会批复同意后(　　)个工作日内通过会籍办理系统向上海证券交易所报备。

A. 3　　B. 5

C. 15　　D. 30

16. 证券公司、托管机构应当至少每(　　)向客户提供一次准确、完整的资产管理报告、资产托管报告，对报告期内客户资产的配置状况、价值变动情况等做出详细说明。

A. 3 个月　　B. 6 个月

C. 12 个月　　D. 15 个月

17. 以下关于证券公司开展资产管理业务的禁止行为，不正确的是(　　)。

A. 定向资产管理业务先于自营业务进行交易

B. 以获取佣金或者其他利益为目的，用客户委托资产进行不必要的交易

C. 将证券资产管理业务与证券公司其他业务混合操作

D. 接受单一客户委托资产净值低于规定的最低限额

18. 以下不属于证券公司在资产管理业务中存在的合规风险的是(　　)。

A. 违反法律、行政法规

B. 违反监管部门规章及规范性文件

C. 违反行业规范

D. 投资决策失误而受损失

19. (　　)是证券公司资产管理业务运作中面临的主要风险。

A. 法律风险　　B. 市场风险

C. 经营风险　　D. 管理风险

20. 以下不属于证券公司在资产管理业务中存在的管理风险的是(　　)。

A. 与客户签订资产管理合同不规范、约定不明

B. 证券公司在资产管理业务中管理不善

C. 证券公司违规操作而导致管理的客户资产损失

D. 证券公司高级管理人员营私舞弊

21. 证券公司开展定向资产管理业务，应当于每季度结束之日起

(　　)日内，将签订定向资产管理合同报注册地中国证监会派出机构备案。

A. 3　　B. 5

C. 15　　D. 30

22. 集合计划审计报告应当在每年度结束之日起(　　)个交易日内，按合同约定的方式向客户和资产托管机构提供，并报送中国证监会派出机构备案。

A. 30　　B. 60

C. 90　　D. 120

23. 证券公司应当在每年度结束之日起(　　)内，完成资产管理业务合规检查年度报告、内部稽核年度报告和定向资产管理业务年度报告，并报注册地中国证监会派出机构备案。

A. 15 日　　B. 30 日

C. 60 日　　D. 4 个月

24. 证券公司从事证券资产管理业务时，使用客户资产进行不必要的证券交易的，责令改正，处以(　　)的罚款。给客户造成损失的，依法承担赔偿责任。

A. 1 万元以上 3 万元以下　　B. 3 万元以上 5 万元以下

C. 1 万元以上 10 万元以下　　D. 10 万元以上 15 万元以下

25. 证券公司在证券自营账户与证券资产管理账户之间或者不同的证券资产管理账户之间进行交易，且无充分证据证明已依法实现有效隔离的，依照《证券法》的规定，责令改正，没收违法所得，并处以(　　)以下的罚款；情节严重的，撤销相关业务许可。

A. 10 万元以上 30 万元以下　　B. 30 万元以上 50 万元以下

C. 10 万元以上 100 万元以下　　D. 30 万元以上 60 万元以下

26. 证券公司未经批准，用多个客户的资产进行集合投资，或者将客户资产专项投资于特定目标产品的，依照《证券法》的规定，对直接负责的主管人员和其他直接责任人员给予警告，撤销任职资格或者证券从业资格，并处以(　　)的罚款。

A. 1 万元以上 3 万元以下　　B. 3 万元以上 5 万元以下

C. 3 万元以上 10 万元以下　　D. 10 万元以上 15 万元以下

27. 证券公司从事证券资产管理业务，接受一个客户的单笔委托资产价值低于规定的最低限额的，责令改正，给予警告，没收违法所得，并处以违法所得(　　)的罚款。

A. 1倍以上3倍以下　　B. 1倍以上5倍以下
C. 1倍以上10倍以下　　D. 1倍以上15倍以下

二、不定项选择题（以下各小题所给出的4个选项中，至少有一项符合题目要求，请将符合题目要求选项的代码填入括号内）

1. 资产管理业务的主要类型有(　　)。
A. 为单一客户办理定向资产管理业务
B. 为多个客户办理定向资产管理业务
C. 为多个客户办理集合资产管理业务
D. 为客户特定目的办理专项资产管理业务
2. 证券公司为单一客户办理定向资产管理业务的特点有(　　)。
A. 证券公司与客户必须是“一对一”
B. 具体投资方向应在资产管理合同中约定
C. 投资收益及损失的分配比例应在资产管理合同中约定
D. 必须在单一客户的专用证券账户中经营运作
3. 以下属于限定性集合资产管理计划的资产投资方向的有(　　)。
A. 国家重点建设债券
B. 股票型证券投资基金
C. 在证券交易所上市的企业债券
D. 国债
4. 以下属于集合资产管理业务特点的有(　　)。
A. 集合性，即证券公司与客户是“一对多”
B. 投资范围有限定性和非限定性之分
C. 客户资产必须进行托管
D. 通过专门账户投资运作
E. 较严格的信息披露
5. 以下属于专项资产管理业务特点的有(　　)。

A. 集合性，即证券公司与客户是“一对多”

B. 特定性，即要设定特定的投资目标

C. 通过专门账户经营运作

D. 投资范围有限定性和非限定性之分

6. 证券公司从事资产管理业务，应当符合的条件有(　　)。

A. 经中国证监会核定具有证券资产管理业务的经营范围

B. 净资本不低于人民币2亿元，且符合中国证监会关于经营证券资产管理业务的各项风险监控指标的规定

C. 资产管理业务人员具有证券业从业资格，无不良行为记录

D. 具有良好的法人治理结构、完备的内部控制和风险管理制度，并得到有效执行

7. 证券公司设立集合资产管理计划，办理集合资产管理业务，应当符合的要求有(　　)。

A. 具有健全的法人治理结构、完善的内部控制和风险管理制度，并得到有效执行

B. 设立限定性集合资产管理计划的，净资本不低于人民币3亿元

C. 设立非限定性集合资产管理计划的，净资本不低于人民币5亿元

D. 最近一年不存在挪用客户交易结算资金等客户资产的情形

8. 证券公司从事资产管理业务应当遵守的原则有(　　)。

A. 守法合规　　　　B. 公平公正

C. 约定运作　　　　D. 集中管理

9. 关于证券公司办理资产管理业务的一般规定，下列说法正确的有(　　)。

A. 证券公司办理定向资产管理业务，接受单个客户的资产净值不得低于人民币100万元

B. 证券公司办理集合资产管理业务，只能接受货币资金形式的资产

C. 证券公司应当将集合资产管理计划设定为均等份额

D. 参与集合资产管理计划的客户不得转让其所拥有的份额

10. 客户委托资产应当按照中国证监会的规定采取(　　)方式进行保

管。

A. 质押　　　　　　　　B. 托管

C. 第三方存管　　　　　D. 抵押

11. 资产托管机构办理集合资产管理计划资产托管业务应当履行的职责有(　　)。

A. 安全保管集合资产管理计划资产

B. 执行证券公司的投资或者清算指令，并负责办理集合资产管理计划资产运营中的资金往来

C. 监督证券公司集合资产管理计划的经营运作

D. 出具资产托管报告

12. 证券公司开展定向资产管理业务应遵循的基本原则有(　　)。

A. 公平公正、诚实守信　　　　B. 健全内控、规范运作

C. 投资风险客户自担　　　　　D. 投资损失证券公司连带

13. 证券公司应当指定专人向客户如实披露其(　　)情况，讲解有关业务规则和定向资产管理合同的内容。

A. 财务状况　　　　B. 业务资格

C. 管理能力　　　　D. 投资业绩

14. 客户委托资产可以是客户合法持有的(　　)等资产。

A. 现金　　　　　　B. 债券

C. 资产支持证券　　D. 房产

15. 专用证券账户注销后，证券公司应当在(　　)个交易日内报证券交易所备案。

A. 2　　　　B. 3

C. 5　　　　D. 7

16. 在以下(　　)情况下，证券公司可以根据合同约定向证券登记结算机构代为申请。

A. 客户将委托的证券从原有证券账户划转至专用证券账户

B. 客户将委托的非现金资产从专用证券账户过户至原有证券账户

C. 专用证券账户注销时将专用证券账户内的证券划转至该客户其他证券账户

D. 客户其他证券账户注销时将账户内非现金资产过户至专用证券账户

17. 定向资产管理合同约定的投资范围不得超出法律、行政法规和中国证监会规定允许客户投资的范围，并应当与证券公司的(　　)相匹配。

A. 投资经验　　B. 公司规模

C. 风险控制水平　　D. 管理能力

18. 证券公司将委托资产投资于以下(　　)发行的证券，应当事先将相关信息以书面形式通知客户和资产托管机构，并要求客户按照合同约定在指定期限内答复。

A. 本公司

B. 资产托管机构

C. 与本公司有关联方关系的公司

D. 与资产托管机构有关联方关系的公司

19. 定向资产管理合同应当包括的基本事项有(　　)。

A. 客户资产的种类和数额

B. 客户所持有证券的权利的行使和义务的履行

C. 管理费、托管费、业绩报酬等费用的支付标准、计算方法、支付方式和支付时间

D. 与资产管理有关的其他费用的提取、支付方式

20. 定向资产管理业务的内部控制措施包括(　　)。

A. 专门、独立的业务运作　　B. 合理、有效的控制措施

C. 独立客观的投资研究　　D. 科学、严密的投资决策

21. 证券公司应当由专门的部门负责定向资产管理业务，做到与(　　)业务严格分离、独立决策、独立运作。

A. 证券自营　　B. 证券承销与保荐

C. 证券经纪　　D. 证券结算

22. 证券公司定向资产管理业务的研究工作，应当符合的要求有(　　)。

A. 保持独立、客观

B. 建立严密的研究工作业务流程，运用科学、有效的研究方法

C. 建立和完善投资对象备选库制度，建立和维护备选库

D. 建立研究与投资决策之间的交流制度，保持交流渠道畅通

23. 证券公司定向资产管理业务的投资决策，应当符合的要求有(　　)。

A. 健全投资决策授权制度，明确投资权限，严格遵守投资限制，防止越权决策

B. 具有合理的投资依据，重要投资要有详细的研究报告和风险分析支持，并有决策记录

C. 建立有效的投资风险评估与管理制度

D. 建立科学的管理业绩评价体系，包括是否符合合同约定和决策程序、投资绩效归属分析等内容

24. 证券公司定向资产管理业务应当建立投资交易控制体系，主要内容包括(　　)。

A. 建立投资指令审核制度

B. 执行公平的交易分配制度，公平对待客户

C. 建立交易监测系统、预警系统和反馈系统，完善相关的安全设施

D. 建立完善的交易记录制度，每日投资组合列表等应当及时核对并存档保管

25. 证券公司、推广机构应当严格按照经核准的(　　)推广集合资产管理计划。

A. 集合资产管理风险提示书　　B. 集合资产管理计划说明书

C. 集合资产管理合同　　D. 集合资产推广计划

26. (　　)应当对集合资产管理计划的投资范围和投资组合进行监控，发现有重大违规行为的，须及时报告中国证监会。

A. 托管银行　　B. 证券交易所

C. 中国证券业协会　　D. 证券公司

27. 证券公司应当根据集合资产管理计划的情况，保持适当比例的(　　)以备支付客户的分红或退出款项。

A. 现金

B. 社保基金

C. 到期日在1年以内的政府债券

D. 权证

28. 集合资产管理合同由(　　)共同签署。

A. 证券公司　　B. 资产托管机构

C. 单个客户　　D. 证券交易所

29. 管理人以自有资金参与集合计划时的特别约定包括(　　)。

A. 本集合计划开始运作的条件和日期

B. 参与金额（比例）

C. 收益分配和责任分担方式

D. 在集合计划存续期内不得退出的承诺

30. 根据《证券公司证券资产管理业务试行办法》的规定，在集合资产管理计划中，客户主要享有的权利有(　　)。

A. 除合同另有规定外，按投入资金占集合资产计划资产净值的比例分享投资收益

B. 根据集合资产管理合同的约定，参与和退出集合资产管理计划

C. 知情的权利

D. 汇集他人资金参与集合资产管理计划的权利

31. 在集合资产管理计划中，客户承担的主要义务有(　　)。

A. 按合同约定承担投资风险

B. 保证委托资产来源及用途的合法性

C. 不得非法汇集他人资金参与集合资产管理计划

D. 不得转让有关集合资产管理合同或所持集合资产管理计划的份额

32. 证券公司开展资产管理业务，禁止的行为有(　　)。

A. 挪用客户资产

B. 利用客户委托资产进行内幕交易、操纵证券价格

C. 将集合资产管理计划资产用于可能承担连带责任的投资

D. 对客户投资收益或者赔偿投资损失做出承诺

33. 在签订资产管理合同之前，证券公司应当了解的客户的基本情况有(　　)。

A. 财产与收入状况　　B. 风险承受能力

C. 投资偏好　　　　　　　　　D. 性格脾气

34. 证券公司办理集合资产管理业务，应当保证(　　)相互独立，单独设置账户、独立核算、分账管理。

A. 集合资产管理计划资产与其自有资产

B. 集合资产管理计划资产与其他客户的资产

C. 不同集合资产管理计划的资产

D. 集合资产管理计划内各项资产

35. (　　)应依照法律、行政法规、《证券公司证券资产管理业务试行办法》及相关业务规则的规定，对证券公司资产管理业务活动实行自律管理和行业指导。

A. 中国证券业协会　　　　　　B. 证券交易所

C. 期货交易所　　　　　　　　D. 证券登记结算机构

36. 证券公司违规开展资产管理业务的，中国证监会及其派出机构依法责令其限期改正，并可以采取的监管措施有(　　)。

A. 责令增加内部合规检查次数并提交合规检查报告

B. 对公司高级管理人员、直接负责的主管人员和其他直接责任人员进行监管谈话，记入监管档案

C. 责令处分或者更换有关责任人员，并要求报告处分结果

D. 法律、行政法规和中国证监会规定的其他监管措施

37. 证券公司从事证券资产管理业务，有下列(　　)情形之一的，没有违法所得或者违法所得不足3万元的，处以3万元以上30万元以下的罚款。

A. 未按照规定将证券资产管理客户的证券账户报证券交易所备案

B. 未按照规定程序了解客户的身份、财产与收入状况、证券投资经验和风险偏好

C. 推荐的产品或者服务与所了解的客户情况不相适应

D. 未按照规定指定专人向客户讲解有关业务规则和合同内容，并以书面方式向其揭示投资风险

38. 违反《证券公司监督管理条例》的规定，有下列(　　)情形之一的，对直接负责的主管人员和其他直接责任人员给予警告，撤销任职资

格或者证券从业资格，并处以 3 万元以上 30 万元以下的罚款：

A. 证券公司以证券资产管理客户的资产向他人提供融资或者担保

B. 任何单位或者个人强令、指使、协助、接受证券公司以其证券资产管理客户的资产提供融资或者担保

C. 证券公司、资产托管机构、证券登记结算机构违反规定动用客户的委托资产

D. 资产托管机构、证券登记结算机构对违反规定动用委托资产的申请、指令予以同意、执行

三、判断题（判断以下各小题的对错，正确的用 A 表示，错误的用 B 表示）

1. 资产管理业务是指证券公司作为资产管理人，依照有关法律法规及《证券公司证券资产管理业务试行办法》的规定与客户签订资产管理合同，根据资产管理合同约定的方式、条件、要求及限制，对客户资产进行经营运作，为客户提供证券及其他金融产品的投资管理服务的行为。（　）

2. 证券公司为单一客户办理定向资产管理业务，可以设立限定性集合资产管理计划和非限定性集合资产管理计划。（　）

3. 集合资产管理业务的特点之一是综合性，即证券公司与客户可以是"一对一"，也可以是"一对多"。（　）

4. 证券公司从事资产管理业务时，资产管理业务人员具有证券业从业资格，无不良行为记录，其中，具有 5 年以上证券自营、资产管理或者证券投资基金管理从业经历的人员不少于 3 人。（　）

5. 证券公司设立非限定性集合资产管理计划的，净资本不低于人民币 3 亿元。（　）

6. 证券公司办理定向资产管理业务，接受单个客户的资产净值不得低于人民币 100 万元。（　）

7. 证券公司可以自有资金参与本公司设立的集合资产管理计划。（　）

8. 证券公司进行集合资产管理业务投资运作，在证券交易所进行证券交易的，应当集中在固定席位上进行，并向证券交易所、证券登记结算机构备案。（　）

9. 一个集合资产管理计划投资于一家公司发行的证券不得超过该计划资产净值的10%。（　）

10. 证券公司参与一个集合计划的自有资金，不得超过计划成立规模的5%，并不得超过2亿元。（　）

11. 资产托管机构有权随时查询集合资产管理计划的经营运作情况，并应当不定期核对集合资产管理计划资产的情况，防止出现挪用或者遗失。（　）

12. 证券公司不得接受本公司董事、监事、从业人员及其配偶成为定向资产管理业务客户。（　）

13. 证券公司只能以书面方式，对尽职调查获取的相关信息和资料予以详细记载、妥善保存。（　）

14. 证券公司开展定向资产管理业务，客户委托资产与证券公司自有资产可以混合存管，但财务必须相互独立。（　）

15. 证券公司、资产托管机构、第三方存管机构破产或者清算时，客户委托资产应纳入其破产财产或者清算财产。（　）

16. 同一客户只能开立一个交易所专用证券账户。（　）

17. 专用证券账户仅供定向资产管理业务使用，并且只能在客户委托的证券公司使用，不得办理转托管或者转指定，中国证监会批准的除外。（　）

18. 证券公司、客户不得将专用证券账户以出租、出借、转让或者其他方式提供给他人使用。（　）

19. 定向资产管理业务的投资范围包括资产支持证券、证券投资基金、集合资产管理计划、股票、金融衍生品以及中国证监会认可的其他投资品种。（　）

20. 证券公司从事定向资产管理业务，买卖证券交易所的交易品种应当使用定向资产管理专用证券账户。（　）

21. 证券公司应当保证客户能够按照合同约定的时间和方式，查询客

户定向资产管理账户内资产配置状况、价值变动、交易记录等相关信息。（ ）

22. 证券公司应当按中国证监会的有关规定，制定管理规章、操作流程和岗位手册，在研究、投资决策、交易等环节采取有效的控制措施。（ ）

23. 证券公司建立完善的交易控制体系，应严格遵守法律、行政法规和中国证监会的规定，符合定向资产管理合同约定的投资目标、投资范围和投资限制等要求。（ ）

24. 证券公司应对集合资产管理业务实行集中统一管理，建立严格的岗位隔离制度。（ ）

25. 集合资产管理计划投资主办人员须具有3年以上证券自营、资产管理或证券投资基金从业经历，且应当具备良好的职业道德，无不良行为记录。（ ）

26. 集合资产管理计划的会计核算由财务部门专人负责，集合资产管理计划的资产托管和清算分别由托管部门和结算部门负责。（ ）

27. 证券公司可以自行推广集合资产管理计划，也可以委托证券公司的客户资金存管银行代理推广集合资产管理计划，并签订书面代理推广协议。（ ）

28. 证券公司、推广机构应当保证集合资产管理合同的总金额不得低于《证券公司证券资产管理业务试行办法》规定的最低金额。（ ）

29. 托管机构应当按照《证券公司证券资产管理业务试行办法》的规定，为每一个集合资产管理计划代理开立专门的资金账户，账户名称为集合资产管理计划名称。（ ）

30. 集合资产管理计划资产中的债券，不得用于回购。（ ）

31. 上海证券交易所规定，单个会员管理的多个集合资产管理计划由同一托管机构托管的，可以共用一个专用交易单元。（ ）

32. 深圳证券交易所规定，单个会员管理的由同一托管机构托管的所有集合资产管理计划应当使用同一个专用交易单元。（ ）

33. 集合资产管理计划申购新股，不设申报下限，但所申报的金额不得超过该计划的总资产，所申报的数量不得超过拟发行股票公司本次发行股票的总量。（ ）

34. 证券公司及其代理推广机构可以为客户办理集合资产管理份额的转让事宜，但法律、行政法规另有规定的除外。（　　）

35. 集合资产管理计划开始投资运作后，证券公司、托管机构应当至少每 3 个月向客户提供一次集合资产管理计划的管理报告和托管报告。（　　）

36. 因证券市场波动等外部因素致使组合投资比例不符合集合资产管理合同约定的，应在 3 个交易日内进行调整并于调整次日以书面形式向上海证券交易所报告调整情况。（　　）

37. 集合资产管理计划投资于会员自身、托管机构及与该会员、托管机构有关联方关系的公司发行的证券，应于有关事实发生之日起 2 个工作日内以书面形式将有关情况报告深圳证券交易所。（　　）

38. 集合资产管理计划展期、解散或终止的，应于展期申请获中国证监会批准后或解散、终止后的 5 个工作日内以书面形式向深圳证券交易所报告。（　　）

39. 集合资产管理计划推广期间的费用，可以在集合资产管理计划中列支，但应当在集合资产管理合同中做出明确的约定。（　　）

40. 证券公司申请设立集合资产管理计划，应当报经中国证监会批准。（　　）

41. 经营风险主要是指证券公司在资产管理业务中投资决策或操作失误而使管理的客户资产受到损失。（　　）

42. 证券公司及代理推广机构为了使客户详尽了解集合资产管理计划的特性、风险等情况，可以通过广播、电视、报刊及其他公共媒体推广集合资产管理计划。（　　）

43. 资产管理业务的监管措施之一是证券公司应当就资产管理业务的运营制定内部检查制度，不定期进行自查。（　　）

44. 证券公司应当按季编制资产管理业务的报告，报注册地中国证监会派出机构备案。（　　）

参考答案

一、单项选择题

1. C	2. C	3. D	4. B	5. C	6. C	7. A
8. C	9. B	10. D	11. A	12. A	13. C	14. B
15. B	16. A	17. A	18. D	19. B	20. D	21. B
22. B	23. C	24. C	25. D	26. C	27. B	

二、不定项选择题

1. ACD	2. ABD	3. ACD	4. ABCDE	5. BC
6. ABCD	7. ABCD	8. ABCD	9. ABCD	10. B
11. ABCD	12. ABC	13. B	14. ABC	15. B
16. AC	17. ACD	18. ABCD	19. ABCD	20. ABCD
21. ABC	22. ABCD	23. ABCD	24. ABCD	25. BC
26. AB	27. AC	28. ABC	29. BCD	30. ABC
31. ABCD	32. ABD	33. ABC	34. ABC	35. ABCD
36. ABCD	37. ABCD	38. ABCD		

三、判断题

1. A	2. B	3. B	4. B	5. B	6. A	7. A
8. B	9. A	10. A	11. B	12. A	13. B	14. B
15. B	16. B	17. B	18. A	19. A	20. A	21. A
22. A	23. B	24. A	25. A	26. B	27. A	28. B
29. A	30. A	31. A	32. A	33. B	34. B	35. A
36. B	37. A	38. A	39. B	40. A	41. A	42. B
43. B	44. A					

第七章

融资融券业务

第一部分 基本内容及学习目的与要求

一、基本内容（见图7－1）

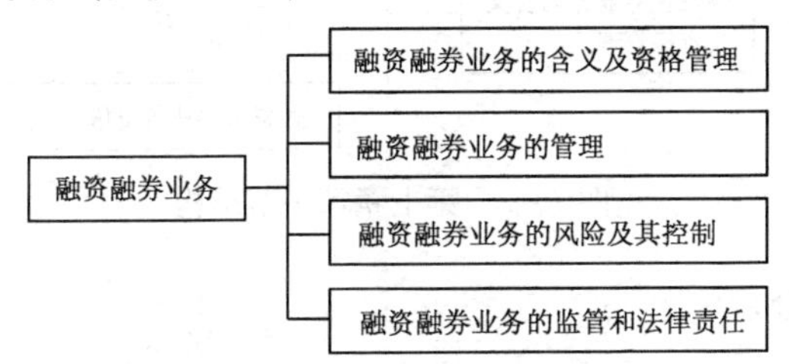

图7－1 第七章结构

二、学习目的与要求

掌握融资融券业务的含义，熟悉融资融券业务资格管理的基本要求。

掌握融资融券业务管理的基本原则，掌握融资融券业务的账户体系，熟悉融资融券业务客户的申请、客户征信调查、客户的选择标准，熟悉融资融券业务合同与风险揭示书的基本内容，熟悉客户开户的基本要求及授信额度的确定和授信方式。掌握融资融券交易的一般规则，掌握标的证券的范围，熟悉有价证券冲抵保证金的计算、融资融券保证金比例及计算、保证金可用余额及计算、客户担保物的监控，熟悉融资融券期间证券权益的处理和融资融券业务信息披露与报告。

熟悉证券公司融资融券业务的风险种类及其控制。

熟悉融资融券业务的监管和法律责任。

第二部分　知识体系与考点分析

第一节　融资融券业务的含义及资格管理

一、知识体系（见图7－2）

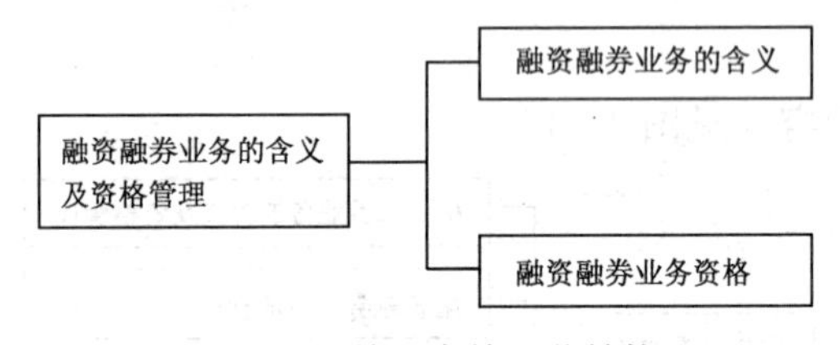

图7－2　第七章第一节结构

二、考点分析

（一）融资融券业务的含义

融资融券业务是指在证券交易所或者国务院批准的其他证券交易场所进行的证券交易中，证券公司向客户出借资金供其买入证券或者出借证券供其卖出，并由客户交存相应担保物的经营活动。

（二）融资融券业务资格

1.《证券公司监督管理条例》规定，证券公司经营融资融券业务应当具备以下条件：

（1）证券公司治理结构健全，内部控制有效。

（2）风险控制指标符合规定，财务状况、合规状况良好。

（3）有经营融资融券业务所需的专业人员、技术条件、资金和证券。

（4）有完善的融资融券业务管理制度和实施方案。

（5）国务院证券监督管理机构规定的其他条件。

2. 证券公司申请融资融券业务试点应当具备下列条件：

（1）经营证券经纪业务已满 3 年，且已被中国证券业协会评审为创新试点类证券公司。

（2）公司治理健全，内部控制有效，能有效识别、控制和防范业务经营风险和内部管理风险。

（3）公司及其董事、监事、高级管理人员最近 2 年内未因违法违规经营受到行政处罚和刑事处罚，且不存在因涉嫌违法违规正被中国证监会立案调查或者正处于整改期间的情形。

（4）财务状况良好，最近 2 年各项风险控制指标持续符合规定，最近 6 个月净资本均在 12 亿元以上。

（5）客户资产安全、完整，客户交易结算资金第三方存管方案已经中国证监会认可，且已对实施进度做出明确安排。

（6）已完成交易、清算、客户账户和风险监控的集中管理，对历史遗留的不规范账户已设定标识并集中监控。

（7）已制定切实可行的融资融券业务试点实施方案和内部管理制度，具备开展融资融券业务试点所需的专业人员、技术系统、资金和证券。

获得批准的证券公司应当按照规定，向公司登记机关申请业务范围的变更登记，向中国证监会申请换发经营证券业务许可证。取得证监会换发的经营证券业务许可证后，证券公司方可开展融资融券业务试点。

第二节　融资融券业务的管理

一、知识体系（见图 7－3）

二、考点分析

（一）融资融券业务管理的基本原则

1. 合法合规原则。

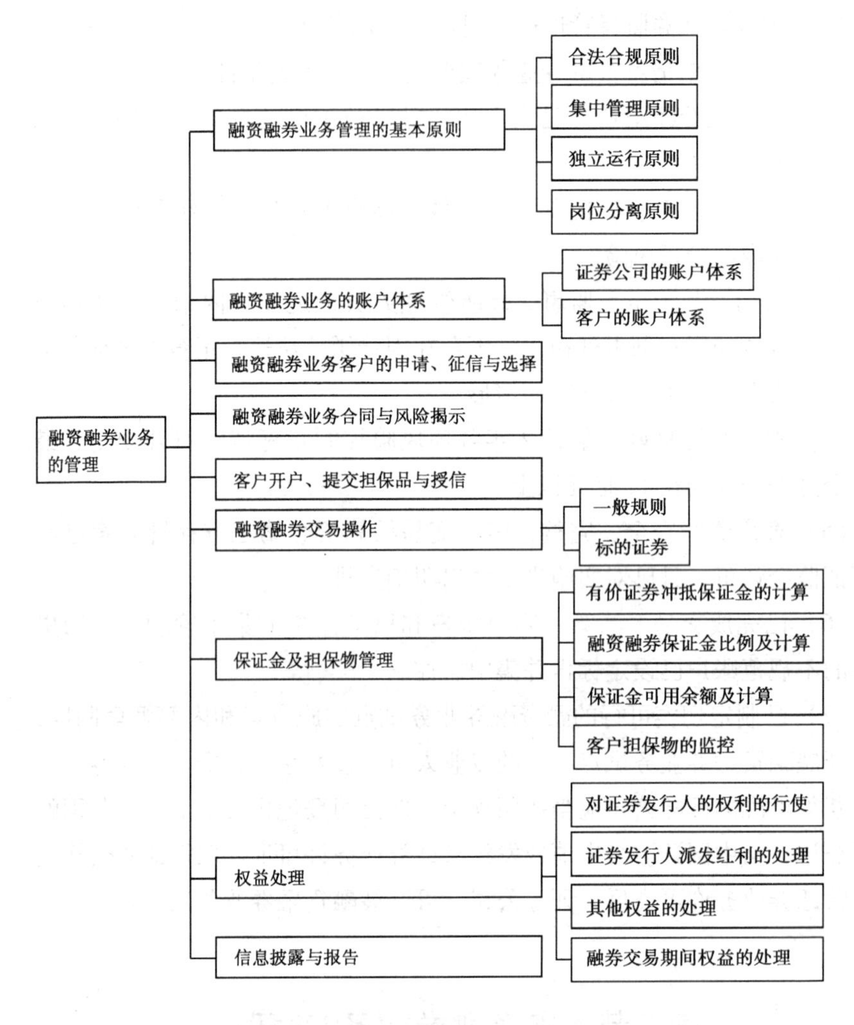

图7-3　第七章第二节结构

（1）证券公司开展融资融券业务应遵守法律、行政法规和有关管理办法的规定，加强内部控制，严格防范和控制风险，切实维护客户资产的安全。

（2）证券公司开展融资融券业务必须经证监会批准。

（3）证券公司向客户融资，应当使用自有资金或者依法筹集的资金；向客户融券，应当使用自有证券或者依法取得处分权的证券。

2. 集中管理原则。证券公司融资融券业务的决策和主要管理职责应集中于证券公司总部。公司应建立完备的融资融券业务管理制度、决策与授权体系、操作流程和风险识别、评估与控制体系。融资融券业务的决策与授权体系原则上按照“董事会—业务决策机构—业务执行部门—分支机构”的架构设立和运行。

3. 独立运行原则。证券公司应当健全业务隔离制度，确保融资融券业务与证券资产管理、证券自营、投资银行等业务在机构、人员、信息、账户等方面相互分离、独立运行。

4. 岗位分离原则。证券公司融资融券业务的前、中、后台应当相互分离、相互制约。负责风险监控和业务稽核的部门和岗位应当独立于其他部门和岗位，分管融资融券业务的高级管理人员不得兼管风险监控部门和业务稽核部门。

（二）融资融券业务的账户体系

1. 证券公司的账户体系。证券公司经营融资融券业务，应当以自己的名义，在证券登记结算机构分别开立融券专用证券账户、客户信用交易担保证券账户、信用交易证券交收账户和信用交易资金交收账户，在商业银行分别开立融资专用资金账户和客户信用交易担保资金账户。

2. 客户的账户体系。客户申请开展融资融券业务，要在证券公司开立信用证券账户和信用资金台账，在存管银行开立信用资金账户。

（三）融资融券业务客户的申请、征信与选择

1. 客户的申请。客户要在证券公司开展融资融券业务，应由客户本人向证券公司营业部提出申请。营业部受理客户申请后应按公司规定的审核、审批流程对客户进行征信、评估和授信审批。

2. 客户征信调查。客户征信调查内容一般应包括：客户基本资料、投资经验、诚信记录、还款能力、融资融券需求等。

3. 客户的选择标准。证券公司应当按《证券公司融资融券业务试点管理办法》规定的有关条件和征信的要求制定选择客户的具体标准。一般主要包括：从事证券交易时间、账户状态、信誉状况、资产状况、投资风格及业绩、关联关系。

（四）融资融券业务合同与风险揭示

1. 融资融券业务合同。证券公司在向客户融资融券前，应当与其签订载入中国证券业协会规定的必备条款的融资融券业务合同（以下简称

“合同”）。

2. 风险揭示。证券公司应制定《融资融券交易风险揭示书》，向客户充分揭示融资融券交易存在的风险以及因不能及时补交担保物而被强制平仓带来的损失。

（五）客户开户、提交担保品与授信

证券公司与客户签订融资融券业务合同后，应当根据客户的申请，按照证券登记结算机构的规定，为其开立实名信用证券账户。客户用于1家证券交易所上市证券交易的信用证券账户只能有1个。

证券公司对客户融资融券的额度按现行规定不得超过客户提交保证金的2倍、期限不超过6个月。授信方式一般有两种：一是固定授信方式；二是非固定方式。

（六）融资融券交易操作

1. 融资融券交易的一般规则。

2. 标的证券。标的证券为股票的，应当符合下列条件：

（1）在交易所上市交易满3个月。

（2）融资买入标的股票的流通股本不少于1亿股或流通市值不低于5亿元，融券卖出标的股票的流通股本不少于2亿股或流通市值不低于8亿元。

（3）股东人数不少于4 000人。

（4）近3个月内日均换手率不低于基准指数日均换手率的20%，日均涨跌幅的平均值与基准指数涨跌幅的平均值的偏离值不超过4个百分点，且波动幅度不超过基准指数波动幅度的500%以上。

（5）股票发行公司已完成股权分置改革。

（6）股票交易未被交易所实行特别处理。

（7）交易所规定的其他条件。

（七）保证金及担保物管理

1. 有价证券冲抵保证金的计算。冲抵保证金的有价证券，在计算保证金金额时应当以证券市值按下列折算率进行折算：

（1）上证180指数成分股股票及深证100指数成分股股票折算率最高不超过70%，其他股票折算率最高不超过65%。

（2）交易所交易型开放式指数基金折算率最高不超过90%。

（3）国债折算率最高不超过95%。

（4）其他上市证券投资基金和债券折算率最高不超过80%。

2. 融资融券保证金比例及计算：

客户融资买入证券时，融资保证金比例不得低于50%。

$$融资保证金比例=\frac{保证金}{融资买入证券数量\times买入价格}\times100\%$$

客户融券卖出时，融券保证金比例不得低于50%。

$$融券保证金比例=\frac{保证金}{融券卖出证券数量\times卖出价格}\times100\%$$

3. 保证金可用余额及计算：

保证金可用余额＝现金＋∑（冲抵保证金的证券市值×折算率）＋∑［（融资买入证券市值－融资买入金额）×折算率］＋∑［（融券卖出金额－融券卖出证券市值）×折算率］－∑融券卖出金额－∑融资买入证券金额×融资保证金比例－∑融券卖出证券市值×融券保证金比例－利息及费用

融券卖出金额＝融券卖出证券的数量×卖出价格

融券卖出证券市值＝融券卖出证券数量×市价

4. 客户担保物的监控。证券公司应当对客户提交的担保物进行整体监控，并计算其维持担保比例。维持担保比例是指客户担保物价值与其融资融券债务之间的比例。计算公式为：

$$维持担保比例=\frac{现金+信用证券账户内证券市值}{融资买入金额+融券卖出证券数量\times市价+利息及费用}$$

客户维持担保比例不得低于130%。当该比例低于130%时，证券公司应当通知客户在约定的期限内追加担保物。该期限不得超过2个交易日。客户追加担保物后的维持担保比例不得低于150%。

（八）权益处理

在客户融资融券期间，证券持有人的权益按“客户融资买入证券的权益归客户所有、客户融券卖出证券的权益归证券公司所有”的原则处理。

（九）信息披露与报告

证券公司应当于每个交易日22：00前向交易所报送当日各标的证券融资买入额、融资还款额、融资余额以及融券卖出量、融券偿还量和融券余量等数据。

第三节　融资融券业务的风险及其控制

一、知识体系（见图7－4）

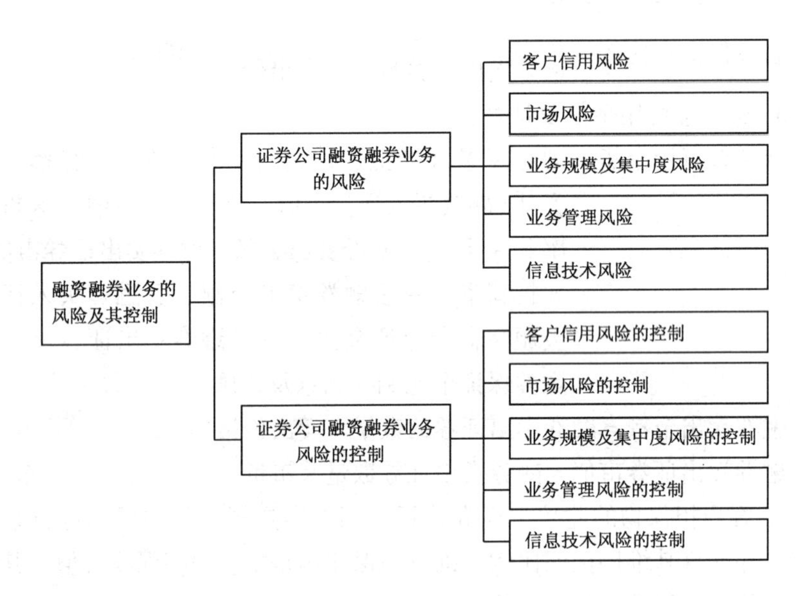

图7－4　第七章第三节结构

二、考点分析

（一）证券公司融资融券业务的风险

证券公司融资融券业务的风险主要有：客户信用风险、市场风险、业务规模及集中度风险、业务管理风险、信息技术风险。

（二）证券公司融资融券业务风险的控制

1. 客户信用风险的控制。

（1）建立客户选择与授信制度，明确规定客户选择与授信的程序和权限。

（2）严格合同管理，履行风险提示。

（3）证券公司应当在符合有关规定的基础上，确定可冲抵保证金的证券的种类及折算率、客户可融资买入和融券卖出的证券的种类、保证金比例和最低维持担保比例，并在营业场所内公示。

（4）建立健全预警补仓和强制平仓制度。

2. 市场风险的控制。

（1）单只标的证券的融资余额达到该证券上市可流通市值的25%时，交易所可以在次一交易日暂停其融资买入，并向市场公布。

（2）单只标的证券的融券余量达到该证券上市可流通量的25%时，交易所可以在次一交易日暂停其融券卖出，并向市场公布。

（3）当融资融券交易出现异常时，交易所可视情况采取以下措施并向市场公布：调整标的证券标准或范围，调整可冲抵保证金有价证券的折算率，调整融资、融券保证金比例，调整维持担保比例，暂停特定标的证券的融资买入或融券卖出交易，暂停整个市场的融资买入或融券卖出交易，交易所认为必要的其他措施。

（4）融资融券交易存在异常交易行为的，交易所可以视情况采取限制相关账户交易等措施。

对市场风险可能给证券公司造成的损失，证券公司可采取的措施有：调整担保品范围及品种，调整可冲抵保证金有价证券的折算率，调整保证金比例，调整维持担保比例。

3. 业务规模和集中度风险的控制。业务集中度严格控制在监管部门的有关规定范围内：

（1）对单一客户融资业务规模不得超过净资本的5%。

（2）对单一客户融券业务规模不得超过净资本的5%。

（3）接受单只担保股票的市值不得超过该只股票总市值的20%。

4. 业务管理风险的控制。

5. 信息技术风险的控制。

第四节　融资融券业务的监管和法律责任

一、知识体系（见图7－5）

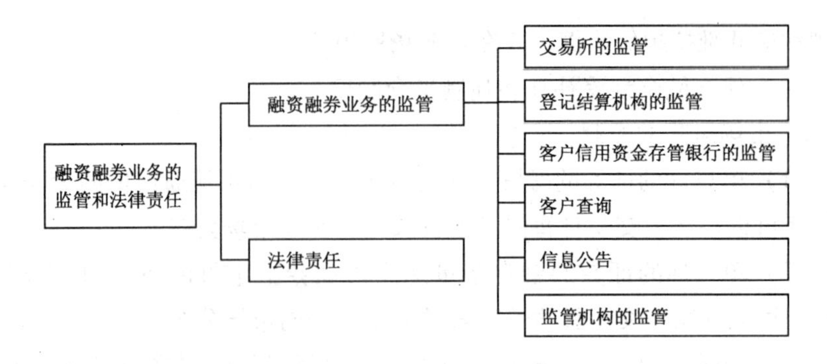

图 7－5　第七章第四节结构

二、考点分析

（一）融资融券业务的监管

1. 交易所的监管。证券交易所可以对每一证券的市场融资买入量和融券卖出量占其市场流通量的比例、融券卖出的价格做出限制性规定。融资融券交易活动出现异常，已经或者可能危及市场稳定，有必要暂停交易的，证券交易所应当按照业务规则的规定，暂停全部或者部分证券的融资融券交易并公告。

2. 登记结算机构的监管。

3. 客户信用资金存管银行的监管。

4. 客户查询。

5. 信息公告。证券公司应当按照证券交易所的规定，在每日收市后向其报告当日客户融资融券交易的有关信息。

6. 监管机构的监管。

（二）法律责任

1. 《证券公司融资融券业务试点管理办法》的有关规定。

证券公司或其分支机构未经批准擅自经营融资融券业务的，依照《证券法》第二百零五条的规定处罚，即“没收违法所得，暂停或者撤销相关业务许可，并处以非法融资融券等值以下的罚款。对直接负责的主管人员和其他直接责任人员给予警告，撤销任职资格或者证券从业资格，并处以三万元以上三十万元以下的罚款”。

2. 《证券公司监督管理条例》的有关规定。

第三部分　自测题及参考答案

一、单项选择题（以下各小题所给出的4个选项中，只有一项最符合题目要求，请将正确选项的代码填入括号内）

1. 证监会派出机构应当自收到融资融券申请书之日起(　　)个工作日内，向证监会出具是否同意申请人开展融资融券业务试点的书面意见。

A. 5　　B. 8
C. 10　　D. 15

2. 融资融券业务的决策与授权体系原则上按照(　　)的架构设立和运行。

A. 董事会—业务决策机构—业务执行部门—分支机构
B. 业务决策机构—董事会—业务执行部门—分支机构
C. 业务决策机构—业务执行部门—董事会—分支机构
D. 业务决策机构—业务执行部门—分支机构—董事会

3. 客户信用证券账户为证券公司客户信用交易担保证券账户的(　　)证券账户。

A. 一级　　B. 二级
C. 三级　　D. 初始

4. 证券公司通知客户在约定的期限内追加担保物的，这个期限不得超过(　　)交易日。

A. 1个　　B. 2个
C. 5个　　D. 10个

5. 客户融券卖出标的股票的流通股本应不少于(　　)股或流通市值不低于(　　)元。

A. 1亿，5亿　　B. 2亿，5亿
C. 5亿，8亿　　D. 2亿，8亿

6. 融券卖出的申报价格不得低于该证券的(　　)。

A. 收盘价　　B. 前一日平均收盘价

C. 最新成交价　　D. 净值

7. 标的证券为股票的，应当符合的条件有(　　)。

A. 在交易所上市交易满2个月

B. 融资买入标的股票的流通股本不少于1亿股或流通市值不低于3亿元

C. 股东人数不少于1 000人

D. 近3个月内日均换手率不低于基准指数日均换手率的20%

8. 客户融资买入证券时，融资保证金比例不得低于(　　)。

A. 15%　　B. 20%

C. 50%　　D. 100%

9. 客户融资买入证券时，融资保证金比例是指客户融资买入时交付的保证金与融资交易金额的比例，计算公式为(　　)。

A. $融资保证金比例=\frac{保证金}{融资买入证券数量 \times 买入价格} \times 100\%$

B. $融资保证金比例=\frac{保证金}{融券卖出证券数量 \times 卖出价格} \times 100\%$

C. $融资保证金比例=\frac{保证金}{融资买入证券数量 \times 证券市价} \times 100\%$

D. $融资保证金比例=\frac{保证金}{融资买入证券数量 \times 收盘价} \times 100\%$

10. 维持担保比例是指客户担保物价值与其融资融券债务之间的比例，计算公式为(　　)。

A. $维持担保比例=\frac{现金+信用证券账户内证券市值}{融资买入金额+融券卖出证券数量 \times 买入价格+利息及费用}$

B. $维持担保比例=\frac{现金+信用证券账户内证券市值}{融资买入金额+融券卖出证券数量 \times 市价}$

C. $维持担保比例=\frac{现金+信用证券账户内证券市值}{融券卖出金额+融券买入证券数量 \times 市价+利息及费用}$

D. $维持担保比例=\frac{现金+信用证券账户内证券市值}{融资买入金额+融券卖出证券数量 \times 市价+利息及费用}$

11. 维持担保比例超过(　　)时，客户可以提取保证金可用余额中的现金或冲抵保证金的有价证券。

A. 100%　　B. 200%

C. 300%　　D. 400%

12. 证券发行人派发现金红利或利息时，登记结算公司按照证券公司(　　)的实际余额派发现金红利或利息。

A. 客户信用交易担保资金账户

B. 客户信用交易担保证券账户

C. 信用交易证券交收账户

D. 信用交易专用证券交收账户

13. 证券发行采取市值配售发行方式的，客户信用证券账户的明细数据纳入其对应的(　　)计算。

A. 发行价格　　B. 净值

C. 市值　　D. 面值

14. 证券公司应当在每一月份结束后(　　)个工作日内，向证监会、注册地证监会派出机构和证券交易所书面报告当月的相关情况。

A. 10　　B. 15

C. 20　　D. 30

15. 单只标的证券的融资余额降低至(　　)以下时，交易所可以在次一交易日恢复其融资买入，并向市场公布。

A. 10%　　B. 15%

C. 20%　　D. 30%

16. 证券公司应当按照证券交易所的规定，在每日(　　)向其报告当日客户融资融券交易的有关信息。

A. 收市后　　B. 开盘后

C. 11:30 前　　D. 13:30 前

17. 证券公司或其分支机构未经批准擅自经营融资融券业务的，可以对直接负责的主管人员和其他直接责任人员给予警告，撤销任职资格或者证券从业资格，并处以(　　)万元以上(　　)万元以下的罚款。

A. 1，10　　B. 2，20

C. 3，30　　D. 5，50

18. 以下关于证券公司的账户体系的说法，不正确的有(　　)。

A. 融券专用证券账户用于记录证券公司持有的拟向客户融出的

证券和客户归还的证券，不得用于证券买卖

B. 信用交易资金交收账户用于客户融资融券交易的证券结算

C. 融资专用资金账户用于存放证券公司拟向客户融出的资金及客户归还的资金

D. 客户信用交易担保证券账户用于记录客户委托证券公司持有、担保证券公司因向客户融资融券所生债权的证券

19. 客户融资融券交易期间，如果中国人民银行规定的(　　)调高，证券公司将相应提高融资利率或融券利率。

A. 同期金融机构活期存款基准利率

B. 同期金融机构 1 年期存款基准利率

C. 同期金融机构 1 年期贷款基准利率

D. 同期金融机构贷款基准利率

20. 融资买入、融券卖出的申报数量应当为(　　)或其整数倍。

A. 1 000 股（份）　　B. 100 股（份）

C. 1 000 手　　D. 100 手

21. 证券公司未按照规定为客户开立账户的，责令改正；情节严重的，处以(　　)的罚款，并对直接负责的董事、高级管理人员和其他直接责任人员，处以 1 万元以上 5 万元以下的罚款。

A. 10 万元以上 15 万元以下

B. 15 万元以上 20 万元以下

C. 20 万元以上 50 万元以下

D. 30 万元以上 50 万元以下

二、不定项选择题（以下各小题所给出的 4 个选项中，至少有一项符合题目要求，请将符合题目要求选项的代码填入括号内）

1. 证券公司申请融资融券业务试点，应当具备的条件包括(　　)。

A. 经营证券经纪业务已满 3 年且已被中国证券业协会评审为创新试点类证券公司

B. 公司治理健全，内部控制有效

C. 财务状况良好，最近 2 年各项风险控制指标持续符合规定，最

近6个月净资本均在12亿元以上

D. 客户资产安全、完整，客户交易结算资金第三方存管方案已经证监会认可，且已对实施进度做出明确安排

E. 已完成交易、清算、客户账户和风险监控的集中管理，对历史遗留的不规范账户已设定标识并集中监控

2. 分管融资融券业务的高级管理人员不得兼管(　　)。

A. 财务部门　　B. 风险监控部门

C. 计算机管理中心　　D. 业务稽核部门

3. 对有以下(　　)情况的客户以及本公司的股东、关联人，证券公司不得向其融资、融券。

A. 未按照要求提供有关情况

B. 在证券公司从事证券交易不足半年

C. 交易结算资金未纳入第三方存管

D. 有重大违约记录

4. 客户融券卖出后，可以选择(　　)的方式，偿还向证券公司融入的证券。

A. 以借还借　　B. 现金抵券

C. 买券还券　　D. 直接还券

5. 证券公司对证券发行人的权利，是指(　　)。

A. 请求召开证券持有人会议的权利

B. 参加证券持有人会议、提案、表决的权利

C. 配售股份的认购权利

D. 请求分配投资收益的权利

6. 客户从事融资融券交易期间，出现以下(　　)情况时，将面临担保物被证券公司强制平仓的风险。

A. 不能按约定期限偿还债务

B. 信用资源状况降低

C. 维持担保比例过低且不能及时追加担保物

D. 证券公司提高融资融券利率

7. 客户融券期间，其本人或关联人卖出与所融入证券相同的证券的，客户应当自该事实发生之日起(　　)个交易日内向证券公司申报。

A. 2　　B. 3

C. 5　　D. 10

8. 可作为融资买入或融券卖出的标的证券，一般是在交易所上市交易并经交易所认可的(　　)。

A. 股票　　B. 证券投资基金

C. 债券　　D. 其他证券

9. 冲抵保证金的有价证券，在计算保证金金额时应当以证券市值按下列(　　)折算率进行折算。

A. 上证 180 指数成分股股票及深证 100 指数成分股股票折算率最高不超过 70%，其他股票折算率最高不超过 65%

B. ETF 折算率最高不超过 90%

C. 国债折算率最高不超过 95%

D. 其他上市证券投资基金和债券折算率最高不超过 80%

10. 可以动用证券公司客户信用交易担保证券账户内的证券和客户信用交易担保资金账户内的资金的情形有(　　)。

A. 为客户进行融资融券交易的结算

B. 收取客户应当归还的资金、证券

C. 收取客户应当支付的利息、费用、税款

D. 按照规定以及与客户的约定处分担保物

E. 收取客户应当支付的违约金

11. 在客户融资融券期间，证券持有人的权益按(　　)的原则处理。

A. 客户融资买入证券的权益归证券公司所有

B. 客户融资买入证券的权益归客户所有

C. 客户融券卖出证券的权益归客户所有

D. 客户融券卖出证券的权益归证券公司所有

12. 客户融入证券后、归还证券前，在下列(　　)情形下应当按照融券数量对证券公司进行补偿。

A. 证券发行人派发现金红利的，融券客户应当向证券公司补偿对应金额的现金红利

B. 证券发行人派发股票红利或权证等证券的，融券客户应当根据双方约定向证券公司补偿对应数量的股票红利或权证等证

券，或以现金结算方式予以补偿

C. 证券发行人向原股东配售股份的，由证券公司和融券客户根据双方约定处理

D. 证券发行人增发新股以及发行权证、可转债等证券时原股东有优先认购权的，由证券公司和融券客户根据双方约定处理

13. 证券公司应当于每个交易日(　　)前向交易所报送当日各标的证券融资买入额、融资还款额、融资余额以及融券卖出量、融券偿还量和融券余量等数据。

A. 12:00　　B. 15:00

C. 20:00　　D. 22:00

14. 交易所在每个交易日开市前，根据证券公司报送数据向市场公布前一交易日单只证券融资融券交易信息，具体有(　　)。

A. 融资买入额　　B. 融资余额

C. 融券卖出量　　D. 融券余量

15. 证券公司应当在每一月份结束后10个工作日内，向证监会、注册地证监会派出机构和证券交易所书面报告的当月情况有(　　)。

A. 融资融券业务客户的开户数量

B. 对全体客户和前5名客户的融资、融券余额

C. 客户交存的担保物种类和数量

D. 强制平仓的客户数量、强制平仓的交易金额

E. 有关风险控制指标值

16. 客户及其一致行动人通过(　　)和(　　)持有一家上市公司股票或其权益的数量，合计达到规定的比例时，应当依法履行相应的信息报告、披露或者要约收购义务。

A. 客户信用交易担保证券账户　　B. 信用交易证券交收账户

C. 普通证券账户　　D. 信用证券账户

17. 业务管理风险主要是指证券公司融资融券业务经营中因(　　)等原因导致业务经营损失的可能性。

A. 制度不全　　B. 管理不善

C. 控制不力　　D. 操作失误

18. 业务规模及集中度风险主要是指证券公司融资融券规模失控、对

单个客户融资融券规模过大、期限过长而造成证券公司(　　)的可能性。

A. 资产流动性不足

B. 净资本规模和比例不符合监管规定

C. 盈利能力下降

D. 业务管理风险加大

19. 当融资融券交易出现异常时，交易所可视情况采取的措施有(　　)。

A. 调整标的证券标准或范围

B. 调整可冲抵保证金有价证券的折算率

C. 调整融资、融券保证金比例

D. 调整维持担保比例

E. 暂停特定标的证券的融资买入或融券卖出交易

F. 暂停整个市场的融资买入或融券卖出交易

20. 对市场风险可能给证券公司造成的损失，证券公司一般根据市场波动情况及交易所的信息披露和风险提示，采取如下(　　)措施进行控制。

A. 调整担保品范围及品种

B. 调整可冲抵保证金有价证券的折算率

C. 调整保证金比例

D. 调整维持担保比例

21. 严格控制业务集中度的有关规定有(　　)。

A. 对单一客户融资业务规模不得超过净资本的5%

B. 对单一客户融券业务规模不得超过净资本的5%

C. 接受单只担保股票的市值不得超过该只股票总市值的10%

D. 接受单只担保股票的市值不得超过该只股票总市值的20%

22. 建立客户选择与授信制度应采取的措施包括(　　)。

A. 制定融资融券业务客户选择标准和开户审查制度

B. 建立客户信用评估制度

C. 明确客户征信的内容、程序和方式

D. 记录和分析客户持仓品种及其交易情况

23. 证券公司在与客户签订融资融券业务合同前，向客户履行的告知义务有(　　)。

A. 以书面方式向其提示投资规模放大、对市场走势判断错误、因不能及时补交担保物而被强制平仓等可能导致的投资损失风险

B. 指定专人向客户讲解融资融券的业务规则、业务流程和合同条款

C. 告知客户将信用账户出借给他人使用可能带来法律诉讼风险，提示客户妥善保管信用账户卡、身份证件和交易密码

D. 告知客户从事融资融券交易应当具备的条件和开户申请材料的审查要点与程序

24. 客户信用风险控制的措施包括(　　)。

A. 建立客户选择与授信制度

B. 严格合同管理、履行风险提示

C. 证券公司应当在符合有关规定的基础上，确定可冲抵保证金的证券的种类及折算率、客户可融资买入和融券卖出的证券的种类、保证金比例和最低维持担保比例，并在营业场所内公示

D. 建立健全预警补仓和强制平仓制度

25. 业务管理风险控制的措施包括(　　)。

A. 制定完备的制度、规范，加强对相关业务人员进行管理制度和业务知识的培训

B. 对重要的业务环节，实行双人双岗复核、审批，并强制留痕

C. 公司总部对业务经营情况、主要风险指标和每个客户的账户动态进行实时监控，并明确相应的处置措施

D. 公司业务合规和风险管理部门对营业部和融资融券业务管理部门的业务操作进行定期或不定期检查或稽核

26. 信息技术风险控制的措施包括(　　)。

A. 通过技术手段实时监控融资融券业务总规模

B. 建立完善的融资融券业务信息技术系统

C. 制定并严格执行信息技术系统日常运行管理制度

D. 定期或不定期组织融资融券业务管理部门和营业部对备份方案和应急预案进行演练

27. 证券公司违反《证券公司监督管理条例》的规定，有下列情形(　　)之一的，对直接负责的主管人员和其他直接责任人员单处或者并处警告、3万元以上10万元以下的罚款；情节严重的，撤销任职资格或者证券从业资格。

A. 未按照规定程序了解客户的身份、财产与收入状况、证券投资经验和风险偏好

B. 推荐的产品或者服务与所了解的客户情况不相适应

C. 未按照规定指定专人向客户讲解有关业务规则和合同内容，并以书面方式向其揭示投资风险

D. 未按照规定与客户签订业务合同，或者未在与客户签订的业务合同中载入规定的必备条款

28. 违反《证券公司监督管理条例》的规定，有下列情形(　　)之一的，责令改正，给予警告，没有违法所得或者违法所得不足10万元的，处以10万元以上60万元以下的罚款。

A. 证券公司未按照规定编制并向客户送交对账单，或者未按照规定建立并有效执行信息查询制度

B. 证券公司、资产托管机构、证券登记结算机构违反规定动用客户担保账户内的资金、证券

C. 资产托管机构、证券登记结算机构对违反规定动用客户担保账户内的资金、证券的申请、指令予以同意、执行

D. 资产托管机构、证券登记结算机构发现客户担保账户内的资金、证券被违法动用而未向国务院证券监督管理机构报告

三、判断题（判断以下各小题的对错，正确的用A表示，错误的用B表示）

1. 融资融券业务是指证券公司向客户出借资金供其买入证券或者出借证券供其卖出，并由客户交存相应担保物的经营活动。(　　)

2. 证券公司申请融资融券业务试点，其经营证券经纪业务应已满3年，且已被中国证券业协会评审为创新试点类证券公司。(　　)

3. 开展融资融券业务试点的证券公司在成立后就可为客户与客户、

客户与他人之间的融资融券活动提供任何便利和服务。（　　）

4. 证券公司经营融资融券业务，应当以自己的名义，在证券登记结算机构分别开立融券专用证券账户、客户信用交易担保证券账户、信用交易证券交收账户、信用交易资金交收账户、融资专用资金账户和客户信用交易担保资金账户。（　　）

5. 客户信用交易担保资金账户是用于存放客户交存的、担保证券公司因向客户融资融券所生债权的资金的账户。（　　）

6. 客户申请开展融资融券业务要在存管银行开立信用证券账户和信用资金台账，在证券公司开立信用资金账户。（　　）

7. 客户要在证券公司开展融资融券业务，可以由客户本人向证券公司营业部提出申请，也可以请其他公司代理。（　　）

8. 证券公司在向客户融资融券前，应当与客户协商制定融资融券业务合同。（　　）

9. 融资专用资金账户用于存放证券公司拟向客户融出的资金及客户归还的资金。（　　）

10. 日均换手率是指过去1个月内标的证券或基准指数每日涨跌幅绝对值的平均值（　　）

11. 在计算保证金金额时，国债折算率最高不超过95%。（　　）

12. 当融资买入证券市值低于融资买入金额或融券卖出证券市值高于融券卖出金额时，折算率为100%。（　　）

13. 客户只能与一家证券公司签订融资融券合同，向一家证券公司融入资金和证券。（　　）

14. 证券公司向客户融资，只能使用融资专用资金账户内的资金；向客户融券，只能使用融券专用证券账户内的证券。（　　）

15. 单只标的证券的融资金额达到该证券上市可流通市值的20%时，交易所可以在下一交易日暂停其融资买入，并向市场公布。（　　）

16. 证券公司对客户融资融券的额度按现行规定不得超过客户提交保证金的3倍。（　　）

17. 买券还券是指客户通过其信用证券账户申报买券，结算时买入证券直接划转至证券公司融券专用证券账户的一种还券方式。（　　）

18. 客户卖出信用证券账户内证券所得价款，可以先购入证券，然后

再偿还其融资欠款。 （ ）

19. 客户信用证券账户不得买入或转入除担保物和交易所规定标的证券范围以外的证券，不得用于从事交易所债券回购交易。 （ ）

20. 标的证券为股票的，该股票近3个月内日均换手率不低于基准指数日均换手率的20%，日均涨跌幅的平均值与基准指数涨跌幅的平均值的偏离值不超过4个百分点，且波动幅度不超过基准指数波动幅度的500%以上。 （ ）

21. 标的证券暂停交易，融资融券债务到期日仍未确定恢复交易日或恢复交易日在融资融券债务到期日之后的，融资融券的期限顺延。

（ ）

22. 可冲抵保证金证券的名单和折算率一经确定，则不能调整。

（ ）

23. 客户维持担保比例不得低于150%。 （ ）

24. 客户不得将已设定担保或其他第三方权利及被采取查封、冻结等司法措施的证券提交为担保物，证券公司不得向客户借出此类证券。

（ ）

25. 司法机关依法对客户信用证券账户或者信用资金账户记载的权益采取财产保全或者强制执行措施的，证券公司应当处分担保物，实现因向客户融资融券所生债权，并协助司法机关执行。 （ ）

26. 客户信用交易担保证券账户记录的证券，由证券公司以客户的名义，为客户的利益行使对证券发行人的权利。 （ ）

27. 担保证券涉及投票权行使时，由证券持有人名册记载的、持有客户信用交易担保证券账户的证券公司作为名义持有人直接参加投票。

（ ）

28. 担保证券涉及收购情形时，客户不得通过信用证券账户申报预受要约。 （ ）

29. 证券公司通过客户信用交易担保证券账户持有的股票虽然不计入其自有股票，但是证券公司也需履行相应的信息报告、披露或者要约收购义务。 （ ）

30. 客户信用风险主要是指由于客户违约，不能偿还到期债务而导致证券公司损失的可能性。 （ ）

31. 单只标的证券的融资余额达到该证券上市可流通市值的25%时，交易所可以在次一交易日暂停其融资买入，并向市场公布。（　）

32. 单只标的证券的融券余量降低至25%以下时，交易所可以在次一交易日恢复其融券卖出，并向市场公布。（　）

33. 证券公司对客户的授信和融出资金、证券均应由公司总部统一控制和办理，严禁分支机构擅自对外办理相关业务。（　）

34. 证券交易所可以对每一证券的市场融资买入量和融券卖出量占其市场流通量的比例、融券卖出的价格做出限制性规定。（　）

35. 单一证券的市场融资买入量或者融券卖出量占其市场流通量的比例达到规定的最高限额的，证券交易所可以暂停接受该种证券的融资买入指令或者融券卖出指令。（　）

36. 融资融券交易活动出现异常，已经或者可能危及市场稳定，有必要暂停交易的，证券交易所应当按照业务规则的规定，终止全部或者部分证券的融资融券交易并公告。（　）

37. 证券公司开展融资融券业务试点，必须经中国证券业协会批准。（　）

38. 证券公司应当健全业务隔离制度，确保融资融券业务与证券资产管理、证券自营、投资银行等业务在机构、人员、信息、账户等方面相互分离，独立运行。（　）

39. 信用交易证券交收账户用于记录客户委托证券公司持有、担保证券公司因向客户融资融券所生债权的证券。（　）

40. 客户信用资金账户是客户在证券公司开立的用于记载客户交存的担保资金的明细数据的账户。（　）

41. 客户只能开立1个信用资金账户。（　）

42. 证券公司对单一客户融券业务规模不得超过净资本的5%。（　）

43. 客户及其一致行动人通过普通证券账户和信用证券账户持有一家上市公司股票或其权益的数量合计达到规定的比例时，应当依法履行相应的报告、信息披露或者要约收购义务。（　）

44. 客户用于一家证券交易所上市证券交易的信用证券账户可以有2个。（　）

45. 非固定授信方式是指客户使用资金（证券）的金额和期限在授信额度和合同期限内固定不变，并按合同约定的金额和期限计收利息（费用）。 （ ）

46. 标的股票交易被实施特别处理的，交易所自该股票被实施特别处理下一日起将其调整出标的证券范围。 （ ）

参考答案

一、单项选择题

1. C　2. A　3. B　4. B　5. D　6. C　7. D
8. C　9. A　10. D　11. C　12. B　13. C　14. A
15. C　16. A　17. C　18. B　19. D　20. B　21. C

二、不定项选择题

1. ABCDE　2. BD　3. ABCD　4. CD　5. ABCD
6. AC　7. B　8. ABCD　9. ABCD　10. ABCDE
11. BD　12. ABCD　13. D　14. ABCD　15. ACDE
16. CD　17. ABCD　18. AB　19. ABCDEF　20. ABCD
21. ABD　22. ABCD　23. ABC　24. ABCD　25. ABCD
26. BCD　27. ABCD　28. BCD

三、判断题

1. B　2. A　3. B　4. B　5. A　6. B　7. B
8. B　9. A　10. B　11. A　12. A　13. A　14. A
15. B　16. B　17. A　18. B　19. A　20. A　21. A
22. B　23. B　24. A　25. A　26. B　27. A　28. A
29. B　30. A　31. A　32. B　33. A　34. A　35. A
36. B　37. B　38. A　39. B　40. B　41. A　42. A
43. A　44. B　45. B　46. B

第八章

债券回购交易

第一部分　基本内容及学习目的与要求

一、基本内容（见图8－1）

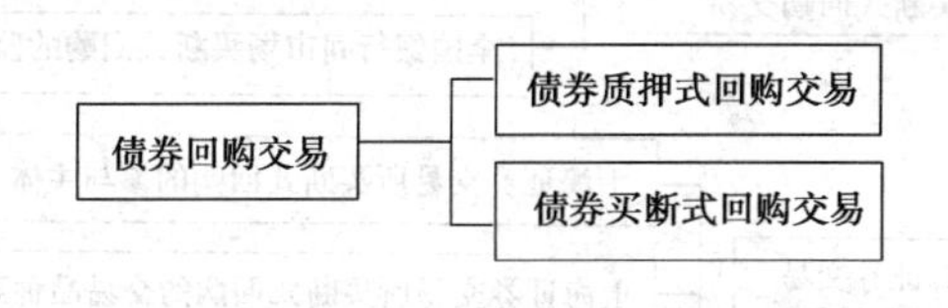

图8－1　第八章结构

二、学习目的与要求

掌握债券质押式回购交易的概念；掌握证券交易所债券质押式回购交易的基本规则；熟悉全国银行间市场债券质押式回购交易的基本规则。

熟悉债券买断式回购交易的含义；熟悉银行间市场买断式回购有关交易规则、风险控制及监管与处罚措施；熟悉上海证券交易所买断式回购交易基本规则及风险控制措施。

第二部分　知识体系与考点分析

第一节　债券质押式回购交易

一、知识体系（见图 8－2）

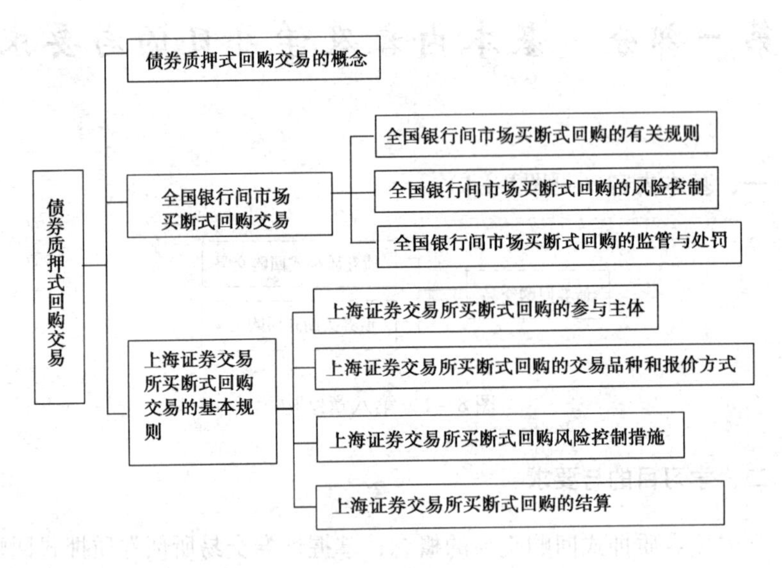

图 8－2　第八章第一节结构

二、考点分析

（一）债券质押式回购交易的概念

债券质押式回购交易是指融资方（正回购方、卖出回购方、资金融入方）在将债券质押给融券方（逆回购方、买入返售方、资金融出方）融入资金的同时，双方约定在将来某一指定日期，由融资方按约定回购利率计算的资金额向融券方返回资金，融券方向融资方返回原出质债券的融资行为。

开展债券回购交易业务的主要场所为沪、深证券交易所及全国银行间同业拆借中心。

（二）证券交易所债券质押式回购交易

1. 证券交易所质押式回购实行质押库制度。融资方应在回购申报前，通过交易所交易系统申报提交相应的债券作质押。当日购买的债券，当日可用于质押券申报，并可进行相应的债券回购交易业务。当日申报转回的债券，当日可以卖出。

交易所债券质押式回购实行标准券制度。2008 年，上海证券交易所规定国债、企业债、公司债等可参与回购的债券均可折成标准券，并可合并计算，不再区分国债回购和企业债回购。深圳证券交易所仍维持原状，规定国债、企业债折成的标准券不能合并计算，因此需要区分国债回购和企业债回购。

2. 证券交易所质押式回购品种。目前，上海证券交易所实行标准券制度的债券质押式回购分为 1 天、2 天、3 天、4 天、7 天、14 天、28 天、91 天、182 天 9 个品种。深圳证券交易所现有实行标准券制度的债券质押式回购有 1 天、2 天、3 天、4 天、7 天、14 天、28 天、63 天、91 天、182 天、273 天 11 个品种，实行标准券制度的质押式企业债回购有 1 天、2 天、3 天、7 天 4 个品种。

3. 证券交易所债券质押式回购交易流程。

4. 证券交易所质押式回购的申报要求。

（1）报价方式。以债券回购交易资金的年收益率进行报价。

（2）申报要求。债券回购交易双方在报价时，直接输入资金年收益率的数值，可省略百分号（%）。沪、深证券交易所对申报单位、最小报价变动单位及申报数量的规定有所不同。

《上海证券交易所债券交易实施细则》规定，债券回购交易集中竞价时，其申报应当符合下列要求：（1）申报单位为手，1 000 元标准券为 1 手。（2）计价单位为每百元资金到期年收益。（3）申报价格最小变动单位为 0. 005 元或其整数倍。（4）申报数量为 100 手或其整数倍，单笔申报最大数量应当不超过 1 万手。（5）申报价格限制按照交易规则的规定执行。

深圳证券交易所规定，债券回购交易的申报单位为张，100元标准券为1张；最小报价变动为0.01元或其整数倍；申报数量为10张及其整数倍，单笔申报最大数量应当不超过10万张。其他规定与上海证券交易所类似。

（三）全国银行间市场债券质押式回购交易的基本规则

全国银行间市场债券回购业务是指以商业银行等金融机构为主的机构投资者之间以询价方式进行的债券交易行为。《全国银行间债券市场债券交易管理办法》规定，全国银行间债券市场回购的债券是指经中国人民银行批准、可在全国银行间债券市场交易的政府债券、中央银行债券和金融债券等记账式债券。

1. 全国银行间市场质押式回购参与者：

（1）在中国境内具有法人资格的商业银行及其授权分支机构。

（2）在中国境内具有法人资格的非银行金融机构和非金融机构。

（3）经中国人民银行批准经营人民币业务的外国银行分行。

目前，具有结算代理人资格的金融机构主要有各全国性商业银行、烟台住房储蓄银行和部分符合条件的城市商业银行。

2. 全国银行间市场质押式回购成交合同。回购成交合同是回购双方就回购交易所达成的协议。回购成交合同应采用书面形式，具体包括全国银行间同业拆借中心交易系统生成的成交单、电报、电传、传真、合同书和信件等。

回购双方需在中央国债登记结算有限责任公司（简称“中央结算公司”）办理债券的质押登记。质押登记是指中央结算公司按照回购双方通过中央债券簿记系统发送并相匹配的回购结算指令，在融资方债券托管账户将回购成交合同指定的债券进行冻结的行为。以债券为质押进行回购交易，应办理质押登记。

3. 全国银行间市场质押式回购交易品种及交易单位。2002年发布的《全国银行间债券市场债券交易规则》第6条规定，全国银行间债券市场回购期限最短为1天，最长为1年。

全国银行间债券市场回购交易数额最小为债券面额10万元，交易单位为债券面额1万元。回购利率由交易双方自行确定。回购期间，交易双方不得动用质押的债券。回购到期应按照合同约定全额返还回购项下的资金，并解除质押关系。

4. 全国银行间市场债券交易以询价方式进行，自主谈判，逐笔成交。债券交易采用询价交易方式，包括自主报价、格式化询价、确认成交3个交易步骤。回购交易成交后，最后一个步骤是成交双方办理债券和资金的结算。

（1）自主报价。参与者的自主报价分为两类：公开报价和对话报价。

公开报价是指参与者为表明自身交易意向而面向市场做出的、不可直接确认成交的报价。公开报价还可进一步分为单边报价和双边报价两类。单边报价是指参与者为表明自身对资金或债券的供给或需求而面向市场做出的公开报价。双边报价是指经批准的参与者在进行现券买卖公开报价时，在中国人民银行核定的债券买卖价差范围内连续报出该券种的买卖实价，并可同时报出该券种的买卖数量、清算速度等交易要素。

对话报价是指参与者为达成交易而直接向交易对手方做出的、对手方确认即可成交的报价。

（2）格式化询价。格式化询价是指参与者必须按照交易系统规定的格式内容填报自己的交易意向。未按规定做的报价为无效报价。

（3）确认成交。确认成交须经过“对话报价——确认”的过程，即一方发送的对话报价，由对手方确认后成交，交易系统及时反馈成交。交易成交前，进入对话报价的双方可在规定的次数内轮流向对手方报价。

（4）结算。债券交易成交确认后，成交双方需根据交易系统的成交回报各自打印成交通知单。债券回购成交通知单与参与者签署的债券回购主协议是确认债券回购交易确立的合同文件。若参与者对成交通知单的内容有疑问或歧义，则以交易系统的成交记录为准。

5. 全国银行间市场质押式回购违规行为及处罚。《全国银行间债券市场交易管理办法》第三十四条规定，债券回购业务参与者有下列行为之一的，由中国人民银行给予警告，并可处3万元人民币以下的罚款，可暂停或取消其债券交易业务资格；对直接负责的主管人员和直接责任人员，由其主管部门给予纪律处分；违反中国人民银行有关金融机构高级管理人员任职资格管理规定的，按其规定处理：

（1）擅自从事借券、租券等融券业务。

（2）擅自交易未经批准上市债券。

(3) 制造并提供虚假资料和交易信息。

(4) 操纵债券交易价格，或制造债券虚假价格。

(5) 不遵守有关规则或协议并造成严重后果。

(6) 违规操作对交易系统和债券簿记系统造成破坏。

第二节　债券买断式回购交易

一、知识体系（见图8－3）

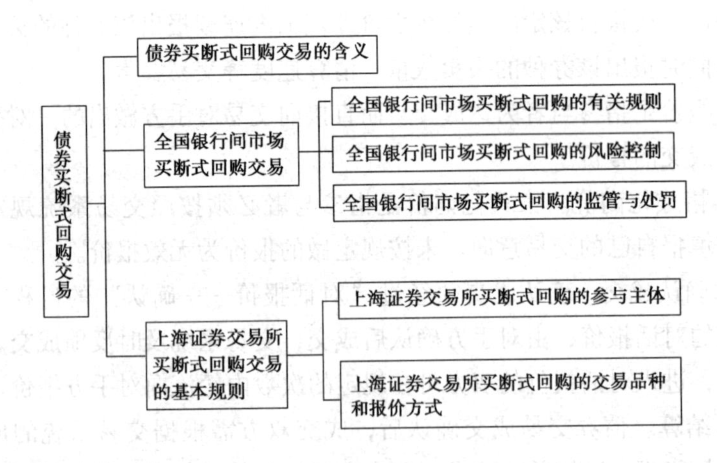

图8－3　第八章第二节结构

二、考点分析

（一）债券买断式回购交易的含义

所谓债券买断式回购交易（亦称“开放式回购”，简称“买断式回购”），是指债券持有人（正回购方）将一笔债券卖给债券购买方（逆回购方）的同时，交易双方约定在未来某一日期，再由卖方（正回购方）以约定价格从买方（逆回购方）购回相等数量同种债券的交易行为。

买断式回购与前述质押式回购业务（亦称“封闭式回购”）的区别在

于：在买断式回购的初始交易中，债券持有人将债券“卖”给逆回购方，所有权转移至逆回购方；而在质押式回购的初始交易中，债券所有权并不转移，逆回购方只享有质权。

买断式回购对完善市场功能具有重要意义：

（1）有利于降低利率风险，合理确定债券和资金的价格。

（2）有利于金融市场的流动性管理。

（3）有利于债券交易方式的创新。

（二）全国银行间市场买断式回购交易

1. 全国银行间市场买断式回购的有关规则。市场参与者进行买断式回购应签订买断式回购主协议。市场参与者进行每笔买断式回购还应订立书面形式的合同。其书面形式包括全国银行间同业拆借中心（以下简称“同业中心”）交易系统生成的成交单，或者合同书、信件和数据电文等形式。买断式回购主协议和上述书面形式的合同构成买断式回购的完整合同。

全国银行间市场买断式回购的期限由交易双方确定，但最长不得超过91 天。买断式回购期间，交易双方不得换券、现金交割和提前赎回。

全国银行间市场买断式回购以净价交易，全价结算。

买断式回购的首期交易净价、到期交易净价和回购债券数量由交易双方确定，但到期交易净价加债券在回购期间的新增应计利息应大于首期交易净价。

2. 全国银行间市场买断式回购的风险控制措施：

（1）保证金或保证券制度。设定保证券时，回购期间保证券应在交易双方中的提供方托管账户冻结。保证金或保证券在一定程度上可以弥补交易对手违约所带来的损失。

（2）仓位限制。全国银行间市场规定进行买断式回购，任何一家市场参与者单只券种的待返售债券余额应小于该只债券流通量的 20%，任何一家市场参与者待返售债券总余额应小于其在中央结算公司托管的自营债券总额的 200%。

3. 全国银行间市场买断式回购的监管与处罚。同业中心负责买断式回购交易的日常监测工作，中央结算公司负责买断式回购结算的日常监测工作。发现异常交易、结算情况应及时向中国人民银行报告。

（三）上海证券交易所买断式回购交易的基本规则

上海证券交易所买断式回购挂牌品种同时在竞价交易系统和大宗交易系统进行交易。

1. 上海证券交易所国债买断式回购的交易主体限于在中国结算上海分公司以法人名义开立证券账户的机构投资者（B、D 账户）。

2. 上海证券交易所买断式回购的交易品种和报价方式。国债买断式回购交易的券种和回购期限由交易所确定并向市场公布。买断式回购的回购期限从 1 天、2 天、3 天、4 天、7 天、14 天、28 天、91 天和 182 天中选择。截止到 2008 年底，用于国债买断式回购交易的券种有“04 国债(10)”“05 国债（1）”“05 国债（3）”“05 国债（4）”“06 国债（4）”等12 只国债，回购期限设定为 7 天、28 天和 91 天。

国债买断式回购交易按照证券账户进行申报。申报应当符合以下要求：

（1）价格：按每百元面值债券到期购回价（净价）进行申报。

（2）融资方申报“买入”，融券方申报“卖出”。

（3）最小报价变动：0. 01 元。

（4）交易单位：手（1 手 =1 000 元面值）。

（5）申报单位：1 000 手或其整数倍。

（6）每笔申报限量：竞价撮合系统最小 1 000 手，最大 50 000 手。单笔交易数量在 10 000 手（含）以上，可采用大宗交易方式进行。

3. 上海证券交易所采取履约金制度和仓位控制防范买断式回购的风险。

（1）履约金制度。上海证券交易所买断式回购的履约金制度与银行间市场的保证金或保证券制度的初衷类似，但相比而言，上海证券交易所履约金制度还存在以下特点：

①双方均需缴纳履约金，而在银行间市场，是否引入保证金或保证券由交易双方协商。

②履约金比率由交易所确定，而在银行间市场，保证金或保证券的金额也由双方协商。

③履约金到期归属按规则判定，而银行间市场则没有此类规则。上海证券交易所规定，回购到期双方按约履行的，履约金返还各自一方；如单

方违约（含无力履约和主动申报“不履约”两种情况），违约方的履约金归守约方所有；如双方违约，双方各自缴纳的履约金划归证券结算风险基金。

④违约方承担的违约责任只以支付履约金为限，实际履约义务可以免除，而在银行间市场，保证金或保证券处置后仍不能弥补违约损失的，一般情况下守约方可以继续向违约方追索。与此相对应，上海证券交易所买断式回购到期日闭市前，融资方和融券方均可就该日到期回购进行不履约申报。

（2）仓位控制。与银行间市场类似，上海证券交易所也规定每一机构投资者持有的单一券种买断式回购未到期数量累计不得超过该券种发行量的20%；累计达到20%的投资者，在相应仓位减少前不得继续进行该券种的买断式回购业务。这一规定同样有助于防范正回购方届时被迫高价买券或违约的风险，有利于维护债券市场的正常秩序。

4. 上海证券交易所买断式回购的结算国债买断式回购交易按照“一次成交、两次清算”原则结算。

第三部分 自测题及参考答案

一、单项选择题（以下各小题所给出的4个选项中，只有一项最符合题目要求，请将正确选项的代码填入括号内）

1. 沪、深证券交易所以国债为主要品种的质押式回购交易的开办时间分别是(　　)。

A. 1993年12月和1994年11月

B. 1993年10月和1994年12月

C. 1994年10月和1993年12月

D. 1993年12月和1994年10月

2. 证券交易所质押式回购实行(　　)。

A. 抵押库制度　　　　B. 质押库制度

C. 扣押制度　　D. 第三方看管

3. 证券交易所质押式回购的申报要求之一是以债券回购交易资金的(　　)进行报价。

A. 月收益率　　B. 季度收益率

C. 年收益率　　D. 加权平均收益率

4. 在上海证券交易所进行债券回购交易集中竞价时计价单位为(　　)。

A. 每百元资金到期收益　　B. 每百元资金到期年收益

C. 每千元资金到期年收益　　D. 每万元资金到期年收益

5. 在上海证券交易所进行债券回购交易集中竞价时，申报数量为(　　)，单笔申报最大数量应当不超过(　　)。

A. 100 手或其整数倍，1 万手　　B. 10 手或其整数倍，1 万手

C. 10 张及其整数倍，10 万张　　D. 10 张及其整数倍，1 万张

6. 深圳证券交易所规定，债券回购交易最小报价变动为(　　)。

A. 0.005 元或其整数倍　　B. 0.01 元或其整数倍

C. 0.05 元或其整数倍　　D. 0.1 元或其整数倍

7. 深圳证券交易所规定，债券回购交易申报数量为 10 张及其整数倍，单笔申报最大数量应当不超过(　　)。

A. 1 万张　　B. 10 万张

C. 50 万张　　D. 100 万张

8.《全国银行间债券市场债券交易管理办法》规定，全国银行间债券市场回购的债券是指经批准、可在全国银行间债券市场交易的政府债券、中央银行债券和金融债券等记账式债券。

A. 中国证监会　　B. 中国人民银行

C. 中国证券业协会　　D. 中国银行业监督管理委员会

9. 2002 年发布的《全国银行间债券市场债券交易规则》第 6 条规定，全国银行间债券市场回购期限最短为(　　)，最长为(　　)。

A. 1 天，1 年　　B. 2 天，1 年

C. 10 天，1 年　　D. 50 天，1 年

10. 全国银行间债券市场回购交易数额最小为债券面额(　　)，交易单位为债券面额(　　)。

A. 1 万元，1 万元　　B. 10 万元，10 万元

C. 10 万元，1 万元　　D. 10 元，1 元

11. (　　)是指参与者为达成交易而直接向交易对手方做出的、对手方确认即可成交的报价。

A. 公开报价　　B. 对话报价

C. 格式化询价　　D. 双边报价

12. (　　)是指经批准的参与者在进行现券买卖公开报价时，在中国人民银行核定的债券买卖价差范围内连续报出该券种的买卖实价，并可同时报出该券种的买卖数量、清算速度等交易要素。

A. 公开报价　　B. 对话报价

C. 格式化询价　　D. 双边报价

13. (　　)是指参与者必须按照交易系统规定的格式内容填报自己的交易意向。

A. 公开报价　　B. 对话报价

C. 格式化询价　　D. 双边报价

14. 债券回购(　　)与参与者签署的债券回购主协议是确认债券回购交易确立的合同文件。

A. 成交通知单　　B. 成交传真件

C. 成交确认单　　D. 成交协议书

15. 债券回购业务参与者违规操作对交易系统和债券簿记系统造成破坏的，由中国人民银行给予警告，并可处(　　)人民币以下的罚款。

A. 2 万元　　B. 3 万元

C. 7 万元　　D. 10 万元

16. 全国银行间市场买断式回购的期限由交易双方确定，但最长不得超过(　　)。

A. 61 天　　B. 90 天

C. 91 天　　D. 97 天

17. 买断式回购的首期交易净价、到期交易净价和回购债券数量由交易双方确定，但到期交易净价加债券在回购期间的新增应计利息应(　　)首期交易净价。

A. 小于　　B. 等于

C. 大于　　D. 包括

18. 全国银行间市场规定进行买断式回购，任何一家市场参与者单只券种的待返售债券余额应小于该只债券流通量的(　　)，任何一家市场参与者待返售债券总余额应小于其在中央结算公司托管的自营债券总额的(　　)。

A. 20%，20%　　B. 20%，200%

C. 200%，20%　　D. 200%，200%

19. 上海证券交易所买断式回购交易按照(　　)进行申报。

A. 交易的券种　　B. 证券账户

C. 回购期限　　D. 价格

20. 上海证券交易所买断式回购申报价格按每百元面值债券(　　)进行申报。

A. 到期价（净价）　　B. 到期现价（净价）

C. 到期购回价（全价）　　D. 到期购回价（净价）

21. 上海证券交易所买断式回购每笔申报限量：竞价撮合系统最小(　　)手，最大(　　)手。

A. 1 000，50 000　　B. 5 000，10 000

C. 1 000，10 000　　D. 500，1 000

22. 全国银行间债券市场债券回购业务是指以商业银行等金融机构为主的机构投资者之间以(　　)进行的债券交易行为。

A. 竞价方式　　B. 询价方式

C. 招投标方式　　D. 定价方式

23. (　　)是全国银行间债券市场的主管部门。

A. 中国人民银行　　B. 中国银行业监督管理委员会

C. 财政部　　D. 中央国债登记结算有限责任公司

24. 全国银行间市场质押式回购成交合同的内容(　　)。

A. 由正回购方决定　　B. 由中国人民银行统一制定

C. 由逆回购方决定　　D. 由回购双方约定

25. 格式化询价是指参与者必须按照(　　)规定的格式内容填报自己的交易意向。

A. 中国人民银行　　B. 证券交易所

C. 交易系统　　　　　　D. 结算代理人

26. 债券买断式回购交易也称(　　)。

A. 封闭式回购　　　　　B. 开放式回购

C. 一次性回购　　　　　D. 双向回购

27. 全国银行间市场买断式回购以(　　)。

A. 全价交易、全价结算　　B. 净价交易、净价结算

C. 净价交易、全价结算　　D. 全价交易、净价结算

28. 全国银行间市场买断式回购中，(　　)负责买断式回购交易的日常监测工作。

A. 中央结算公司　　　　B. 中国人民银行

C. 中国银行业监督委员会　　D. 同业中心

29. 上海证券交易所会员参与国债买断式回购引入(　　)制度。

A. 权限审批　　　　　　B. 交易权限管理

C. 资格认定　　　　　　D. 权限最小化

30. 上海证券交易所国债买断式回购交易的券种和回购期限由(　　)确定。

A. 上海证券交易所　　　B. 中国人民银行

C. 交易双方协商　　　　D. 同业中心

31. 上海证券交易所国债买断式回购单笔交易数量在(　　)手（含）以上，可采用大宗交易方式进行。

A. 1 000　　　　　　　B. 5 000

C. 10 000　　　　　　D. 50 000

32. 债券质押式回购交易，是指正回购方在将债券出质给逆回购方融入资金的同时，双方约定在将来某一指定日期，由正回购方按(　　)计算的资金额向逆回购方返回资金，逆回购方向正回购方返回原出质债券的融资行为。

A. 1 年期国债利率　　　　B. 约定回购利率

C. 1 年定期存款利率　　　D. 活期存款利率

33. 参与全国银行间市场质押式回购交易的双方应在(　　)办理债券的质押登记。

A. 全国银行间同业拆借中心

B. 中央国债登记结算有限责任公司

C. 证券登记结算公司

D. 证券交易所

34.《关于开展国债买断式回购业务的通知》要求，于2004年12月6日，(　　)国债上市日起在大宗交易系统将此期国债用于买断式回购交易。

A. 2004年记账式（十期）　　B. 2005年记账式（二期）

C. 2005年记账式（十期）　　D. 2004年记账式（二期）

35. 上海证券交易所规定，每一机构投资者持有的单一券种买断式回购未到期数量累计不得超过该券种发行量的(　　)。

A. 10%　　B. 15%

C. 20%　　D. 25%

二、不定项选择题（以下各小题所给出的4个选项中，至少有一项符合题目要求，请将符合题目要求选项的代码填入括号内）

1. 开展债券回购交易业务的主要场所为(　　)。

A. 上海证券交易所　　B. 深圳证券交易所

C. 中央结算公司　　D. 全国银行间同业拆借中心

2. 交易所债券回购市场的参与主体主要是投资股市的各类投资者，如(　　)等。

A. 证券公司　　B. 保险公司

C. 证券投资基金　　D. 商业银行

3. 上海证券交易所实行标准券制度的债券质押式回购包含的品种有(　　)。

A. 63天　　B. 91天

C. 182天　　D. 273天

4. 深圳证券交易所实行标准券制度的质押式企业债回购有以下(　　)几个品种。

A. 1天　　B. 2天

C. 3天　　D. 7天

5. 全国银行间债券回购参与者包括(　　)。

A. 中国境内具有法人资格的商业银行及其授权分支机构

B. 经中国人民银行批准经营人民币业务的外国银行总行

C. 在中国境内具有法人资格的非银行金融机构和非金融机构

D. 经中国人民银行批准经营人民币业务的外国银行分行

6. 全国银行间市场质押式回购中，(　　)共同构成回购交易完整的回购合同。

A. 回购成交合同　　B. 回购交易合同

C. 债券回购主协议　　D. 债券回购协议

7. 全国银行间市场质押式回购中，具有结算代理人资格的金融机构主要有(　　)。

A. 各全国性商业银行

B. 烟台住房储蓄银行

C. 部分符合条件的城市商业银行

D. 部分符合条件的农业银行

8. 全国银行间市场质押式回购中，回购成交合同应采用书面形式，具体包括全国银行间同业拆借中心交易系统生成的(　　)等。

A. 成交单　　B. 电报

C. 电传　　D. 传真

9. 全国银行间市场债券交易以询价方式进行，自主谈判，逐笔成交。债券交易采用询价交易方式，包括以下(　　)几个交易步骤。

A. 自主报价　　B. 格式化询价

C. 累计投票询价　　D. 确认成交

10.《全国银行间债券市场交易管理办法》第34条规定，债券回购业务参与者有下列行为之一的，由中国人民银行给予警告，并可处3万元人民币以下的罚款，可暂停或取消其债券交易业务资格(　　)。

A. 擅自从事借券、租券等融券业务

B. 擅自交易未经批准上市债券

C. 制造并提供虚假资料和交易信息

D. 操纵债券交易价格，或制造债券虚假价格

11. 债券回购业务参与者擅自从事借券、租券等融券业务，可能的处

罚措施有(　　)。

A. 由中国人民银行给予警告，并可处3万元人民币以下的罚款

B. 可暂停或取消其债券交易业务资格

C. 对直接负责的主管人员和直接责任人员，由其主管部门给予纪律处分

D. 违反中国人民银行有关金融机构高级管理人员任职资格管理规定的，按其规定处理

12. 债券买断式回购与质押式回购业务的区别是(　　)。

A. 质押式回购的初始交易中，债券持有人将债券“卖”给逆回购方，所有权转移至逆回购方

B. 买断式回购的初始交易中，债券所有权并不转移，逆回购方只享有质权

C. 买断式回购的初始交易中，债券持有人将债券“卖”给逆回购方，所有权转移至逆回购方

D. 质押式回购的初始交易中，债券所有权并不转移，逆回购方只享有质权

13. 买断式回购这一特性对完善市场功能具有重要意义，主要有(　　)。

A. 有利于降低利率风险，合理确定债券和资金的价格

B. 有利于金融市场的流动性管理

C. 有利于债券交易方式的创新

D. 提高了债券的利用效率，可以满足金融市场流动性管理的需要

14. 全国银行间市场对买断式回购采取的风险控制措施有(　　)。

A. 保证金或保证券制度　　B. 仓位限制

C. 履约金制度　　D. 处罚制度

15. 买断式回购发生违约，对违约事实或违约责任存在争议的，交易双方可以协议申请仲裁或者向人民法院提起诉讼，并将最终仲裁或诉讼结果报告(　　)。

A. 同业中心　　B. 中国证券业协会

C. 中国人民银行　　D. 中央结算公司

16. 与银行间市场的保证金或保证券制度相比而言，上海证券交易所履约金制度存在以下(　　)特点。

A. 双方均需缴纳履约金

B. 履约金比率由交易所确定

C. 履约金到期归属按规则判定

D. 违约方承担的违约责任只以支付履约金为限

17. 全国银行间市场质押式回购中，非金融机构应委托结算代理人进行债券交易和结算，且只能委托开展(　　)。

A. 现券买卖　　B. 逆回购业务

C. 正回购业务　　D. 国券买卖

18. 关于沪、深证券交易所对债券回购交易的申报单位、最小报价变动单位及申报数量的规定，下列说法正确的有(　　)。

A. 上海证券交易所：申报单位为手，1 000 元标准券为1 手

B. 上海证券交易所：申报价格最小变动单位为 0. 005 元或其整数倍

C. 深圳证券交易所：最小报价变动为 0. 01 或其整数倍

D. 深圳证券交易所：交易单位为合计面额 1 000 元及其整数倍

19. 开办国债回购交易的目的是(　　)。

A. 发展国债市场　　B. 活跃国债交易

C. 发挥国债的信用功能　　D. 提供一种融资方式

20. 下列关于标准券的说法正确的是(　　)。

A. 标准券是由不同债券品种按相应折算率折算形成的回购融资额度

B. 上海证券交易所规定国债、企业债、公司债等可参与回购的债券均可折成标准券

C. 深圳证券交易所规定国债、企业债折成的标准券不能合并计算

D. 上海证券交易所实行标准券制度的债券质押式回购分为 1 天、2 天、3 天、4 天、7 天、14 天、28 天、63 天、91 天、182 天、273 天 11 个品种

21. 沪、深证券交易所推出的质押式国债回购交易品种不同的有

(　　)。

A. 4 天回购　　B. 28 天回购

C. 63 天回购　　D. 273 天回购

22. 全国银行间债券市场回购的债券是指经中国人民银行批准可用于在全国银行间债券市场进行交易的(　　)。

A. 政府债券　　B. 中央银行债券

C. 企业债券　　D. 金融债券

23. 中央国债登记结算有限责任公司为中国人民银行指定的办理债券的(　　)的机构。

A. 交易　　B. 登记

C. 托管　　D. 结算

24. 公开报价包括(　　)。

A. 单边报价　　B. 对话报价

C. 双边报价　　D. 反向报价

25. 双边报价是指经中国人民银行批准在银行间债券市场开展双边报价业务的参与者在进行现券买卖公开报价时，在中国人民银行核定的债券买卖价差范围内连续报出该券种的买卖实价，并可同时报出该券种的(　　)等交易要素。

A. 交付方式　　B. 买卖数量

C. 清算速度　　D. 结算方式

26. 全国银行间市场买断式回购的(　　)由交易双方确定。

A. 到期交付方式　　B. 首期交易净价

C. 到期交易净价　　D. 回购债券数量

27. 全国银行同业拆借中心根据中央结算公司提供的交易券种要素，公告交易券种的(　　)。

A. 交易价格　　B. 挂牌日

C. 摘牌日　　D. 交易的起止日期

28. 对于制造并提供虚假资料和交易信息债券的回购业务参与者，中国人民银行可采取的措施有(　　)。

A. 警告

B. 3 万元人民币以下的罚款

C. 暂停其债券交易业务资格

D. 取消其债券交易业务资格

29. 国债买断式回购的交易主体限于(　　)。

A. A 账户　　B. B 账户

C. C 账户　　D. D 账户

30. 在债券质押式回购交易中，正回购方是(　　)。

A. 资金融入方　　B. 出质债券方

C. 资金融出方　　D. 卖出回购方

三、判断题（判断以下各小题的对错，正确的用 A 表示，错误的用 B 表示）

1. 债券质押式回购交易是指融资方在将债券质押给融券方融入资金的同时，双方约定在将来某一指定日期，由第三方按约定回购利率计算的资金额向融券方返回资金，融券方向融资方返回原出质债券的融资行为。(　　)

2. 在债券质押式回购交易中，融资方是指在债券回购交易中融入资金、出质债券的一方。(　　)

3. 2003 年 1 月 3 日上海证券交易所推出了企业债券回购交易。(　　)

4. 当日购买的债券，当日可用于质押券申报，并可进行相应的债券回购交易业务。(　　)

5. 当日申报转回的债券，当日不可以卖出。(　　)

6. 全国银行间市场债券质押式回购实行标准券制度。(　　)

7. 深圳证券交易所规定国债、企业债折成的标准券不能合并计算，因此需要区分国债回购和企业债回购。(　　)

8. 投资者在进行债券质押式回购交易委托时，标准券余额不足的，债券回购的申报无效。(　　)

9. 债券回购交易的融券方，应在回购期内保持质押券对应标准券足额。(　　)

10. 在上海证券交易所进行债券回购交易集中竞价时，其申报单位为

手，1 000 元标准券为 1 手。（ ）

11. 深圳证券交易所规定，债券回购交易的申报单位为张，100 元标准券为 1 张。（ ）

12. 全国银行间债券市场债券回购业务是指以商业银行等金融机构为主的机构投资者之间以询价方式进行的债券交易行为。（ ）

13. 以交易系统生成的成交单、电报和电传作为回购成交合同的，业务公章和法定代表人（或授权人）签字也是必备条款。（ ）

14. 全国银行间市场质押式回购合同在办理质押登记后生效。（ ）

15. 全国银行间市场质押式回购交易成交后，最后一个步骤是成交双方办理债券和资金的结算。（ ）

16. 对话报价是指参与者为表明自身交易意向而面向市场做出的、不可直接确认成交的报价。（ ）

17. 债券开放式回购是指债券持有人（正回购方）将一笔债券卖给债券购买方（逆回购方）的同时，交易双方约定在未来某一日期，再由卖方（正回购方）以约定价格从买方（逆回购方）购回相等数量同种债券的交易行为。（ ）

18. 在债券买断式回购交易中，以一定数量的资金购得对应的国债，并在约定期满后以事先商定的价格向对方卖出对应国债的为融资方（申报时为卖方）。（ ）

19. 全国银行间市场买断式回购期间，交易双方不得换券、现金交割和提前赎回。（ ）

20. 全国银行间市场买断式回购以全价交易，净价结算。（ ）

21. 买断式交易双方都面临承担对手方不履约的风险。（ ）

22. 全国银行间市场买断式回购设定保证券时，回购期间保证券应在交易双方中的提供方托管账户冻结。（ ）

23. 上海证券交易所买断式回购的参与主体限于在中国结算上海分公司以法人名义开立证券账户的机构投资者（B、D 账户）。（ ）

24. 上海证券交易所规定，回购到期如双方违约，双方各自缴纳的履约金划归各自所有。（ ）

25. 在银行间市场债券买断式回购中，保证金或保证券处置后仍不能弥补违约损失的，一般情况下守约方可以继续向违约方追索。（ ）

26. 上海证券交易所买断式回购到期日闭市前，融资方和融券方均可就该日到期回购进行不履约申报。（　）

27. 买断式回购使大量的债券不再像质押式回购那样被冻结，保证了市场上可供交易的债券量。（　）

28. 市场参与者进行买断式回购应签订买断式回购主协议。该主协议须具有履约保证条款，以保证买断式回购合同的切实履行。（　）

29. 全国银行间市场买断式回购中，同业中心和中央结算公司每日向市场披露上一交易日单只券种买断式回购待返售债券总余额占该券种流通量的比例等买断式回购业务信息。（　）

30. 只有中央结算公司负责依据中国人民银行有关买断式回购的规定制定相应的买断式回购业务的交易、结算规则。（　）

参考答案

一、单项选择题

1. D　2. B　3. C　4. B　5. A　6. B　7. B
8. B　9. A　10. C　11. B　12. D　13. C　14. A
15. B　16. C　17. C　18. B　19. B　20. D　21. A
22. B　23. A　24. D　25. C　26. B　27. C　28. D
29. B　30. A　31. C　32. B　33. B　34. A　35. C

二、不定项选择题

1. ABD　2. ABC　3. BC　4. ABCD　5. ACD
6. AC　7. ABC　8. ABCD　9. ABD　10. ABCD
11. ABCD　12. CD　13. ABCD　14. AB　15. AD
16. ABCD　17. AB　18. ABCD　19. ABCD　20. ABC
21. CD　22. ABD　23. BCD　24. AC　25. BC
26. BCD　27. BCD　28. ABCD　29. BD　30. AD

三、判断题

1. B	2. A	3. B	4. A	5. B	6. B	7. A
8. A	9. B	10. A	11. A	12. A	13. B	14. A
15. A	16. B	17. A	18. B	19. A	20. B	21. A
22. A	23. A	24. B	25. A	26. A	27. A	28. A
29. A	30. B					

第九章

证券交易的结算

第一部分　基本内容及学习目的与要求

一、基本内容（见图9－1）

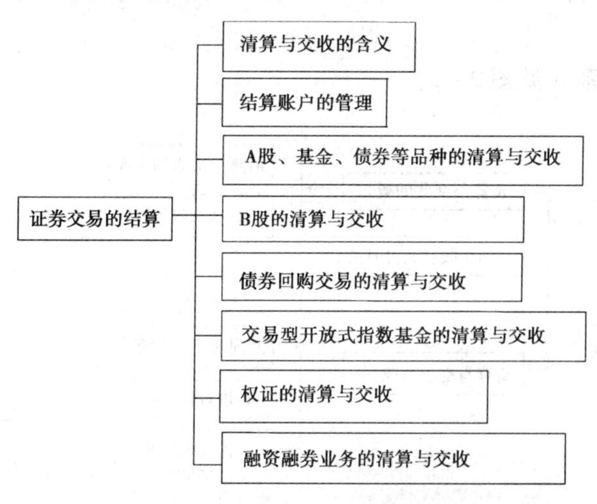

图9－1　第九章结构

二、学习目的与要求

掌握清算、交收的概念；熟悉清算和交收的联系与区别；掌握清算与交收的原则。

掌握结算账户管理的有关规定和要求。

掌握我国上海市场、深圳市场A股、基金、债券等品种的清算与交收；熟悉合格境外机构投资者的结算办法。

掌握我国上海市场、深圳市场B股清算与交收。

掌握我国债券回购交易的清算与交收。

熟悉我国交易型开放式指数基金的清算与交收。

熟悉我国权证的清算与交收。

熟悉融资融券业务的清算与交收。

第二部分　知识体系与考点分析

第一节　清算与交收的含义

一、知识体系（见图9－2）

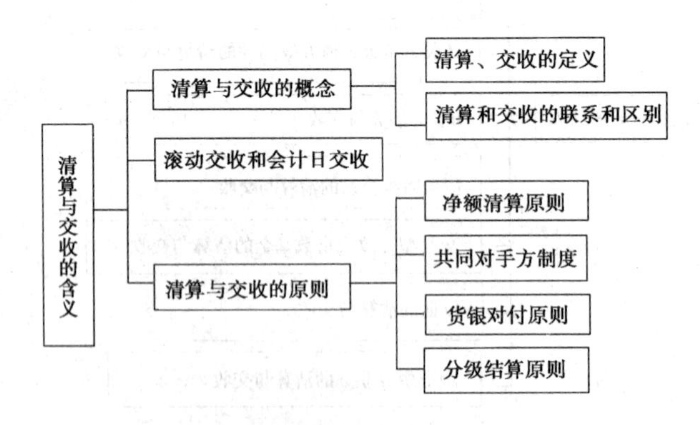

图9－2　第九章第一节结构

二、考点分析

（一）清算与交收的概念

1. 清算一般有三种解释：一是指一定经济行为引起的货币资金关系

应收、应付的计算；二是指公司、企业结束经营活动、收回债务、处置分配财产等行为的总和；三是银行同业往来中应收或应付差额的轧抵。证券交易的清算适用第一种解释，具体指在每一营业日中每个结算参与人证券和资金的应收、应付数量或金额进行计算的处理过程。

2. 证券交易的交收指根据清算的结果在事先约定的时间内履行合约的行为，一般指买方支付一定款项以获得所购证券，卖方交付一定证券以获得相应价款。

3. 清算与交收的联系。从时间发生及运作的次序来看，清算是交收的基础和保证，交收是清算的后续与完成。清算结果正确才能确保交收顺利进行；而只有通过交收，才能最终完成证券或资金收付，结束整个交易过程。

4. 清算与交收的区别。两者最根本的区别在于：清算是对应收、应付证券及价款的计算，其结果是确定应收、应付数量或金额，并不发生财产实际转移；交收则是根据清算结果办理证券和价款的收付，发生财产实际转移（虽然有时不是实物形式）。

（二）滚动交收和会计日交收

1. 滚动交收要求某一交易日成交的所有交易有计划地安排距成交日相同营业日天数的某一营业日进行交收。

2. 会计日交收，即在一段时间内的所有交易集中在一个特定日期进行交收。

T+1 滚动交收目前适用于我国内地市场的 A 股、基金、债券、回购交易等；T+3 滚动交收适用于 B 股（人民币特种股票）。

（三）清算与交收的原则

1. 净额清算原则。净额清算又称差额清算，指在一个清算期中，对每个结算参与人价款的清算只计其各笔应收、应付款项相抵后的净额，对证券的清算只计每一种证券应收、应付相抵后的净额。净额清算又分为双边净额清算和多边净额清算。

应该注意的是，在实行滚动交收的情况下，清算价款时，同一清算期内发生的不同种类证券的买卖价款可以合并计算，但不同清算期发生的价款不能合并计算；清算证券时，只有在同一清算期内且同种的证券才能合并计算。

2. 共同对手方制度。共同对手方（Central Counterparty，CCP）是指在结算过程中，同时作为所有买方和卖方的交收对手并保证交收顺利完成的主体，一般由结算机构充当。

3. 货银对付原则。货银对付（Delivery Versus Payment，DVP）又称款券两讫或钱货两清。货银对付是指证券登记结算机构与结算参与人在交收过程中，当且仅当资金交付时给付证券，证券交付时给付资金。我国证券市场目前已经在权证、ETF 等一些创新品种实行了货银对付制度，但 A 股、基金、债券等老品种的货银对付制度还在推行当中。2005 年修订的《证券法》以及 2006 年证监会发布的《证券登记结算管理办法》已经要求在实行净额结算的品种中贯彻货银对付的原则。

4. 分级结算原则。证券和资金结算实行分级结算原则。证券登记结算机构负责证券登记结算机构与结算参与人之间的集中清算交收，结算参与人负责办理结算参与人与客户之间的清算交收。但结算参与人与其客户的证券划付，应当委托证券登记结算机构代为办理。

第二节　结算账户的管理

一、知识体系（见图 9 – 3）

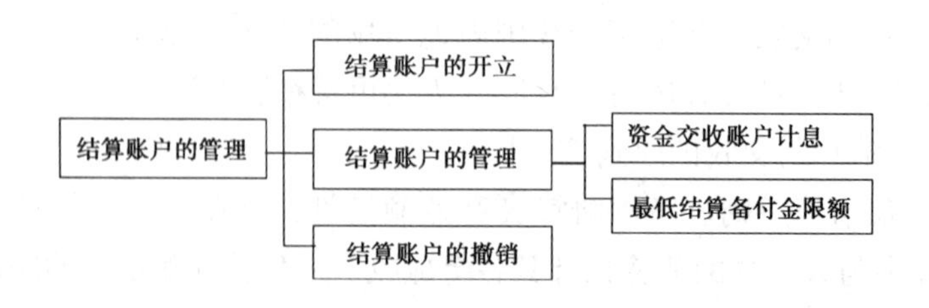

图 9 – 3　第九章第二节结构

二、考点分析

（一）结算账户的开立

结算参与人应在中国结算公司预留指定收款账户，用于接收其从资金交收账户汇划的资金。指定收款账户应当是在中国证监会备案的客户交易结算资金专用存款账户和自有资金专用存款账户，且账户名称与结算参与人名称应当一致。

（二）结算账户的管理

1. 资金交收账户计息。结算备付金指资金交收账户中存放的用于资金交收的资金，因此资金交收账户也称为结算备付金账户。中国结算公司按照中国人民银行规定的金融同业活期存款利率向结算参与人计付结算备付金利息。结算备付金利息每季度结息一次，结息日为每季度第三个月的20日，应计利息记入结算参与人资金交收账户并滚入本金。遇中国人民银行调整存款利率的，中国结算公司统一按结息日的利率计算利息，不分段计算。

2. 根据《结算备付金管理办法》规定，中国结算公司对结算参与人资金交收账户设定最低结算备付金限额（简称“最低备付”）。

（1）最低备付指结算公司为资金交收账户设定的最低备付限额，结算参与人在其账户中至少应留足该限额的资金量。最低备付可用于完成交收，但不能划出。如果用于交收，次日必须补足。

（2）最低备付的调整。

$$\text{最低结算备付金限额}=\frac{\text{上月证券买入金额}}{\text{上月交易天数}}\times\text{最低结算备付金比例}$$

式中最低结算备付金比例，债券品种（包括现券交易和回购交易）按10%计收，债券以外的其他证券品种按20%计收。

（3）最低备付不足。结算参与人资金交收账户每日（包括节假日）日终余额扣减冻结资金后，不得低于其最低结算备付金限额。最低结算备付金可用于应急交收，但如日终余额扣减冻结资金后低于其最低结算备付金限额时，结算参与人应于次一营业日补足。在保证当日资金交收的前提下，资金交收账户余额扣减冻结资金后，如超过最低结算备付金限额，结算参与人可以申请将超出部分资金划入其指定收款账户。资金交收账户余额不能满足交收日交收所需要的资金时，结算参与人必须在当日交收截止时点之前将不足部分划入其资金交收账户；否则，构成资金交收违约。

（三）结算账户的撤销

结算系统参与人无对应交易席位且已结清与中国结算公司的一切债权、债务后，可申请终止在中国结算公司的结算业务，撤销结算账户。

第三节 A股、基金、债券等品种的清算与交收

一、知识体系（见图9－4）

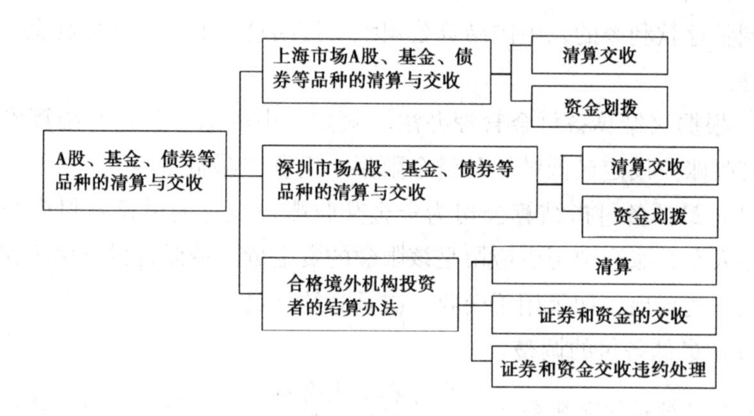

图9－4 第九章第三节结构

二、考点分析

（一）上海市场A股、基金、债券等品种的清算与交收

对于A股、基金、债券等品种，中国结算上海分公司同结算参与人之间的资金结算流程如下：

1. 清算交收。

（1）交易日（T日）闭市后，交易所将当日交易成交数据通过交易系统发送至中国结算上海分公司。

（2）中国结算上海分公司按照净额结算原则，对结算参与人当日的证券买卖进行轧差清算，并扣除交易经手费、印花税、证管费等各项费用，产生各结算参与人资金应收应付净额。

（3）清算完成后（最迟在 T+1 日开市前），中国结算上海分公司通过远程数据通讯方式向各结算参与人提供当日清算数据汇总表，列示结算单位当日对中国结算上海分公司的资金应收应付净额。

（4）中国结算上海分公司与结算参与人于 T+1 日完成资金交收。需要说明的是，为方便结算参与人在 T+1 日做好划出资金或划入资金的准备，中国结算上海分公司在 T 日晚进行了 T+0 预交收，根据资金交收账户当日业务终了时的账户余额、当日实收实付和最低备付限额，计算该账户的 T+1 日可用余额。

T+1 日可用余额 = 账户余额 +（T+0 应收应付资金净额）- 冻结金额 - 最低备付限额

可用余额大于零时，即为该账户 T+1 日可以划出的最大金额。可用余额小于零时，结算参与人必须在 T+1 日 16:00 交收前补足差额。

上海市场 A 股、基金、债券等品种的清算与交收尚未贯彻货银对付原则。中国结算公司已经制定并公布了改革方案，未来将对 A 股、基金、债券等品种的清算交收制度进行相应的调整。

2. 资金划拨。

（1）划入资金。结算参与人应在其开户银行办理资金汇划手续，将资金划入中国结算上海分公司在各家资金划拨银行开立的账户内。

（2）划出资金。结算参与人的划款主要是通过 PROP 券商端进行。在特殊情况下，由于技术故障或其他原因暂时无法使用 PROP 划款时，结算参与人经中国结算上海分公司同意也可使用传真划款凭证作为应急措施划拨资金。

（二）深圳市场 A 股、基金、债券等品种的清算与交收

对于 A 股、基金、债券等品种，中国结算深圳分公司同结算参与人之间的资金结算流程如下：

1. 清算交收。

（1）交易当日（T 日）收市后，深圳证券交易所将交易成交数据传给中国结算深圳分公司。

（2）中国结算深圳分公司按照净额结算原则，对结算参与人当日的证券买卖进行轧差清算，并扣除交易经手费、印花税、证管费等各项费用，产生各结算参与人资金应收应付净额。

（3）清算完成后（最迟在T+1日开市前），中国结算深圳分公司向各结算参与人发送资金清算明细数据，将T日及T+1日上午的结算备付金余额数据及结算头寸明细变动数据，传送给各结算参与人。

（4）中国结算深圳分公司与结算参与人依据结算指令于T+1日完成资金交收。

2. 资金划拨。中国结算深圳分公司同样利用技术系统（深圳分公司的系统名称为“IST”）连接中国结算深圳分公司、资金划拨银行（称为“结算银行”）、结算参与人，实现资金划拨指令的高效传输和对账，结算资金划拨模式与上海分公司类似。

（三）合格境外机构投资者的结算办法

1. 对于合格境外机构投资者（以下简称“合格投资者”）参与A股、基金、债券等品种的交易，其结算适用《合格境外机构投资者境内证券投资登记结算业务实施细则》的规定，具有一定特殊性：

（1）合格投资者委托证券公司达成的交易，由其托管人作为结算参与人承担交收责任。

（2）合格投资者托管人资金交收账户的指定收款账户需要同时在中国证监会和国家外汇管理局备案。

（3）合格投资者证券交易的清算交收流程也有一定的特殊性。在清算交收过程中，如出现资金交收违约和证券交收违约，中国结算公司将按照货银对付原则加以处理。

2. 合格境外机构投资者证券交易的清算交收流程具体如下：

（1）清算。每个交易日闭市后，中国结算公司根据托管人所托管合格投资者T日在证券交易所的成交数据及其他数据（包括派息、送股、新股认购扣款、新股申购冻结资金返还、应扣税费等），计算托管人的资金应收或应付净额，以及托管人所托管的每个合格投资者买卖相关证券的应收、应付数量，产生证券、资金清算数据，确定托管人的交收责任。T日清算完成后，中国结算公司将当日的证券、资金清算数据存放于中国结算公司结算系统，作为对托管人的证券、资金交收依据与交收指令；托管人应当及时从结算系统获取。托管人应当按照中国结算公司的证券、资金交收指令，按时履行交收责任。

（2）证券和资金的交收。中国结算公司依据T日清算数据，于T日当晚对托管人所托管合格投资者的证券账户余额进行计增或计减处理，完成证券交收；T+1 日 16:00，同托管人完成资金的最终交收。

3. 托管人如出现资金交收透支，中国结算公司可以采取以下措施：

（1）根据托管人发生的透支金额，按人民银行有关规定计收罚息。

（2）T+1 日交收时，暂扣托管人指定的、相当于透支金额价值 120% 的证券。

（3）要求透支托管人提供书面情况说明和有关责任方盖章的资金交收透支责任确认书，将该透支事件在托管人业务不良记录中予以登记，作为评估风险程度、确定重点监控对象的依据。

（4）通知透支托管人向结算公司提供财务状况说明，提出弥补透支的具体措施，将该托管人列为重点监控对象，密切监测其财务状况。

（5）提请证券交易所限制或暂停透支托管人所托管合格投资者的证券买入，同时将有关情况报告中国证监会。

第四节　B 股的清算与交收

一、知识体系（见图 9－5）

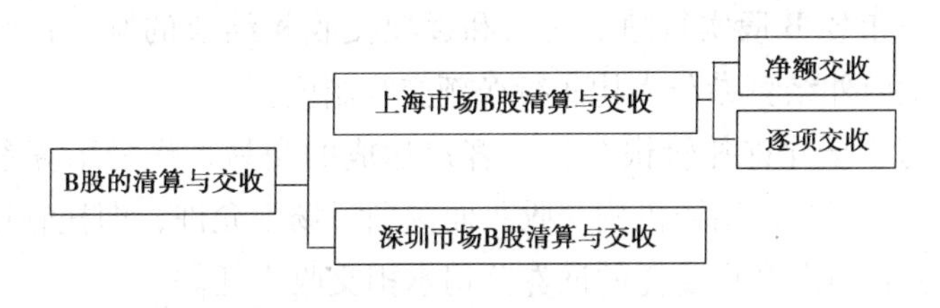

图 9－5　第九章第四节结构

二、考点分析

（一）上海市场 B 股清算与交收

B 股结算参与人分为基本结算会员和一般结算会员。获取上海证券交易所 B 股经纪商资格的证券经营机构，经过规定的核准程序核准后可以成为中国结算上海分公司的基本结算会员。其他市场参与人，如 B 股的境外代理商、B股托管银行等，可以申请成为中国结算上海分公司的一般结算会员。

上海市场B股交收实行净额交收和逐项交收相结合的制度。

1. 净额交收。中国结算上海分公司对境内结算参与人的不涉及托管银行的交易实行净额结算。流程如下：

（1）T日交易结束后，中国结算上海分公司根据上海证券交易所的B股交易数据，按照结算业务规则和规定的收费项目进行交易数据清算。

（2）中国结算上海分公司在T日24：00前向相关参与人发送交收通知书。

（3）中国结算上海分公司在T+3日下午进行证券和资金交收，完成后向结算参与人发送汇款确认和交收确认文件。

2. 逐项交收。中国结算上海分公司对境外结算参与人以及境内结算参与人涉及托管银行的交易实行逐项结算。

在前述净额交收和逐项交收过程中，如境内参与人资金交收账户余额不足以完成当日交收而出现透支，或境外参与人未能按时将交收应付款项汇入而出现透支，中国结算上海分公司将每天按透支金额的0.5%收取罚金。

（二）深圳市场B股清算与交收

深圳市场B股清算交收模式与上海市场B股清算交收模式略有不同。

1. 上海市场B股实行净额交收和逐项交收相结合的制度；而深圳市场B股对境内外结算参与人均实行净额交收制度。

2. 上海市场允许托管银行就其客户达成的交易，作为结算参与人承担交收责任并直接与结算机构交收；而深圳市场不允许，即托管银行客户达成的交易必须由客户委托的证券公司承担交收责任。

深圳B股清算交收过程中存在一类指令和二类指令的区分。一类指令（SI1）指由深圳证券交易所成交资料转化而成的交收确认指令，无需确认。二类指令（SI2）指涉及境外券商的股份转托管指令。双方各向中国结算深圳分公司发送SI2，配对成功后方能转托管。

第五节　债券回购交易的清算与交收

一、知识体系（见图9－6）

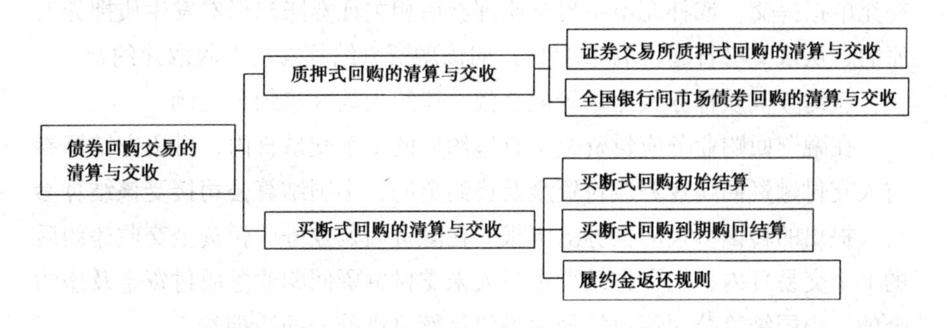

图9－6　第九章第五节结构

二、考点分析

（一）质押式回购的清算与交收

1. 证券交易所质押式回购的清算与交收。

（1）初始清算交收。在回购交易日，中国结算公司于当日收市后根据结算备付金账户分户相关规定，按成交金额将结算参与人当日回购成交应收、应付资金数据，与当日其他应收、应付资金数据合并清算，轧差计算出结算参与人净应收或净应付资金余额。

（2）到期清算交收。回购交易到期清算日收市后，中国结算公司按到期购回金额将到期购回的应收、应付资金数据，与其到期清算当日其他应收、应付资金数据合并清算，轧差计算出结算参与人净应收或净应付资金余额。

到期购回金额＝购回价格×成交金额÷100

购回价格＝100＋成交年收益率×100×回购天数÷360

（3）质押券管理。对自营融资回购业务，融资方结算参与人应将自营证券账户中的债券作为质押券向中国结算公司提交，并与中国结算公司建立质押关系。对经纪融资回购业务，融资方结算参与人应根据客户的委托，并以融资方结算参与人自己的名义，将该客户证券账户中的债券作为质押券向中国结算公司提交，由中国结算公司实施转移占有，并以融资方结算参与人名义与中国结算公司建立质押关系。

（4）违约处理。质押券欠库的，中国结算公司在该日日终暂不交付或从其资金交收账户中扣划与质押券欠库量等额的资金。如次一交易日未补充申报提交，或补充申报提交质押券后相关证券账户仍然发生质押券欠库的，从该交易日起（含节假日）向该融资方结算参与人收取违约金。

违约金＝质押券欠库量等额金额×违约天数×违约金比例

在融资回购业务应付资金交收违约后的1个交易日内，融资方结算参与人支付融资回购业务应付资金及违约金的，中国结算公司接受该结算参与人提出的转回多余质押券的申报。在融资回购业务应付资金交收违约后的1个交易日内，融资方结算参与人未支付融资回购业务应付资金及违约金的，中国结算公司可以按规定确定足额可供处分的质押券。

（5）标准券折算率。标准券折算率是指一单位债券可折成的标准券金额与其面值的比率。可以根据债券的当前市场价格及其波动情况对下一期的变现价值加以估计，并进一步扣除回购利息、违约金、交易费用等项目，将扣除后的变现净值与质押券的面值相除，从而确定下一期适用的标准券折算率。

《标准券折算率管理办法》中，标准券折算率计算和公布的有关安排如下：

①对已在证券交易所上市的、可用以进行回购交易的国债、企业债和其他债券，中国结算公司一般在每星期三收市后根据“标准券折算率计算公式”计算下一星期适用的标准券折算率。

②对于新上市债券，中国结算公司最迟在新上市债券上市前一日，按照“标准券折算率计算公式”计算该品种债券上市日（含当日）至适用星期适用的标准券折算率。

③标准券折算率由中国结算公司和沪、深证券交易所在计算当日日终分别通过各自通信系统和网站联合发布。

（6）融资额度的计算。

2. 全国银行间市场债券回购的清算与交收。商业银行应通过其准备金存款账户和人民银行资金划拨清算系统进行债券交易的资金结算，商业银行与其他参与者之间、其他参与者相互之间债券交易的资金结算途径由双方自行商定。债券回购双方可以选择的交收方式包括见券付款、券款对付和见款付券3种。

回购利率是正回购方支付给逆回购方在回购期间融入资金的利息与融入资金的比例，以年利率表示。计算利息的基础天数为365天。资金清算额分首次资金清算额和到期资金清算额。

到期资金清算额 = 首次资金清算额 ×（1 + 回购利率 × 回购期限 ÷ 365）

回购交易单位为万元，债券结算单位为万元，资金清算单位为元，保留两位小数。

（二）买断式回购的清算与交收

上海证券交易所于2005年12月推出了买断式回购品种。买断式回购采用“一次成交，两次结算”的方式。两次结算包括初始结算与到期结算。初始结算由中国结算上海分公司作为共同对手方担保交收。到期结算由中国结算上海分公司组织融资方结算参与人和融券方结算参与人双方采用逐笔方式交收。此时，中国结算上海分公司不作为共同对手方，不提供交收担保。结算参与人应当开立资金交收账户（即结算备付金账户）和证券交收账户，用于买断式回购初始结算资金和证券交收。结算参与人证券交收账户与资金交收账户存在一一对应关系。

1. 买断式回购初始结算。

（1）清算。买断式回购初始交易日（T日），中国结算上海分公司清算系统根据交易所成交数据按参与人清算编号对买断式回购交易、履约金与其他品种的交易进行清算，形成一个清算净额。

（2）资金交收和证券交收。资金方面，T日，中国结算上海分公司完成T - 1日所有证券交易、有效认购的资金交收后，进行T + 0资金预交收。T+1日，中国结算上海分公司进行资金交收时，将结算参与人应付净额由其资金交收账户划拨至中国结算上海分公司资金集中交收账户，在结算参与人已完成证券交收义务的前提下，将应收净额由资金集中交收账户划入其资金交收账户。证券方面，中国结算上海分公司根据清算结果，按照货银对付的原则，将处于交收状态的国债在结算参与人证券交收账户和证券集中交收账户之间进行划拨。

2. 买断式回购到期购回结算。对于买断式回购到期购回结算，中国结算上海分公司按成交记录完成买断式回购到期购回交收。结算参与人多笔应付、应收不做轧差处理，同一笔交易不拆分交收。中国结算上海分公司不作为共同对手方，对国债买断式回购到期购回结算不提供交收担保。国债买断式回购到期购回结算的交收时点为 R+1 日（R 为到期日）14:00。回购到期清算日（R 日）9:00~15:00，融资方和融券方均可通过 PROP 系统对当日到期的一笔或多笔买断式回购申报不履约。中国结算上海分公司接受对同一笔交易的多次申报，但以最后一次申报为准。中国结算上海分公司收到参与人发送的不履约申报后将申报结果即时反馈给申报人。参与人可通过 PROP 平台实时查询申报结果。参与人申报不履约后其购回交收义务自动解除，相应的履约金不予返还。

3. 履约金返还规则。中国结算上海分公司清算系统根据买断式回购业务原则及当日交收结果判定履约金的归属，并将处理结果并入当日二级市场净额清算。

第六节 交易型开放式指数基金的清算与交收

一、知识体系（见图 9-7）

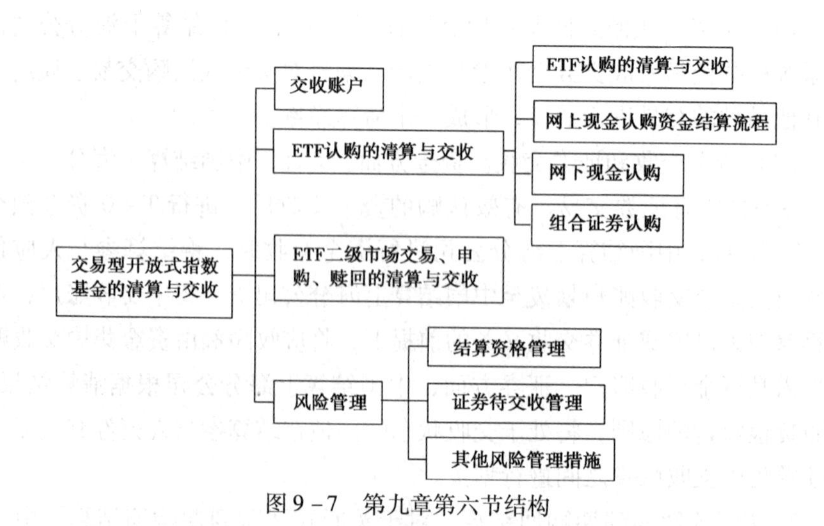

图 9-7 第九章第六节结构

二、考点分析

交易型开放式指数基金（ETF）是指经依法募集备案，投资特定证券指数所对应组合证券的开放式基金，其基金份额用组合证券进行申购、赎回，并在证券交易所上市交易。ETF 的清算交收涉及网上现金发售资金结算、组合证券发售的证券冻结和过户以及 ETF 份额交易、申购、赎回的登记、托管及结算业务。沪、深市场 ETF 清算交收规则大体相同，均按照货银对付原则组织清算交收，区别主要在于中国结算上海分公司实行了待交收制度，而中国结算深圳分公司未实行这一制度。本节主要介绍在上海证券交易所交易的 ETF 的清算交收业务。

（一）交收账户

中国结算上海分公司作为共同对手方，负责结算参与人之间的 ETF 份额交易、申购、赎回的资金结算，并分别设立中国结算上海分公司资金及证券集中交收账户，用于与结算参与人的相关证券和资金的交收。中国结算上海分公司为结算参与人开立证券和资金交收账户。中国结算上海分公司以结算系统名义，开立交收担保品证券账户和专用待清偿证券账户，分别用于核算和存放结算参与人提交或中国结算上海分公司暂扣的交收担保品、交收透支后的待处分证券。

（二）ETF 认购的清算与交收

1. 基金认购方式。基金认购方式可分为网上现金认购、网下现金认购、网下组合证券认购和网上组合证券认购 4 种方式。

2. 网上现金认购资金结算流程。投资者通过结算参与人提交网上现金认购申请，由该结算参与人冻结相应的认购资金。中国结算上海分公司通过结算参与人资金交收账户完成现金认购资金结算，并将实际到位的认购资金划入发行协调人的资金交收账户。发行协调人再将该认购资金划入其预留收款账户。

ETF 认购资金冻结期间利息计算方法暂比照封闭式证券投资基金，即按企业活期存款利率和实际冻结天数计算认购资金冻结期间的利息，在银行按季结息后划付给基金管理人。若 ETF 发售另有规定，则从其规定。发售结束后，网上现金认购的 ETF 份额数据，由上海证券交易所传送给中国结算上海分公司。

3. 网下现金认购。网下现金认购由基金管理人负责有效认购资金的结算，不通过中国结算上海分公司办理。

4. 组合证券认购。

（1）组合证券认购的冻结。网下组合证券认购的，ETF 发售结束日终，参与券商将当日的组合证券认购数据按投资者证券账户汇总后发送给基金管理人；基金管理人根据 ETF 招募说明书的有关规定，初步确认各成分股的认购数量后，向中国结算上海分公司申请办理组合证券网下认购的冻结；中国结算上海分公司审核后，将投资者账户内相应的股票进行冻结，并将认购冻结数据发送给基金管理人。网上组合证券认购的，中国结算上海分公司根据交易所传输的认购数据于当日冻结组合证券，并将认购冻结数据发送给基金管理人。

（2）组合证券认购份额的确定。

（3）组合证券认购冻结期间的股票权益归属。股票权益包括除息、送股（转增）、配股等。按照权益与所有权一致的原则，在认购的股票过户前，股票的权益仍属于认购人。

5. ETF 发售失败的协助工作。ETF 发售失败，基金管理人应承担返还认购资金的责任，中国结算上海分公司协助基金管理人将现金认购款退还有关结算参与人。以组合证券认购的，中国结算上海分公司根据基金管理人的申请解除组合证券的冻结。

（三）ETF 二级市场交易、申购、赎回的清算与交收

ETF 份额的申购、赎回必须用组合证券，即按当日申购、赎回清单的规定，用组合证券申购 ETF 份额或用 ETF 份额赎回组合证券。ETF 份额与组合证券之间的转换遵循等价交换原则，即 ETF 份额净值与对应的组合证券的市值、现金代替、现金差额之和相等。

（四）风险管理

1. 结算资格管理。

（1）中国结算上海分公司仅与符合风险控制要求的结算参与人直接完成申购、赎回结算；不符合要求的结算参与人，必须选择符合要求的结算参与人代理其申购、赎回的结算业务。

（2）中国结算上海分公司可对结算参与人业务开展情况进行定期审核或不定期抽查，并可以要求其定期向中国结算上海分公司报送财务报表。

2. 证券待交收管理。

3. 其他风险管理措施。

(1) 依据风险共担的原则，结算参与人应当按中国结算上海分公司规定缴纳结算保证金和最低结算备付金。

(2) 结算参与人结算备付金账户的日末余额不得低于中国结算上海分公司核定的最低结算备付金限额。

(3) 中国结算上海分公司提请交易所对有待交收证券的结算参与人名下相关证券账户限制转指定。

(4) 结算参与人出现资金交收违约的，中国结算上海分公司根据其违约金额，按中国人民银行及中国结算上海分公司有关规定计收利息及交收违约金，并提请证券交易所暂停该结算参与人申购、赎回业务资格。

第七节　权证的清算与交收

一、知识体系（见图9－8）

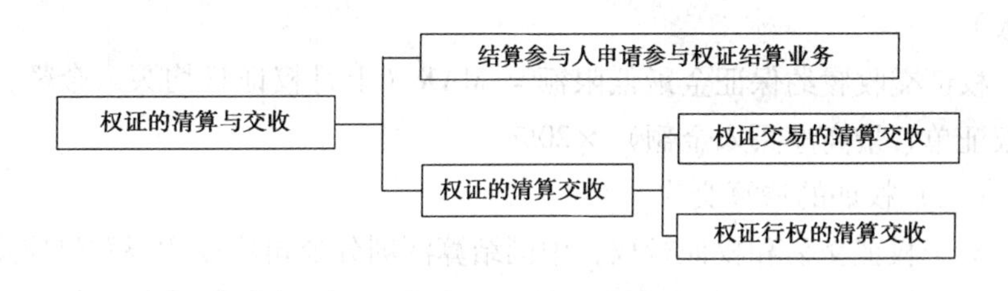

图9－8　第九章第七节结构

二、考点分析

权证是指标的证券发行人或其以外的第三人（以下简称“发行人”）发行的，约定持有人在规定期间内或特定到期日，有权按约定价格向发行人购买或出售标的证券，或以现金结算方式收取结算差价的有价证券。

对于权证的二级市场交易，中国结算上海分公司和深圳分公司均充当共同对手方提供交收担保。对于权证的行权，则均不充当共同对手方，而由权证发行人自身通过提交担保物来保证权证持有人可以成功行权。在权证二级市场交易的交收和行权交收过程中，中国结算上海分公司和深圳分公司均贯彻了货银对付原则。

沪、深市场权证清算交收区别主要有两方面：（1）中国结算上海分公司实行待交收制度；而中国结算深圳分公司则直接实行 T+1 货银对付机制，未引入待交收制度。（2）行权交收期不同。在上海市场，行权交收期为 T 日日终；而在深圳市场，行权交收期为 T+1 日日终。本节介绍的是深圳市场权证的清算交收模式。

（一）结算参与人申请参与权证结算业务

取得权证交易资格的证券公司可以申请权证结算资格，未取得权证结算资格的证券公司可选择代理结算模式或担保结算模式。取得权证结算资格的结算参与人须申请开立证券交收账户，用于权证交易与行权的证券交收，并申请开立权证交收履约保证金账户，用于存放权证交收履约保证金。

权证交收履约保证金账户开立后，结算参与人须缴纳初始履约保证金 200 万元人民币（中国结算深圳分公司从其结算备付金账户直接扣收）。

权证交收履约保证金最低限额 = MAX（上月权证日均买入金额，上月权证单日最高净买入金额）×20%

（二）权证的清算交收

对于权证交易和权证行权，中国结算深圳分公司均按货银对付原则办理相关结算。其中，对于权证交易，中国结算深圳分公司作为共同对手方，实行 T+1 日担保交收（T 日为交易日）；对于权证行权，中国结算深圳分公司实行 T+1 日非担保全额逐笔交收（T 日为行权日）。

1. 权证交易的清算。对于 T 日权证交易资金清算净额，中国结算深圳分公司不于当日计增、计减结算参与人的结算备付金，但结算参与人必须保证在 T+1 日 16:00 其结算备付金账户有足额资金供中国结算深圳分公司进行权证交易资金的划付。

2. 权证交易的交收。

3. 权证交易交收违约处理。

（1）资金交收违约处理：

①扣划待处分权证。待处分证券确定规则如下：结算参与人可于最终交收时点前向中国结算深圳分公司申报指定待处分权证；若结算参与人未申报待处分权证或申报不足，中国结算深圳分公司按照T日权证买入的时间顺序由后向前依次扣划待处分权证（不超过每个证券账户净买入的权证数量）。

②提请深圳证券交易所下一交易日起限制相应的权证买入交易，并暂停该结算参与人权证买入的结算服务。

③对透支金额按1‰的日利率收取违约金。

（2）证券交收违约处理：

①要求该结算参与人及时补购卖空权证。

②动用权证卖空资金为该结算参与人代为补入相应权证，填补被卖空的权证。

③没收违约结算参与人的卖空利得，按卖空金额的1‰收取卖空违约金。

4. 权证行权的清算交收。

（1）权证行权的清算。

（2）权证行权的交收。同一交易日内的行权申报，既有证券结算方式又有现金结算方式的，中国结算深圳分公司先办理现金结算方式的行权交收，再办理证券结算方式的行权交收。证券结算方式下，既有认沽权证又有认购权证的，中国结算深圳分公司先办理认沽权证的行权交收，再办理认购权证的行权交收。

（3）现金结算方式的行权交收。对于行权采取现金结算方式且投资者自行申报行权的，中国结算深圳分公司将在交收日16：00根据清算结果，按行权申报顺序，在检查完申报方权证足额且发行人资金足额后，将相应行权资金从发行人行权专用资金交收账户划至结算参与人资金交收账户，同时将权证从行权申报方证券账户代为划入结算参与人证券交收账户，并予以注销。

（4）证券结算方式的行权交收。

①认沽权证的行权交收。

②认购权证的行权交收。

第八节　融资融券业务的清算与交收

一、知识体系（见图9－9）

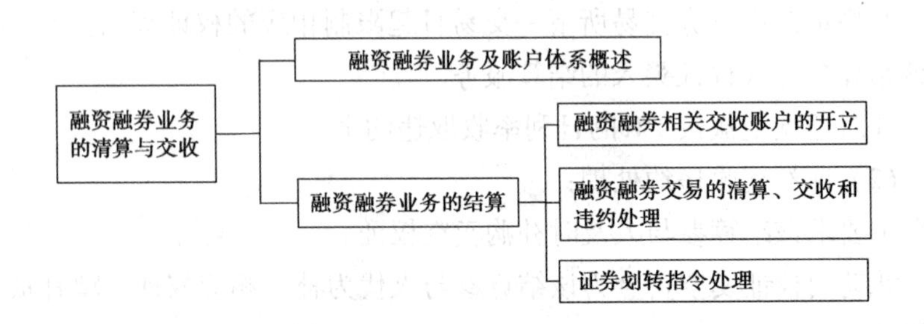

图9－9　第九章第八节结构

以下根据中国结算公司发布的《融资融券登记试点登记结算业务实施细则》有关规定，介绍融资融券业务的清算与交收。

（一）融资融券业务及账户体系概述

投资者在融资融券业务当中，涉及向证券公司借入证券或款项，需要向证券公司提交相应的担保物。为妥善记录客户融资买入并作为证券公司担保物的证券，防范融资融券业务违规风险，融资融券业务采取了“看穿式”账户体系。一方面，将所有客户融资买入的证券以及冲抵保证金的证券记入客户信用交易担保证券账户中，并将该账户内的证券定义为信托财产，由证券公司名义所有；另一方面，在证券公司自行维护投资者信用证券账户的基础上，同时由中国结算公司维护投资者信用证券账户记录作为备查账，防止证券公司串用、挪用。从法律界定来看，客户信用交易担保证券账户记录的是实际证券，投资者信用证券账户记录的是明细数据，而非实际证券。

（二）融资融券业务的结算

1. 融资融券相关交收账户的开立。证券公司在开展融资融券业务时，应当开立信用交易证券交收账户和信用交易资金交收账户，用于办理与中国结算融资融券交易相关的证券和资金交收。

2. 融资融券交易的清算、交收和违约处理。融资融券交易需要与普通交易分开清算，并需要通过独立的信用交易资金交收账户或证券交收账户进行交收。

3. 证券划转指令处理。证券公司应当在中国结算公司截止接受证券划转指令的规定时间前发出证券划转指令。在截止接受证券划转指令的规定时间前，证券公司可以撤销已经发出的证券划转指令。中国结算公司于收到证券划转指令的当日日终，对符合要求的证券划转指令进行划转处理，且只对已完成证券交收或净应付证券交收锁定之后的证券进行划出处理。如果委托划出的证券数量大于该证券账户中可划出的该种证券的数量，则该笔证券划转指令无效。

第三部分　自测题及参考答案

一、单项选择题（以下各小题所给出的 4 个选项中，只有一项最符合题目要求，请将正确选项的代码填入括号内）

1. 下面给出关于清算的四种解释，其中错误的是(　　)。
   A. 清算指一定经济行为引起的货币资金关系的应收、应付的计算
   B. 清算指公司、企业结束经营活动、收回债务、处置分配财产等行为的总和
   C. 企业与企业往来中应收或应付差额的轧计及资金汇划
   D. 银行同业往来中应收或应付差额的轧计及资金汇划
2. 清算、交收与财产实际转移之间的唯一正确关系是(　　)。
   A. 清算发生财产实际转移
   B. 交收发生财产实际转移
   C. 清算、交收均不发生财产实际转移
   D. 清算、交收均发生财产实际转移
3. 证券交易从(　　)来看，可以分为滚动交收和会计日交收。
   A. 交易的方式　　　　B. 交易时间的安排

C. 结算的方式　　　　　　D. 结算的时间安排

4.（　　）指将结算参与人相对于另一个交收对手方的证券和资金的应收、应付额加以轧抵，得出该结算参与人相对于另一个交收对手方的证券和资金的应收、应付净额。

A. 单边净额清算　　　　　B. 双边净额清算

C. 三边净额清算　　　　　D. 多边净额清算

5. 实行分级结算原则主要是出于防范（　　）的考虑。

A. 交易风险　　　　　　　B. 投资风险

C. 结算风险　　　　　　　D. 清算风险

6. 指定收款账户应当是在（　　）备案的客户交易结算资金专用存款账户和自有资金专用存款账户，且账户名称与结算参与人名称应当一致。

A. 中国证券业协会　　　　B. 中国证监会

C. 中国结算公司　　　　　D. 各登记结算机构

7. 中国结算公司按照中国人民银行规定的金融同业（　　）向结算参与人计付结算备付金利息。

A. 活期存款利率　　　　　B. 活期贷款利率

C. 定期存款利率　　　　　D. 拆借利率

8. 结算备付金利息每季度结息一次，结息日为每季度第三个月的（　　）日，应计利息记入结算参与人资金交收账户并滚入本金。

A. 5 日　　　　　　　　　B. 10 日

C. 15 日　　　　　　　　 D. 20 日

9. 根据各结算参与人的风险程度，中国结算公司按照各结算参与人（　　）证券日均买入金额和最低结算备付金比例，确定其最低结算备付金限额。

A. 上周　　　　　　　　　B. 上月

C. 上季度　　　　　　　　D. 上年

10. 以下关于最低结算备付金的限额公式，正确的是（　　）。

A. 最低结算备付金限额 = 上月证券买入金额/上月交易天数 ×最低结算备付金比例

B. 最低结算备付金限额 = 上月证券买入金额 × 上月交易天数 ×最低结算备付金比例

C. 最低结算备付金限额 = 证券买入金额 × 交易天数 × 最低结算备付金比例

D. 最低结算备付金限额 = 证券卖出金额 × 交易天数 × 最低结算备付金比例

11. 对于最低结算备付金比例，债券品种（包括现券交易和回购交易）按(　　)计收，债券以外的其他证券品种按(　　)计收。

A. 5%，10%　　B. 10%，20%

C. 20%，30%　　D. 30%，40%

12. 最低结算备付金可用于应急交收，但如日终余额扣减冻结资金后低于其最低结算备付金限额时，结算参与人应(　　)补足。

A. 立即　　B. 次一营业日

C. 2 个工作日内　　D. 3 日内

13. 为方便结算参与人在 T+1 日做好划出资金或划入资金的准备，中国结算上海分公司进行了(　　)预交收，根据资金交收账户当日业务终了时的账户余额、当日实收实付和最低备付限额，计算该账户的 T+1 日可用余额。

A. T+0　　B. T+0 14:00 前

C. T+1 13:00 前　　D. T+1

14. 中国结算上海分公司对资金交收账户 T+1 日可用余额的计算公式是(　　)。

A. T+1 日可用余额 = 账户余额 －（T+0 应收应付资金净额）－冻结金额 － 最低备付限额

B. T+1 日可用余额 = 账户余额 +（T+0 应收应付资金净额）+ 冻结金额 － 最低备付限额

C. T+1 日可用余额 = 账户余额 +（T+0 应收应付资金净额）－ 冻结金额 － 最低备付限额

D. T+1 日可用余额 = 账户余额 +（T+0 应收应付资金净额）－ 冻结金额 + 最低备付限额

15. T+1 日 16:00 点交收后，结算参与人资金交收账户余额出现透支的，中国结算上海分公司可以采取按中国人民银行规定的金融同业存款利率收取利息，并按每日透支金额的(　　)向结算参与人收取罚息。

A. 0.5‰　　　　B. 1‰

C. 1.5‰　　　　D. 2‰

16. 某客户持有上海证券交易所上市96国债（6）现券1万手。该国债当日收盘价为121.85元，当月的标准券折算率为1.27。该客户最多可回购融入的资金是(　　)万元。(不考虑交易费用)

A. 1 205.8　　　　B. 959.8

C. 1 218.5　　　　D. 1 270

17. 某证券公司持有一种国债，面值500万元，当时标准券折算率为1.27。当日该公司有现金余额4 000万元。买入股票50万股，均价为每股20元；申购新股600万股，价格每股6元。该公司应付资金总额是(　　)万元。

A. 1 000　　　　B. 3 600

C. 4 600　　　　D. 4 000

18. 从第17题，公司需回购融入资金(　　)万元。

A. 600　　　　B. 1 000

C. 3 600　　　　D. 4 600

19. 从第17题，公司标准券余额是(　　)万元。

A. 500　　　　B. 635

C. 600　　　　D. 1 000

20. 某证券公司持有国债余额为A券面值1 200万元，B券面值4 000万元，两种券的标准券折算率分别为1.15和1.25。当日该公司上午买入R028品种5 000万元，成交价格3.50%；下午卖出B券面值4 000万元，成交价格126元/百元。公司回购交易资金清算应收资金是(　　)万元。

A. 5 000　　　　B. 5 040

C. 6 420　　　　D. 4 000

21. 从第20题，公司国债现货交易清算的应收资金是(　　)万元。

A. 5 000　　　　B. 5 040

C. 6 420　　　　D. 4 000

22. 从第20题，公司当日现货库存是(　　)万元。

A. 1 200　　　　B. 2 800

C. 4 000　　　　D. 5 200

23. 从第20题，公司标准券库存余额是(　　)万元。

A. 1 380　　B. 3 620

C. 6 420　　D. 1 380

24. 现金差额是指最小申购、赎回单位的(　　)与按当日收盘价计算的最小申购、赎回单位中的组合证券市值和现金替代之差。

A. 资产总值　　B. 资产平均值

C. 资产评估值　　D. 资产净值

25. 权证交收履约保证金账户开立后，结算参与人须缴纳初始履约保证金(　　)万元人民币（中国结算深圳分公司从其结算备付金账户直接扣收）。

A. 50　　B. 100

C. 150　　D. 200

26. 下列四种表述中，正确的是(　　)。

A. 证券清算又称“证券结算”

B. 证券交收简称“证券结算”

C. 证券清算又称“证券交收”

D. 证券清算与交收两个过程统称为“证券结算”

27. 某结算参与人3月份买入证券总金额为200万元，3月份交易天数为22天，中国结算公司为其确定的最低结算备付金比例为20%，则4月份该结算参与人结算账户中的最低结算备付金应为(　　)元。

A. 400 000　　B. 18 182

C. 13 333　　D. 2 000 000

28. 合格境外机构投资者(　　)作为中国结算公司的结算参与人。

A. 可直接　　B. 应由代理人

C. 应由托管人　　D. 通过交易所

29. 关于上海证券交易所B股交易的交收，下列说法正确的是(　　)。

A. 结算公司对境内、境外结算参与人均实行净额交收

B. 结算公司对境内、境外结算参与人均实行逐项交收

C. 结算公司对境内结算参与人的交易实行净额交收（有托管银行客户交易除外），对境外结算参与人以及境内参与人涉及托

管银行客户的交易实行逐项交收

D. 结算公司对境外结算参与人以及境内参与人涉及托管银行客户的交易实行净额交收（有托管银行客户交易除外），对境内结算参与人的实行逐项交收

30. 某证券公司持有一种国债，库存面值为5 000万元，标准券折算比率为1:1.50，当日公司现金余额为35 000万元，买入股票500万股，平均成交价格为每股20元，申购新股6 000万股，申购价格为每股5元。试问，为保证新股申购全部有效，该公司需要做多少金额的回购，标准券是否足够（不考虑各项税费）（　　）？

A. 需要做1 000万元的回购，标准券不够

B. 需要做5 000万元的回购，标准券足够

C. 不需要做回购，资金足够

D. 需要做30 000万元的回购，标准券不够

31. 标准券的折算率是指(　　)的比率。

A. 一单位债券可折成的标准券金额与其面值

B. 一单位债券可折成的标准券金额与其市场价格

C. 一单位债券可折成的标准券金额与其市场价值

D. 一单位债券可折成的标准券金额与其重估价值

32. 买断式回购初始交易日（T日），中国结算上海分公司清算系统根据交易所成交数据按参与人(　　)对买断式回购交易、履约金与其他品种的交易进行清算，形成一个清算净额。

A. 交易席位　　B. 证券账户

C. 清算编号　　D. 资金账户

33. 通过网上现金认购方式发售ETF的，如果发售时间为一个交易日（N日），那么中国结算上海分公司应于(　　)日将实际到位资金划入发行协调人结算备付金账户后，发行协调人可将该资金划入预留银行收款账户。

A. N+1　　B. N+2

C. N+3　　D. N+4

34. 目前，ETF认购资金冻结期间利息按(　　)计算，在银行按季结息后划付给基金管理人。

A. 企业活期存款利率和实际冻结天数

B. 企业一年定期存款利率和实际冻结天数

C. 企业活期存款利率和实际交易天数

D. 企业一年定期存款利率和实际交易天数

35. 深圳市场权证交易和行权的证券、资金最终交收时点均为(　　)。

A. T+2 日 16:00　　B. T+2 日 17:00

C. T+1 日 16:00　　D. T+1 日 17:00

36. (　　)要求某一交易日成交的所有交易有计划地安排距成交日相同营业日天数的某一营业日进行交收。

A. 滚动交收　　B. 会计日交收

C. 时点交收　　D. 定期交收

37. 由于技术故障或其他原因暂时无法使用 PROP 划款时，结算参与人也可使用(　　)作为应急措施划拨资金。

A. 电话划款凭证　　B. 网络划款凭证

C. 书面划款凭证　　D. 传真划款凭证

38. 对已在证券交易所上市的、可用以进行回购交易债券，中国结算公司在每(　　)收市后计算沪、深证券交易所挂牌交易债券品种在下一个有交易安排的星期分别适用的标准券折算率。

A. 星期二　　B. 星期三

C. 星期四　　D. 星期五

二、不定项选择题（以下各小题所给出的 4 个选项中，至少有一项符合题目要求，请将符合题目要求选项的代码填入括号内）

1. 关于清算的解释，以下说法正确的有(　　)。

A. 一定经济行为引起的货币资金关系应收、应付的计算

B. 根据交易的结果在事先约定的时间内履行合约的行为

C. 指公司、企业结束经营活动、收回债务、处置分配财产等行为的总和

D. 银行同业往来中应收或应付差额的轧抵

2. 关于清算与交收的联系，以下说法正确的有(　　)。

A. 清算是交收的基础和保证

B. 交收是清算的后续与完成

C. 清算结果正确才能确保交收顺利进行

D. 只有通过交收才能最终完成证券或资金收付，结束整个交易过程

3. 关于清算与交收的区别，以下说法正确的有(　　)。

A. 清算是对应收、应付证券及价款的计算

B. 清算的结果是确定应收、应付数量或金额

C. 交收则是根据清算结果办理证券和价款的收付

D. 交收并不发生财产实际转移

4. 我国内地市场目前存在滚动交收周期为(　　)。

A. T+1　　B. T+2

C. T+3　　D. T+4

5. T+1 滚动交收目前适用于我国内地市场的是(　　)。

A. A 股　　B. B 股

C. 基金　　D. 债券

6. 净额清算又分为(　　)。

A. 单边净额清算　　B. 双边净额清算

C. 三边净额清算　　D. 多边净额清算

7. 在实行滚动交收的情况下，以下说法正确的是(　　)。

A. 清算价款时同一清算期内发生的不同种类证券的买卖价款可以合并计算

B. 清算价款时不同清算期发生的价款不能合并计算

C. 清算证券时同一清算期内发生的不同种类证券的买卖价款可以合并计算

D. 清算证券时只有在同一清算期内且同种的证券才能合并计算

8. 我国证券市场目前已经对(　　)等一些创新品种实行了货银对付制度。

A. A 股　　B. 权证

C. ETF　　D. 基金

9. 根据中国结算公司《结算备付金管理办法》，结算参与人申请开立资金交收账户时，应当提交(　　)、指定收款账户授权书等材料。

A. 结算参与人资格证书

B. 法定代表人授权委托书

C. 开立资金交收账户申请表

D. 资金交收账户印鉴卡

10. 为方便结算参与人在T+1日做好划出资金或划入资金的准备，中国结算上海分公司在T日晚进行了T+0预交收，根据资金交收账户(　　)计算该账户的T+1日可用余额。

A. 当日交易结果　　B. 当日业务终了时的账户余额

C. 当日实收实付　　D. 最低备付限额

11. T+1日16:00交收后，结算参与人资金交收账户余额出现透支的，中国结算上海分公司可以采取的有关措施有(　　)。

A. 按中国人民银行规定的金融同业存款利率收取利息，并按每日透支金额的1‰向结算参与人收取罚息

B. 冻结结算参与人所管辖相关证券账户上的证券

C. 要求结算参与人立即补足透支金额

D. 强制卖出暂扣证券

12. 对于合格境外机构投资者（以下简称“合格投资者”）参与A股、基金、债券等品种的交易，其特殊性表现在(　　)。

A. 合格投资者委托证券公司达成的交易，由其托管人作为结算参与人承担交收责任

B. 合格投资者托管人资金交收账户的指定收款账户需要同时在中国证监会和国家外汇管理局备案

C. 在清算交收过程中，如出现资金交收违约和证券交收违约，中国结算公司将按照货银对付原则加以处理

D. 委托证券公司达成的交易，一般由接受其交易委托的证券公司充当结算参与人

13. 合格境外机构投资者（以下简称“合格投资者”）参与A股、基金、债券等品种的交易，托管人如出现资金交收透支，中国结算公司可以采取的措施有(　　)。

A. T+1 日交收时，暂扣托管人指定的、相当于透支金额价值20%的证券

B. 根据托管人发生的透支金额，按人民银行有关规定计收罚息

C. 要求透支托管人提供书面情况说明和有关责任方盖章的资金交收透支责任确认书

D. 托管人所托管合格投资者发生证券卖空，中国结算公司在T+2 日交收时暂扣其卖空价款

14. 上海市场 B 股交收实行(　　)相结合的制度。

A. 净额交收　　B. 全额交收

C. 逐项交收　　D. 整合交收

15. 上海市场 B 股交易中，对境外结算参与人以及境内参与人涉及托管银行客户的交易实行(　　)。

A. 净额交收　　B. 全额交收

C. 逐项交收　　D. 整合交收

16. 上海市场 B 股交易中，净额交收和逐项交收过程中，如境内参与人资金交收账户余额不足以完成当日交收而出现透支，或境外参与人未能按时将交收应付款项汇入而出现透支，中国结算上海分公司将每天按透支金额的(　　)收取罚金。

A. 0.1%　　B. 0.2%

C. 0.3%　　D. 0.5%

17. 标准券折算率首先需要考虑违约风险防范的问题，需要达到的效果是：当融资方到期无法归还融入款项后，融券方变卖质押券所得款项可以弥补(　　)。

A. 融资方融入的款项　　B. 利息

C. 违约金　　D. 相关交易费用

18. 全国银行间市场债券回购双方可以选择的交收方式包括(　　)。

A. 货银对付　　B. 见券付款

C. 券款对付　　D. 见款付券

19. 基金认购方式可分为(　　)几种方式。

A. 网上现金认购　　B. 网下现金认购

C. 网下组合证券认购　　D. 网上组合证券认购

20. ETF 份额与组合证券之间的转换遵循等价交换原则，即 ETF 份额净值与(　　)之和相等。

A. 对应的组合证券的市值　B. 对应的组合证券的现值

C. 现金代替　D. 现金差额

21. 关于沪、深市场权证清算交收的区别，下列说法正确的有(　　)。

A. 中国结算上海分公司实行待交收制度

B. 中国结算深圳分公司则直接实行 T+1 货银对付机制

C. 在上海市场，行权交收期为 T 日日终

D. 在深圳市场，行权交收期为 T+1 日日终

22. 证券公司在开展融资融券业务时，应当开立(　　)，用于办理与中国结算融资融券交易相关的证券和资金交收。

A. 信用交易保证金账户　B. 信用交易证券交收账户

C. 信用交易担保证券账户　D. 信用交易资金交收账户

23. 在融资融券业务中，对于信用交易资金交收账户，证券公司只能将(　　)预留给指定收款账户，并且应当事先在中国证监会备案。

A. 融资专用资金账户

B. 客户信用交易担保资金账户

C. 信用交易证券交收账户

D. 中国证监会认可的商业银行存款账户

24. 以下说法正确的有(　　)。

A. 货银对付即款券两讫、钱货两清

B. 货银对付的主要目的是有效规避结算参与人交收违约带来的风险

C. 货银对付的主要目的是为了简化操作手续

D. 货银对付就是在交收过程中，当且仅当资金交付时给付证券，证券交付时给付资金

25. 银行间市场债券回购交易中，中央结算公司应定期向中国人民银行报告债券托管、结算有关情况，及时为参与者提供(　　)服务。

A. 债券托管　B. 债券结算

C. 本息兑付　D. 账务查询

26. 上海市场B股结算会员分(　　)。

A. 基本结算会员　　B. 一般结算会员

C. 特别结算会员　　D. 优先结算会员

27. 能成为中国结算上海分公司的一般结算会员的有(　　)。

A. 上海证券交易所B股经纪商资格的证券经营机构

B. B股的境外代理商

C. 证券公司

D. B股托管银行

28. 托管人如出现资金交收透支，结算公司可以采取的措施包括(　　)。

A. 根据托管人发生的透支金额，按人民银行有关规定计收罚息

B. T+1日交收时，暂扣托管人指定的、相当于透支金额价值120%的证券

C. 将该透支事件在托管人业务不良记录中予以登记

D. 提请证券交易所限制或暂停透支托管人所托管合格投资者的证券买入

29. 关于中国结算深圳分公司对于权证交收过程中的违约处理，下列说法正确的有(　　)。

A. 结算参与人出现结算备付金账户透支的，可以扣划待处分权证

B. 结算参与人出现权证卖空的，可以要求该结算参与人及时补购卖空权证

C. 结算参与人出现标的证券卖空的，可以动用其卖空账户内权证或其他相应权证代为行权，所得证券弥补卖空证券

D. 结算参与人出现标的证券卖空的，可以没收违其卖空利得，按卖空金额的0.5%收取卖空违约金

30. 下列关于买断式回购业务履约金归属判定规则的说法，正确的有(　　)。

A. 融资方履约，融券方申报不履约或无力履约的，归融资方

B. 融资方履约，融券方申报不履约或无力履约的，归融券方

C. 融资方申报不履约，融券方无力履约，归风险基金

D. 双方均申报不履约，退还双方

31. 下列关于买断式回购初始结算的待交收处理的说法，正确的有（　　）。

A. T日日终中国结算上海分公司完成T－1日所有证券交易、有效认购的资金交收后，进行T+0预交收

B. 国债买断式回购初始结算交收日（T+1日）日终，中国结算上海分公司按照现行业务规则在结算参与人现有结算备付金账户中完成资金交收

C. T+2日交收截止时点前，违约结算参与人补足违约金额的，中国结算上海分公司将待处分证券从专用清偿证券账户划拨至其证券交收账户，并代为划拨至相应的证券账户

D. T+2日交收截止时点前，违约结算参与人仍未补足违约金额的，从T+3日起，中国结算上海分公司有权变卖待处分证券，以变卖所得弥补违约金额

32. 下列关于买断式回购交易初始结算流程的说法，不正确的有（　　）。

A. T日中国结算上海分公司完成T－1日所有证券交易、有效认购的资金交收后，进行T+0资金预交收

B. 结算参与人的资金交收账户内可用资金小于当日清算应付净额的，或当日清算应收净额不足抵补历史透支的，该参与人T+0预交收资金不足，其差额为待交付金额必须在T+1日交收截止时点前补入其结算备付账户内

C. 证券方面，中国结算上海分公司根据清算结果，按照见券付款的原则，将逆回购方资金划至正回购方指定账户

D. T日所有证券交易资金清算后为净应付的，且结算参与人结算备付金内剩余可用资金小于该应付净额的，中国结算上海分公司将对其实施证券待交收处理

33. 下列关于托管人所托管合格投资者发生证券卖空时的说法，不正确的有（　　）。

A. 托管人所托管合格投资者发生证券卖空，结算公司在T+1日交收时暂扣其卖空价款

B. 托管人在2个交易日内补足卖空证券的，结算公司解除对卖空价款的暂扣

C. 结算公司处理托管人交收违约事件而产生的费用和损失，由违约合格投资者承担

D. 托管人所托管合格投资者发生证券卖空，结算公司以卖空价款为基数，按人民银行公布的透支罚息利率计算对托管人的罚款

三、判断题（判断以下各小题的对错，正确的用A表示，错误的用B表示）

1. 证券交易的交收指根据清算的结果在事先约定的时间内履行合约的行为，一般指买方支付一定款项以获得所购证券，卖方交付一定证券以获得相应价款。 （　　）

2. 清算的实质是依据交收结果实现证券与价款的收付，从而结束整个交易过程。 （　　）

3. 会计日交收要求某一交易日成交的所有交易有计划地安排距成交日相同营业日天数的某一营业日进行交收。 （　　）

4. T+3滚动交收适用于我国内地B股（人民币特种股票）。（　　）

5. 一般情况下，通过证券交易所达成的交易需采取净额清算方式。 （　　）

6. 多边净额清算是指将结算参与人所有达成交易的应收、应付证券或资金予以冲抵轧差，计算出该结算参与人相对于所有交收对手方累计的应收、应付证券或资金的净额。 （　　）

7. 总额清算方式的主要优点是可以简化操作手续，减少资金在交收环节的占用。 （　　）

8. 在实行会计日交收的情况下，清算价款时，同一清算期内发生的不同种类证券的买卖价款可以合并计算，但不同清算期发生的价款不能合并计算。 （　　）

9. 共同对手方是指在结算过程中，同时作为所有买方和卖方的交收对手并保证交收顺利完成的主体，一般由交易所充当。 （　　）

10. 货银对付是指证券登记结算机构与结算参与人在交收过程中，当且仅当资金交付时给付证券，证券交付时给付资金。（　）

11. 结算备付金指资金交收账户中存放的用于资金交收的资金，因此，资金交收账户也称为结算备付金账户。（　）

12. 遇中国人民银行调整存款利率的，中国结算公司统一按结息日的利率计算利息，并分段计算。（　）

13. 最低备付指结算公司为资金交收账户设定的最低备付限额，结算参与人在其账户中至少应留足该限额的资金量。（　）

14. 最低备付既可用于完成交收，也能用于划出或交收。（　）

15. 中国结算公司有权随时提高结算参与人的最低结算备付金限额。（　）

16. 最低结算备付金可用于应急交收，但如日终余额扣减冻结资金后低于其最低结算备付金限额时，结算参与人应于次一营业日补足。（　）

17. 结算系统参与人无对应交易席位且已结清与中国结算公司的一切债权、债务后，可申请终止在中国结算公司的结算业务，撤销结算账户。（　）

18. 上海市场A股、基金、债券等品种的清算与交收始终贯彻了货银对付原则。（　）

19. 深圳市场B股对境内外结算参与人均实行净额交收制度。（　）

20. 在上海B股市场，如果客户委托证券公司卖出证券，且客户原证券由托管行托管，则必须将其转托管至证券公司，以使证券公司能够履行交收责任。（　）

21. 对经纪融资回购业务，融资方结算参与人应将自营证券账户中的债券作为质押券向中国结算公司提交，并与中国结算公司建立质押关系。（　）

22. 标准券折算率是指一单位债券可折成的标准券金额与其面值的比率。（　）

23. 对已在证券交易所上市的、可用以进行回购交易的国债、企业债和其他债券，中国结算公司一般在每星期三收市后根据“标准券折算率

计算公式”计算下一星期适用的标准券折算率。（　）

24. 见款付券指在到期交收日正回购方按合同约定将资金划至逆回购方指定账户后，双方解除债券质押关系的交收方式。（　）

25. 初始结算由中国结算上海分公司组织融资方结算参与人和融券方结算参与人双方采用逐笔方式交收。（　）

26. 中国结算深圳分公司清算系统根据买断式回购业务原则及当日交收结果判定履约金的归属，并将处理结果并入当日二级市场净额清算。（　）

27. 网上现金认购是指投资者通过基金管理人及其指定的发售代理机构，以现金进行的认购。（　）

28. 网上组合证券认购是指投资者通过基金管理人指定的发售代理机构，用交易所网上系统以组合证券进行的认购。（　）

29. 开放式证券投资基金的现金申购、赎回必须用组合证券，即按当日申购、赎回清单的规定，用组合证券申购 ETF 份额或用 ETF 份额赎回组合证券。（　）

30. ETF 份额与组合证券之间的转换遵循等价交换原则，即 ETF 份额净值与对应的组合证券的市值、现金代替、现金差额之和相等。（　）

31. 中国结算上海分公司可对结算参与人业务开展情况进行定期审核或不定期抽查，并可以要求其定期向中国结算上海分公司报送财务报表。（　）

32. 对于权证的二级市场交易，只有中国结算上海分公司充当共同对手方提供交收担保。（　）

33. 取得权证交易资格的证券公司可以申请权证结算资格，未取得权证结算资格的证券公司可选择代理结算模式或担保结算模式。（　）

34. 履约保证金最低限额除每月月初定期调整外，中国结算深圳分公司在必要时还可以不定期进行调整，其资金变动通过结算备付金账户完成。（　）

35. 对于权证行权，中国结算深圳分公司实行 T+1 日担保全额逐笔交收（T 日为行权日）。（　）

36. 从法律界定来看，投资者信用证券账户记录的是实际证券，客户信用交易担保证券账户记录的是明细数据，而非实际证券。（　）

参考答案

一、单项选择题

1. C	2. B	3. D	4. B	5. D	6. B	7. A
8. D	9. B	10. A	11. B	12. B	13. A	14. C
15. B	16. D	17. C	18. A	19. B	20. A	21. B
22. A	23. B	24. D	25. D	26. D	27. B	28. C
29. C	30. B	31. A	32. C	33. D	34. A	35. C
36. A	37. D	38. B				

二、不定项选择题

1. ACD	2. ABCD	3. ABC	4. AC	5. ACD
6. BD	7. ACD	8. BC	9. ABCD	10. BCD
11. ABCD	12. ABC	13. BC	14. AC	15. C
16. D	17. ABCD	18. BCD	19. ABCD	20. ACD
21. ABCD	22. BD	23. ABD	24. ABD	25. ABCD
26. AB	27. BD	28. ABCD	29. ABC	30. AC
31. ABCD	32. C	33. C		

三、判断题

1. A	2. B	3. B	4. A	5. A	6. A	7. B
8. B	9. B	10. A	11. A	12. B	13. A	14. B
15. A	16. A	17. A	18. B	19. A	20. B	21. B
22. A	23. A	24. A	25. B	26. B	27. B	28. A
29. B	30. A	31. A	32. B	33. A	34. A	35. B
36. B